FRANÇOIS LE CHAMPI

Paru dans Le Livre de Poche :

GEORGE SAND

François le Champi

PRÉFACE ET COMMENTAIRES DE MAURICE TOESCA
NOTES DE MARIE-FRANCE AZÉMA

LE LIVRE DE POCHE

© Librairie Générale Française, 1983, 1999 pour les Notes.
ISBN : 978-2-253-01346-4 - 1re publication - LGF

PRÉFACE

George Sand a remis le manuscrit de *François le Champi* au directeur du *Journal des Débats* à la fin de l'année 1847. Ce roman devait paraître en feuilleton. Il commença le 31 décembre 1847. Mais les événements politiques de la révolution de 1848 dès le mois de février espacèrent fâcheusement les publications. Comme l'écrivit George Sand, « ce dénouement politique, la catastrophe finale de la monarchie de Juillet... fit naturellement beaucoup de tort au mien, dont la parution ne se compléta qu'au bout d'un mois ».

Peut-être faut-il expliquer par là le fait que la première édition de *François le Champi* ait été confiée à un éditeur belge, en 1848, et n'ait paru en France qu'en 1850, chez Cadot.

François le Champi tient une place de premier rang dans l'œuvre de George Sand. Elle a mis dans ce roman le meilleur de son âme et les idées sociales les plus généreuses que son cœur chérissait. Le thème en était si délicat à traiter qu'elle a éprouvé le besoin de faire précéder son récit d'un long avant-propos dont la lecture reste indispensable.

La connaissance que nous avons de la vie de George Sand nous permet d'éclairer davantage encore ce merveilleux livre auquel on donne un peu trop vite l'étiquette de roman champêtre. Les écrivains authentiques, comme le furent les grands du XIXe siècle, Chateaubriand, Lamartine, Hugo, Balzac, se servent souvent de leurs personnages pour dépeindre une société, construire une morale, analyser les sentiments, introduire dans nos existences fragiles et menacées la poésie du rêve.

George Sand nous apporte un remarquable exemple de cela dans *François le Champi*.

Lorsque l'héroïne, Madeleine Blanchet, celle qui a sauvé le Champi, se trouve dans le malheur, François accourt auprès d'elle. Tout de suite, il remarque le désordre qui règne dans la maison. Alors, il entraîne au-dehors Catherine, la bonne voisine ; il la questionne « sur l'état des affaires, en homme qui s'y entend et qui veut tout savoir ». Et c'est en connaissance de cause qu'il dressera un plan pour remettre de l'ordre dans la situation de Madeleine et la faire rentrer « dans ses droits et jouissances ».

D'où vient chez George Sand, femme née au début du XIXe siècle, ce goût et cette science de la conduite des affaires ? Tout simplement de son éducation : orpheline, elle avait été initiée à la gestion du domaine de Nohant par son précepteur, avec une telle sûreté qu'elle pouvait écrire, en 1828 — à vingt-quatre ans —, une lettre de sévères remontrances à son mari, le baron Casimir Dudevant, qui s'était fait extorquer vingt-cinq mille francs par un escroc : « On ne devrait pas conclure d'affaires à la sortie d'un repas, quand on a le malheur de n'être pas sobre... Ne te fâche pas de ce que je te dis. Le droit de se dire la vérité est réciproque... Je ne sais où est cette affaire du moulin, mais il me semble qu'elle cloche aussi... Ne peux-tu t'embarquer dans un marché sans enfer de tracasseries ? Tu n'es pas heureux ; n'en fais donc plus... »

Les moulins jouaient un rôle important dans une propriété. Vingt ans plus tard, ce n'est point par hasard que la Madeleine de *François le Champi* est une meunière. George Sand n'a sans doute pas voulu évoquer avec précision cette ancienne « affaire du moulin » de Nohant, mais elle s'est remémoré les tracasseries sentimentales qui l'avaient alors bouleversée. Casimir la trompait avec une domestique, non sans insolence d'ailleurs, comme nous voyons, dans *François le Champi*, le meunier Blanchet afficher sa maîtresse.

Les aventures amoureuses de George Sand ont aussi leur écho dans *François le Champi*. Dans une lettre à un de ses amis, en 1830, George Sand lui confie qu'elle aime un homme, de six ans plus jeune qu'elle (Jules Sandeau) : « Si vous saviez comme je l'aime, ce pauvre enfant, comme dès le premier jour son regard expressif, ses manières brusques et franches, sa gaucherie timide avec moi me donnèrent envie de le voir, de l'examiner... Le jour où je lui dis que je l'aimais, je ne me l'étais pas encore dit à moi-même. Je le sentais et je n'en voulais pas convenir avec mon cœur, et Jules l'apprit en même temps que moi... » Elle écrit cela pour qu'il le répète à leur ami commun.

Ainsi Madeleine, la meunière de *François le Champi*, ne s'aperçoit-elle pas que son champi l'aime d'amour : « D'abord, elle crut voir que c'était encore une marque du bon cœur de François, qui voulait empêcher les mauvais propos et se rendre utile à elle pour la vie. Et elle voulait refuser, pensant que c'était trop de religion pour un si jeune homme de vouloir épouser une femme plus âgée que lui. »

Quelle coïncidence, à près de vingt ans d'intervalle ! Comment ne pas ressentir la similitude de situation quand le champi se retrouve en face de Madeleine après qu'une amie commune lui eut révélé les « deux manières d'aimer » de celle-ci ? Il faut lire avec attention le passage où Madeleine qui s'était imaginé pouvoir questionner tout tranquillement le champi, se trouve tout à coup interdite et honteuse comme une fille de quinze ans... et « François, voyant sa chère mère devenir rouge comme lui et trembler comme lui, devina que cela valait encore mieux pour lui que son air tranquille de tous les jours. Il lui prit les mains et le bras, et il ne put lui rien dire du tout ».

François le Champi est, en définitive, un roman d'amour, ou mieux, devrais-je dire, un rêve d'amour. Celui de George Sand elle-même, et qui est resté un rêve toute sa vie.

Le champi doit avoir une douzaine d'années de moins que Madeleine. À la fin de l'histoire, il a vingt ans. Or, que constatons-nous dans la vie réelle de George Sand, si nous considérons ses amants ? Jules Sandeau a sept ans de moins qu'elle. Comme Madeleine pour François, elle tremble de tout son cœur dès qu'il a la moindre fièvre. Alfred de Musset a six ans de moins qu'elle ; lui aussi est un être souffreteux. Chopin, lui aussi, a six ans de moins que George Sand, et la phtisie dont il était atteint compte beaucoup dans l'attachement que lui voua la romancière.

Son compagnon préféré, dans le temps où elle compose *François le Champi* (automne 1847) s'appelle Victor Borie. Il est né en 1818 : il a donc quatorze ans de moins que la dame de Nohant. À peu près la différence d'âge qui existe réellement entre Madeleine Blanchet et François.

Borie avait été recommandé à George Sand par Pierre Leroux lorsqu'elle a créé un journal régional, *L'Éclaireur de l'Indre*. Ancien ouvrier, homme discret, il a su gagner l'amitié de Maurice Sand. Il arrive à un moment où George Sand est obligée de défendre son fils bien-aimé contre les attaques fielleuses de sa propre sœur, Solange, qui a épousé le sculpteur Clesinger. Au dire de Solange, Victor Borie sert de paravent à Maurice pour cacher une liaison avec sa cousine, Augustine Brault. Chopin s'était ligué avec Solange contre Maurice. Une faute que George Sand ne pouvait tolérer. Le 2 novembre 1847, elle écrit à son amie intime, Mme Marliani : « Chopin a pris ouvertement parti pour elle (Solange) contre moi, et sans même savoir de la vérité, ce qui prouve envers moi un grand besoin d'ingratitude, et envers elle un engouement bizarre... Je présume que, pour le retourner ainsi, elle aura exploité son caractère jaloux et soupçonneux et que c'est d'elle et de son mari, qu'est venue cette absurde calomnie d'un *amour* de ma part ou d'une amitié exclusive pour le jeune homme dont on vous parle (Borie). »

À la fin de l'année 1847, quand elle envoie le manuscrit de *François le Champi* à son éditeur, George Sand n'entretient pas avec Victor Borie une amitié exclusive, encore moins un amour, mais il est bien vrai qu'elle a conçu, inconsciemment peut-être, une sorte de liaison rêvée. Avant que celle-ci ne devînt réelle, elle l'a imaginée.

Solange Sand avait-elle deviné juste ? Pourquoi pas ? Trois ans plus tard, en effet, sa mère allait céder au charme du jeune Borie. Nous ne l'aurions sans doute jamais su, tant cette amitié amoureuse fut discrète, si George Sand ne s'en était ouverte à son éditeur-ami Hetzel, dans une lettre que je ne cite ici que parce qu'elle contient un portrait de celui qui fut le modèle indirect de François le Champi :

« ... ce que je fais est une haute imprudence. Je connaissais le *potu* (c'était le nom que l'on donnait à Victor Borie à Nohant) depuis trois ans... Oui, je l'aime, lui... Il a de l'amour-propre, il prend très au sérieux le secret orgueil d'être aimé de moi et il craint toujours de montrer le peu qu'il croit être... Il est né dans la misère, il n'a reçu aucune éducation, ni morale ni autre. Il n'a fait aucune étude, il a été en apprentissage. C'est un ouvrier qui fait son métier en ouvrier, parce qu'il veut et sait gagner sa vie... Son intelligence est extraordinaire, mais ne sert qu'à lui, à moi par conséquent... Il ne sait pas l'orthographe, et il sait faire des vers. C'est un détail qui le peint tout entier... Il a de grands défauts, il est à la fois violent et calculé. C'est un coquet au moral, mais coquet devant le miroir de sa conscience et surtout de son amour. Car il aime, il aime, voyez-vous, comme je n'ai vu aimer personne. C'est une nature qui ne ressemble à rien, qui a des ressources extraordinaires en elle-même... qui n'est possible à pénétrer et à définir que par une âme très droite et très simple comme la mienne...

« Quand je suis malade, je suis guérie rien que de le voir me préparer mon oreiller et m'apporter mes pantoufles. Moi qui ne demande et n'accepte jamais de soins, j'ai besoin des siens... Je l'aime, je l'aime de toute mon âme[1]. »

Un tel aveu explique mieux qu'un commentaire analytique l'état d'esprit de George Sand lorsqu'elle écrit *François le Champi* dans l'automne 1847. Nous y découvrons la clef des deux héros du récit, Madeleine Blanchet qui ressemble par plus d'un trait à George Sand, et le champi qui a toutes les qualités de Victor Borie. Plus d'un détail nous le confirme, celui-ci par exemple : Borie a cinq ans de moins que Maurice Sand tout comme le champi a cinq ans de moins que le fils de Madeleine Blanchet. Mais c'est à la fin du roman que l'on saisit le mieux les correspondances entre la fiction de 1847 et ce que sera la réalité de 1850 :

François, « qu'il dormît ou qu'il veillât, qu'il fût loin ou près, Madeleine était toujours dans son sang et

1. *Correspondance*, édition de G. Lubin, t. IX, p. 387.

devant ses yeux. Il est vrai que toute sa vie s'était passée à l'aimer et à songer d'elle... Tant qu'il s'était contenté d'être son fils et son ami, il n'avait rien souhaité de mieux sur la terre. Mais l'amour changeant son idée, il était malheureux comme une pierre. Il s'imaginait qu'elle ne pourrait jamais changer comme lui. Il se reprochait d'être trop jeune, d'avoir été connu trop malheureux... Enfin, elle était si belle et si aimable dans son idée, si au-dessus de lui et si à désirer, que, quand elle disait qu'elle était hors d'âge et de beauté, il pensait qu'elle se posait comme cela pour l'empêcher de prétendre à elle... »

Lorsqu'on connaît la suite de l'aventure, l'épanouissement de cette amitié amoureuse entre George Sand et Victor Borie, on comprend parfaitement ce qui s'est passé dans le cœur et l'âme de la romancière. Oui, en composant *François le Champi*, elle pressentait ce que serait l'évolution des sentiments à la fois chez le jeune homme et chez la femme quadragénaire.

Sans doute est-ce cela qui donne à ce roman champêtre une autre dimension, un arrière-plan de naissance de l'amour chez deux êtres qui, par l'écart de l'âge, auraient pu ne pas l'éprouver ensemble. De là aussi l'émotion qui gagne peu à peu le lecteur et lui fait négliger le souci social que George Sand a développé dans ces pages.

Son socialisme, hérité de Barbès et de Leroux, reste et restera actif comme au jour de 1843 où elle secourut une fillette abandonnée, — la petite Fanchette, une « champi » : cette enfant préférait rester à l'hospice plutôt que d'être placée chez une femme du voisinage ; la mère supérieure de l'hospice eut alors l'idée, pour s'en débarrasser, de la confier au cocher de la diligence d'Aubusson ; ce dernier avait pour mission de lâcher l'enfant, à quelques kilomètres de cette ville, en pleine campagne.

L'affaire fut ébruitée. Aussitôt George Sand et ses amis exigèrent qu'on recherchât la pauvre fillette. Lorsque celle-ci fut retrouvée, on ouvrit une souscription, à l'instigation de George Sand.

Ainsi s'imbriquent chez l'artiste les choses de la vie extérieure et les sentiments de la vie intérieure : la petite Fanchette de 1843 deviendra le François de 1847. Mais si elle a servi de modèle au champi enfant, c'est Victor Borie, le jeune journaliste de *L'Éclaireur de l'Indre*, qui sera le champi adolescent. Reste que le romancier cherche à dérouter son lecteur. « Aucun homme, et aucune femme et aucune existence n'offrent, à un artiste épris de son art, un sujet exécutable dans sa réalité. » Voilà ce qu'écrivait, en juin 1847, George Sand à une amie qui répandait le bruit que dans son précédent roman, *Lucrezia Floriani*, elle s'était mise en scène en face de Chopin. « Je m'étonne, disait encore George Sand dans cette lettre... que vous ayez la naïveté du public vulgaire qui veut toujours voir dans un roman l'histoire véritable et le portrait d'après nature de quelqu'un de sa connaissance. »

Cette lettre de juin 1847 est donc bien présente à l'esprit de George Sand quand elle commence *François le Champi*. Aucun doute : il faut qu'elle déroute le lecteur qui aurait l'intention de chercher des correspondances avec la réalité. Pour cela, elle ne donnera pas aux lieux où se passe l'action leur dénomination exacte ; mais surtout, elle choisira une présentation dont elle révélera la clef. Le livre sera précédé d'un avant-propos où elle raconte qu'un ami à elle, poète, lui a proposé précisément l'histoire d'un champi, racontée lors d'une veillée par un artisan chanvreur. Le poète l'a retenue « mot à mot dans leur langage ».

« Mais leur langage exige une traduction, réplique George Sand ; il faut écrire en français et ne pas se permettre un mot qui ne le soit pas, à moins qu'il ne soit si intelligible qu'une note devienne inutile pour le lecteur... Commence, raconte-moi l'histoire du Champi... Raconte-la-moi comme si tu avais à droite un Parisien parlant la langue moderne, et à ta gauche un paysan devant lequel tu ne voudrais pas dire une phrase, un mot où il ne pourrait pas pénétrer. »

Et George Sand profite de cette exigence pour expliquer le titre même de son livre *François le Champi*. Oui, *champi* est un mot français : « Le dictionnaire le déclare *vieux*, précise-t-elle. Mais Montaigne l'emploie, et je ne prétends pas être plus Français que les grands écrivains qui font la langue. Je n'intitulerai donc pas mon conte François, l'Enfant-Trouvé, François le Bâtard, mais François *le Champi*, c'est-à-dire l'enfant abandonné dans les champs. »

Nous voici prévenus. George Sand va s'appliquer à former un langage qui sera clair pour les Parisiens et qui aura conservé sa naïveté paysanne. Les mots, elle les francise, comme ce « brebiage », qui désigne un lot de brebis, et qu'on prononçait *beurbiage* ; elle parle d'un toit de la maison qui *faisait l'eau*, au lieu de qui faisait eau, etc. N'est-ce pas de cette manière qu'avait procédé Molière quand il avait mis en scène les paysans de son *Dom Juan* :

CHARLOTTE. — *Ne m'as-tu pas dit, Piarot, qu'il y en a un qu'est bien pû mieux fait que les autres ?*

PIERROT. — *Oûi, c'est le Maître, il faut que ce soit queuque gros, gros Monsieur, car il a du dor à son habit tout de pis le haut jusqu'en bas.*

Il s'agit bien de la même astuce : donner l'illusion de la naïveté paysanne en lui conservant son intelligibilité pour le bourgeois citadin.

Peut-on dire que George Sand a parfaitement réussi dans cet exercice périlleux dont elle avait conscience, puisqu'elle avait déclaré à son interlocuteur : « Je le vois, tu m'imposes un travail à perdre l'esprit, et dans lequel je ne me suis jamais plongé que pour en sortir mécontent de moi-même et pénétré de mon impuissance » ?

Au moins sera-t-elle parvenue à semer tout au long de *François le Champi* les graines de sa morale dont l'amour était le fondement :

« ... Or donc, ces deux personnes-là vivaient contentes de ce qu'elles avaient à consommer en fait de savoir, elles le consommaient tout doucement, s'aidant l'une l'autre à comprendre et à aimer, ce qui fait qu'on est juste et bon. Il leur venait par là une grande religion et un grand courage, et il n'y avait pas de plus grand bonheur pour elles que de se sentir bien disposées pour tout le monde, et d'être d'accord en tout temps et en tout lieu sur l'article de la vérité et la volonté de bien agir. »

Ces deux personnages, ce sont les héros du roman, Madeleine et François, que le lecteur est enfin heureux de trouver réunis à la fin du conte.

Maurice TOESCA

FRANÇOIS LE CHAMPI

NOTICE

François le Champi a paru pour la première fois dans le feuilleton du *Journal des Débats* [1]. Au moment où le roman arrivait à son dénouement, un autre dénouement plus sérieux trouvait sa place dans le *premier Paris* [2] dudit journal. C'était la catastrophe finale de la monarchie de Juillet, aux derniers jours de février 1848 [3].

Ce dénouement fit naturellement beaucoup de tort au mien, dont la publication, interrompue et retardée, ne se compléta, s'il m'en souvient, qu'au bout d'un mois. Pour ceux des lecteurs qui, artistes de profession ou d'instinct, s'intéressent aux procédés de fabrication des œuvres d'art, j'ajouterai à ma préface, que quelques jours avant la causerie dont cette préface est le résumé, je passais par le *chemin aux Napes*. Le mot *nape* [4], qui dans le langage figuré du pays désigne la

---

1. Journal dirigé par Hetzel et qui soutenait le gouvernement, donc, en 1847, la monarchie constitutionnelle. Pour les dates de publication, voir Préface, p. 7.　**2.** Le « premier Paris » était l'article de tête d'un journal, du nom d'un caractère d'imprimerie. **3.** La catastrophe est, au sens propre, le renversement de Louis-Philippe ; mais l'on sait que George Sand soutient de son action la toute jeune IIe République. Voir Commentaires, p. 207.　**4.** En botanique, la famille des napées n'est pas celle des nénuphars ; par ailleurs les « napées », des divinités de la mythologie antique, représentaient pour les bois et les champs ce qu'étaient les nymphes pour les sources. Enfin, s'il est exact que le mot « nappe » n'a longtemps pris qu'un seul *p*, il vient lui du latin *mappa*.

belle plante appelée *nénufar, nymphéa*, décrit fort bien ces larges feuilles qui s'étendent sur l'eau comme des nappes sur une table ; mais j'aime mieux croire qu'il faut l'écrire avec un seul *p*, et le faire dériver de *napée*, ce qui n'altère en rien son origine mythologique.

Le chemin aux Napes, où aucun de vous, chers lecteurs, ne passera probablement jamais, car il ne conduit à rien qui vaille la peine de s'y embourber, est un casse-cou[1] bordé d'un fossé, où, dans l'eau vaseuse, croissent les plus beaux nymphéas du monde, plus blancs que les camélias, plus parfumés que les lis, plus purs que des robes de vierge, au milieu des salamandres et des couleuvres qui vivent là dans la fange[2] et dans les fleurs, tandis que le martin-pêcheur, ce vivant éclair[3] des rivages, rase d'un trait de feu l'admirable végétation sauvage du cloaque.

Un enfant de six ou sept ans, monté à poil[4] sur un cheval nu, sauta avec sa monture le buisson qui était derrière moi, se laissa glisser à terre, abandonna le poulain échevelé au pâturage et revint pour sauter lui-même l'obstacle qu'il avait si lestement franchi à cheval un moment auparavant. Ce n'était plus aussi facile pour ses petites jambes ; je l'aidai, et j'eus avec lui une conversation assez semblable à celle rapportée au commencement du *Champi*[5], entre la meunière et l'enfant trouvé. Quand je l'interrogeai sur son âge, qu'il ne savait pas, il accoucha textuellement de cette belle repartie : *deux ans*. Il ne savait ni son nom, ni celui de ses parents, ni celui de sa demeure : tout ce qu'il savait

---

1. S'employait pour désigner l'endroit dangereux aussi bien que les personnes s'y aventurant.　　2. Terme poétique pour « boue », comme plus loin « cloaque » pour « égout ».　　3. Allusion au vol très rapide et à la couleur bleu vif de cet oiseau.　　4. Directement sur les poils du cheval, sans selle, ce qui à l'époque est le fait de paysans.　　5. Pour ce nom, voir Préface, p. 15.

c'était se tenir sur un cheval indompté, comme un oiseau sur une branche secouée par l'orage.

J'ai fait élever[1] plusieurs champis des deux sexes qui sont venus à bien[2] au physique et au moral. Il n'en est pas moins certain que ces pauvres enfants sont généralement disposés, par l'absence d'éducation, dans les campagnes, à devenir des bandits. Confiés aux gens les plus pauvres, à cause du secours insuffisant qui leur est attribué, ils servent souvent à exercer, au profit de leurs parents putatifs, le honteux métier de la mendicité. Ne serait-il pas possible d'augmenter ce secours, et d'y mettre pour condition que les champis ne mendieront pas, même à la porte des voisins et des amis ?

J'ai fait aussi cette expérience, que rien n'est plus difficile que d'inspirer le sentiment de la dignité et l'amour du travail aux enfants qui ont commencé par vivre sciemment de l'aumône[3].

GEORGE SAND.

Nohant[4], 20 mai 1852.

---

1. Voir en particulier le cas du jeune Coret qu'elle racheta (50 F) à la femme qui le gardait, ou celui de la petite Fanchette, dans la Préface p. 14.   **2.** « Ont bien fini ».   **3.** Tout le roman soutiendra ce point de vue qui correspond aux idées sociales humanitaires de George Sand.   **4.** Domaine familial (celui de sa grand-mère) dans lequel George Sand revint toute sa vie, y composant une grande partie de son œuvre.

AVANT-PROPOS

Nous revenions de la promenade, R***[1] et moi, au clair de la lune, qui argentait faiblement les sentiers dans la campagne assombrie. C'était une soirée d'automne tiède et doucement voilée ; nous remarquions la sonorité de l'air dans cette saison et ce je ne sais quoi de mystérieux qui règne alors dans la nature. On dirait qu'à l'approche du lourd sommeil de l'hiver chaque être et chaque chose s'arrangent furtivement pour jouir d'un reste de vie et d'animation avant l'engourdissement fatal de la gelée : et, comme s'ils voulaient tromper la marche du temps, comme s'ils craignaient d'être surpris et interrompus dans les derniers ébats de leur fête, les êtres et les choses de la nature procèdent sans bruit et sans activité apparente à leurs ivresses nocturnes. Les oiseaux font entendre des cris étouffés au lieu des joyeuses fanfares de l'été. L'insecte des sillons laisse échapper parfois une exclamation indiscrète ; mais tout aussitôt il s'interrompt, et va rapidement porter son chant ou sa plainte à un autre point de rappel. Les plantes se hâtent d'exhaler un dernier parfum, d'autant plus suave qu'il est plus subtil et comme contenu. Les feuilles jaunissantes n'osent frémir au souffle de l'air, et les troupeaux paissent en silence sans cris d'amour ou de combat.

---

1. Pour ce personnage, voir Commentaires, p. 199.

Nous-mêmes, mon ami et moi, nous marchions avec une certaine précaution, et un recueillement instinctif nous rendait muets et comme attentifs à la beauté adoucie de la nature, à l'harmonie enchanteresse de ses derniers accords, qui s'éteignaient dans un *pianissimo* insaisissable. L'automne est un *andante* mélancolique et gracieux qui prépare admirablement le solennel *adagio* de l'hiver.

« Tout cela est si calme, me dit enfin mon ami, qui, malgré notre silence, avait suivi mes pensées comme je suivais les siennes ; tout cela paraît absorbé dans une rêverie si étrangère et si indifférente aux travaux, aux prévoyances et aux soucis de l'homme, que je me demande quelle expression, quelle couleur, quelle manifestation d'art et de poésie l'intelligence humaine pourrait donner en ce moment à la physionomie de la nature. Et, pour mieux te définir le but de ma recherche, je compare cette soirée, ce ciel, ce paysage, éteints et cependant harmonieux et complets, à l'âme d'un paysan religieux et sage qui travaille et profite de son labeur, qui jouit de la vie qui lui est propre, sans besoin, sans désir et sans moyen de manifester et d'exprimer sa vie intérieure. J'essaie de me placer au sein de ce mystère de la vie rustique et naturelle, moi civilisé, qui ne sais pas jouir par l'instinct seul, et qui suis toujours tourmenté du désir de rendre compte aux autres et à moi-même de ma contemplation ou de ma méditation [1].

« Et alors, continua mon ami, je cherche avec peine

---

1. L'ensemble du débat repose sur une série d'oppositions entre la « civilisation » « factice » — évidemment urbaine — et la vie rurale, entre la réflexion et l'émotion presque religieuse éprouvée au spectacle de la nature, idées qui viennent de Rousseau ; d'autres affirmations romantiques voient dans l'art un moyen d'accès privilégié au « mystère » de l'existence, quand il se fait « contemplation » irrationnelle, fondée sur le sentiment.

quel rapport peut s'établir entre mon intelligence qui agit trop et celle de ce paysan qui n'agit pas assez ; de même que je me demandais tout à l'heure ce que la peinture, la musique, la description, la traduction de l'art, en un mot, pourrait ajouter à la beauté de cette nuit d'automne qui se révèle à moi par une réticence mystérieuse, et qui me pénètre sans que je sache par quelle magique communication.

— Voyons, répondis-je, si je comprends bien comment la question est posée : Cette nuit d'octobre, ce ciel incolore, cette musique sans mélodie marquée ou suivie, ce calme de la nature, ce paysan qui se trouve plus près de nous, par sa simplicité, pour en jouir et la comprendre sans la décrire, mettons tout cela ensemble, et appelons-le *la vie primitive*, relativement à notre vie développée et compliquée, que j'appellerai *la vie factice*. Tu demandes quel est le rapport possible, le lien direct entre ces deux états opposés de l'existence des choses et des êtres, entre le palais et la chaumière, entre l'artiste et la création, entre le poète et le laboureur.

— Oui, reprit-il, et précisons : entre la langue que parlent cette nature, cette vie primitive, ces instincts, et celle que parlent l'art, la science, la *connaissance*, en un mot ?

— Pour parler le langage que tu adoptes, je te répondrai qu'entre la *connaissance* et la *sensation*, le rapport c'est le *sentiment*.

— Et c'est sur la définition de ce sentiment que précisément je t'interroge en m'interrogeant moi-même. C'est lui qui est chargé de la manifestation qui m'embarrasse ; c'est lui qui est l'art, l'artiste, si tu veux, chargé de traduire cette candeur, cette grâce, ce charme de la vie primitive, à ceux qui ne vivent que de la vie factice, et qui sont, permets-moi de le dire, en face de la nature et de ses secrets divins, les plus grands crétins du monde.

— Tu ne me demandes rien de moins que le secret de l'art : cherche-le dans le sein de Dieu, car aucun artiste ne pourra te le révéler. Il ne sait pas lui-même, et ne pourrait rendre compte des causes de son inspiration ou de son impuissance. Comment faut-il s'y prendre pour exprimer le beau, le simple et le vrai ? Est-ce que je le sais ? Et qui pourrait nous l'apprendre ? les plus grands artistes ne le pourraient pas non plus, parce que s'ils cherchaient à le faire ils cesseraient d'être artistes, ils deviendraient critiques ; et la critique... !

— Et la critique, reprit mon ami, tourne depuis des siècles autour du mystère sans y rien comprendre. Mais pardonne-moi, ce n'est pas là précisément ce que je demandais. Je suis plus sauvage que cela dans ce moment-ci ; je révoque en doute la puissance de l'art. Je la méprise, je l'anéantis, je prétends que l'art n'est pas né, qu'il n'existe pas, ou bien que, s'il a vécu, son temps est fait. Il est usé, il n'a plus de formes, il n'a plus de souffle, il n'a plus de moyens pour chanter la beauté du vrai. La nature est une œuvre d'art, mais Dieu est le seul artiste qui existe, et l'homme n'est qu'un arrangeur de mauvais goût. La nature est belle, le sentiment s'exhale de tous ses pores ; l'amour, la jeunesse, la beauté y sont impérissables. Mais l'homme n'a pour les sentir et les exprimer que des moyens absurdes et des facultés misérables. Il vaudrait mieux qu'il ne s'en mêlât pas, qu'il fût muet et se renfermât dans la contemplation. Voyons, qu'en dis-tu ?

— Cela me va, et je ne demanderais pas mieux, répondis-je.

— Ah ! s'écria-t-il, tu vas trop loin, et tu entres trop dans mon paradoxe. Je plaide, réplique.

— Je répliquerai donc qu'un sonnet de Pétrarque[1] a sa beauté relative, qui équivaut à la beauté de l'eau de Vaucluse, qu'un beau paysage de Ruysdaël[2] a son charme qui équivaut à celui de la soirée que voici ; que Mozart chante dans la langue des hommes aussi bien que Philomèle[3] dans celle des oiseaux ; que Shakespeare[4] fait passer les passions, les sentiments et les instincts, comme l'homme le plus primitif et le plus vrai peut les ressentir. Voici l'art, le rapport, le sentiment, en un mot.

— Oui, c'est une œuvre de transformation ! mais si elle ne me satisfait pas ? quand même tu aurais mille fois raison de par les arrêts du goût et de l'esthétique, si je trouve les vers de Pétrarque moins harmonieux que le bruit de la cascade ; et ainsi du reste ? Si je soutiens qu'il y a dans la soirée que voici un charme que personne ne pourrait me révéler si je n'en avais joui par moi-même ; et que toute la passion de Shakespeare est froide au prix de celle que je vois briller dans les yeux du paysan jaloux qui bat sa femme, qu'auras-tu à me répondre ? Il s'agit de persuader mon sentiment. Et s'il échappe à tes exemples, s'il résiste à tes preuves ? L'art n'est donc pas un démonstrateur invincible, et le sentiment n'est pas toujours satisfait par la meilleure des définitions.

— Je n'y vois rien à répondre, en effet, sinon que l'art est une démonstration dont la nature est la preuve ; que le fait préexistant de cette preuve est toujours

---

1. Poète italien du XIVe siècle, dont la poésie raffinée exprime des sentiments amoureux dans des figures recherchées et qui a chanté la beauté de la fontaine de Vaucluse. **2.** Peintre hollandais du XVIIe siècle, un des maîtres du paysage. **3.** Personnage de la mythologie grecque transformée en rossignol qui chante ses malheurs. **4.** Toute la génération romantique reconnaît un précurseur dans le grand auteur tragique anglais, opposé systématiquement aux classiques français.

là pour justifier et contredire la démonstration, et qu'on n'en peut pas faire de bonne si on n'examine pas la preuve avec amour et religion.

— Ainsi la démonstration ne pourrait se passer de la preuve ; mais la preuve ne pourrait-elle se passer de la démonstration ?

— Dieu pourrait s'en passer sans doute ; mais toi qui parles comme si tu n'étais pas des nôtres, je parie bien que tu ne comprendrais rien à la preuve si tu n'avais trouvé dans la tradition de l'art la démonstration sous mille formes, et si tu n'étais toi-même une démonstration toujours agissant sur la preuve.

— Eh ! voilà ce dont je me plains. Je voudrais me débarrasser de cette éternelle démonstration qui m'irrite ; anéantir dans ma mémoire les enseignements et les formes de l'art ; ne jamais penser à la peinture quand je regarde le paysage, à la musique quand j'écoute le vent, à la poésie quand j'admire et goûte l'ensemble. Je voudrais jouir de tout par l'instinct, parce que ce grillon qui chante me paraît plus joyeux et plus enivré que moi.

— Tu te plains d'être homme, en un mot ?

— Non ; je me plains de n'être plus l'homme primitif.

— Reste à savoir si, ne comprenant pas, il jouissait.

— Je ne le suppose pas semblable à la brute. Du moment qu'il fut homme, il comprit et sentit autrement. Mais je ne peux pas me faire une idée nette de ses émotions, et c'est là ce qui me tourmente. Je voudrais être, du moins, ce que la société actuelle permet à un grand nombre d'hommes d'être, du berceau à la tombe, je voudrais être paysan ; le paysan qui ne sait pas lire, celui à qui Dieu a donné de bons instincts, une organisation paisible, une conscience droite ; et je m'imagine que, dans cet engourdissement des facultés inutiles, dans cette ignorance des goûts dépravés, je serais aussi heureux que l'homme primitif rêvé par Jean-Jacques.

— Et moi aussi, je fais souvent ce rêve ; qui ne l'a fait ? Mais il ne donnerait pas la victoire à ton raisonnement, car le paysan le plus simple et le plus naïf est encore artiste [1] ; et moi, je prétends même que leur art est supérieur au nôtre. C'est une autre forme, mais elle parle plus à mon âme que toutes celles de notre civilisation. Les chansons, les récits, les contes rustiques, peignent en peu de mots ce que notre littérature ne sait qu'amplifier et déguiser.

— Donc, je triomphe ? reprit mon ami. Cet art-là est le plus pur et le meilleur, parce qu'il s'inspire davantage de la nature, qu'il est en contact plus direct avec elle. Je veux bien avoir poussé les choses à l'extrême en disant que l'art n'était bon à rien ; mais j'ai dit aussi que je voudrais sentir à la manière du paysan, et je ne m'en dédis pas. Il y a certaines complaintes bretonnes, faites par des mendiants, qui valent tout Goethe et tout Byron, en trois couplets, et qui prouvent que l'appréciation du vrai et du beau a été plus spontanée et plus complète dans ces âmes simples que dans celles des plus illustres poètes. Et la musique donc ! N'avons-nous pas dans notre pays des mélodies admirables ? Quant à la peinture, ils n'ont pas cela ; mais ils le possèdent dans leur langage, qui est plus expressif, plus énergique et plus logique cent fois que notre langue littéraire.

— J'en conviens, répondis-je ; et quant à ce dernier point surtout, c'est pour moi une cause de désespoir

---

1. Autre glissement : on passe du point de vue de Rousseau pour qui la vie rurale est la forme la plus proche de l'état de nature (« vie primitive »), qui assurait à l'homme le bonheur en le dispensant de réflexion, et accordait les émotions esthétiques à la simplicité de ses besoins, au point de vue romantique (celui de Hugo, de Michelet) affirmant qu'il y a une création populaire et que justement (paragraphe suivant) la civilisation y est sensible.

que d'être forcé d'écrire la langue de l'Académie[1],
quand j'en sais beaucoup mieux une autre qui est si
supérieure pour rendre tout un ordre d'émotions, de
sentiments et de pensées.

— Oui, oui, le monde naïf ! dit-il, le monde
inconnu, fermé à notre art moderne, et que nulle étude
ne te fera exprimer à toi-même, paysan de nature, si tu
veux l'introduire dans le domaine de l'art civilisé, dans
le commerce intellectuel de la vie factice.

— Hélas ! répondis-je, je me suis beaucoup préoc-
cupé de cela. J'ai vu et j'ai senti par moi-même, avec
tous les êtres civilisés, que la vie primitive était le rêve,
l'idéal de tous les hommes et de tous les temps. Depuis
les bergers de Longus[2] jusqu'à ceux de Trianon, la vie
pastorale est un Éden[3] parfumé où les âmes tourmen-
tées[4] et lassées du tumulte du monde ont essayé de se
réfugier. L'art, ce grand flatteur, ce chercheur complaisant de consolations pour les gens trop heureux, a tra-
versé une suite ininterrompue de *bergeries*[5]. Et sous

---

1. La position classique (la maîtrise du langage ayant d'abord
pour visée la justesse de la pensée) est rappelée par la référence
à « l'Académie » (française) : les « doctes », gardiens du « beau
langage », assuraient la qualité de la langue (et donc de la pensée),
par le travail. Au contraire du point de vue romantique, la langue
du cœur est à la fois celle du peuple et celle de l'art, et les « pensées » ne viennent qu'avec l'émotion.   2. Écrivain grec auteur
d'un roman pastoral *Daphnis et Chloé* (Le Livre de Poche, Les
Classiques d'aujourd'hui, nº 13652).   3. Désignation traditionnelle du Paradis terrestre de la Genèse.   4. Cette référence au
mal du siècle romantique et à la présentation de la vie rurale comme
un refuge affirment la cohérence du projet de George Sand qui
remonte à la publication de *La Mare au diable* (1846) et ne saurait
être attribuée à la seule déception politique.   5. Toutes les
formes d'art (poésie, roman, musique, peinture) présentant une vie
pastorale idéalisée. Malgré les craintes formulées au paragraphe
suivant, la tradition s'en perpétue jusqu'au XXᵉ siècle avec les
œuvres de Giono ou Pagnol, ou encore dans de très nombreux feuilletons télévisés.

ce titre : *Histoire des bergeries*, j'ai souvent désiré de faire un livre d'érudition et de critique où j'aurais passé en revue tous ces différents rêves champêtres dont les hautes classes se sont nourries avec passion.

« J'aurais suivi leurs modifications toujours en rapport inverse de la dépravation des mœurs, et se faisant pures et sentimentales d'autant plus que la société était corrompue et impudente. Je voudrais pouvoir *commander* ce livre à un écrivain plus capable que moi de le faire, et je le lirais ensuite avec plaisir. Ce serait un traité d'art complet, car la musique, la peinture, l'architecture, la littérature dans toutes ses formes : théâtre, poème, roman, églogue [1], chanson ; les modes, les jardins, les costumes même, tout a subi l'engouement du rêve pastoral. Tous ces types de l'âge d'or, ces bergères, qui sont des nymphes et puis des marquises, ces bergères de l'*Astrée* [2] qui passent par le Lignon de Florian [3], qui portent de la poudre et du satin sous Louis XV et auxquels Sedaine [4] commence, à la fin de la monarchie, à donner des sabots, sont tous plus ou moins faux, et aujourd'hui ils nous paraissent niais et ridicules. Nous en avons fini avec eux, nous n'en voyons plus guère que sous forme de fantômes à l'Opéra, et pourtant ils ont régné sur les cours et ont

---

1. Petit poème pastoral dont la tradition remonte à l'Antiquité (le terme désignait à l'origine le « choix » que l'auteur était censé faire dans les productions chantées de bergers).   2. Roman pastoral d'Honoré d'Urfé (début du XVIIe siècle) qui mène sur 5 000 pages le récit raffiné, à la mode précieuse, des amours d'un berger vivant au Ve siècle de notre ère au bord du Lignon, dans le Forez. 3. Auteur de romans pastoraux dans lesquels les fleuves (le Tage ou le Gardon) ont la même valeur de décor que le Lignon dans *L'Astrée*.   4. Auteur de drames bourgeois et surtout d'un opéra-comique *Rose et Colas*, il est jugé plus réaliste par G. Sand qui l'appréciait.

fait les délices des rois qui leur empruntaient la houlette [1] et la panetière.

« Je me suis demandé souvent pourquoi il n'y avait
plus de bergers [2], car nous ne nous sommes pas telle-
ment passionnés pour le vrai dans ces derniers temps,
que nos arts et notre littérature soient en droit de mépri-
ser ces types de convention plutôt que ceux que la
mode inaugure. Nous sommes aujourd'hui à l'énergie
et à l'atrocité [3], et nous brodons sur le canevas de ces
passions des ornements qui seraient d'un terrible à
faire dresser les cheveux sur la tête, si nous pouvions
les prendre au sérieux.

— Si nous n'avons plus de bergers, reprit mon ami,
si la littérature n'a plus cet idéal faux qui valait bien
celui d'aujourd'hui, ne serait-ce pas une tentative que
l'art fait, à son insu, pour se niveler, pour se mettre à
la portée de toutes les classes d'intelligences ? Le rêve
de l'égalité jeté dans la société ne pousse-t-il pas l'art
à se faire brutal et fougueux, pour réveiller les instincts
et les passions qui sont communs à tous les hommes,
de quelque rang qu'ils soient ? On n'arrive pas au vrai
encore. Il n'est pas plus dans le réel enlaidi que dans
l'idéal pomponné ; mais on le cherche, cela est évident,
et, si on le cherche mal, on n'en est que plus avide de
le trouver. Voyons : le théâtre, la poésie et le roman ont
quitté la houlette pour prendre le poignard, et quand ils

---

1. Le bâton du berger est représenté très enrubanné dans toute
ces bergeries. La panetière est la musette dans lequel le berger est
supposé emporter son pain.   **2.** L'époque romantique fait plutôt
du berger une figure mystique, le symbole de l'artiste, un homme
« plein de visions » (Victor Hugo) cherchant sa route dans le ciel.
3. Outre la vogue du roman noir qui exalte des figures de bandit,
le culte de l'énergie individuelle qui met le héros au-dessus des
lois caractérise en effet le romantisme de 1830. Mais ce que
G. Sand vise ici, c'est le mélodrame qui triomphe au théâtre, ou le
réalisme visionnaire d'Eugène Sue (*Les Mystères de Paris*, 1842).

mettent en scène la vie rustique, ils lui donnent un certain caractère de réalité qui manquait aux bergeries du temps passé. Mais la poésie n'y est guère, et je m'en plains ; et je ne vois pas encore le moyen de relever l'idéal champêtre sans le farder ou le noircir. Tu y as souvent songé, je le sais ; mais peux-tu réussir ?

— Je ne l'espère point, répondis-je, car la forme me manque, et le sentiment que j'ai de la simplicité rustique ne trouve pas de langage pour s'exprimer. Si je fais parler l'homme des champs comme il parle, il faut une traduction en regard pour le lecteur civilisé, et si je le fais parler comme nous parlons, j'en fais un être impossible, auquel il faut supposer un ordre d'idées qu'il n'a pas.

— Et puis quand même tu le ferais parler comme il parle, ton langage à toi ferait à chaque instant un contraste désagréable ; tu n'es pas pour moi à l'abri de ce reproche. Tu peins une fille des champs, tu l'appelles *Jeanne*[1], et tu mets dans sa bouche des paroles qu'à la rigueur elle peut dire. Mais toi, romancier, qui veux faire partager à tes lecteurs l'attrait que tu éprouves à peindre ce type, tu la compares à une druidesse, à Jeanne d'Arc, que sais-je ? Ton sentiment et ton langage font avec les siens un effet disparate comme la rencontre de tons criards dans un tableau ; et ce n'est pas ainsi que je peux entrer tout à fait dans la nature, même en l'idéalisant. Tu as fait, depuis, une meilleure étude du vrai dans *La Mare au Diable*[2]. Mais je ne suis pas encore content ; *l'auteur* y montre encore de temps en temps le bout de l'oreille ; il s'y trouve,

---

1. C'est le titre d'un roman de G. Sand (1844). **2.** Roman publié en 1846 (voir Le Livre de Poche, n° 3551). Les commentateurs s'accordent à reconnaître que le procédé des deux conteurs paysans assure à *François le Champi* une plus grande unité de ton.

des *mots d'auteur*, comme dit Henri Monnier[1], artiste
qui a réussi à être *vrai* dans la *charge* et qui, par conséquent, a résolu le problème qu'il s'était posé. Je sais
que ton problème à toi n'est pas plus facile à résoudre.
Mais il faut encore essayer, sauf à ne pas réussir ; les
chefs-d'œuvre ne sont jamais que des tentatives heu-
reuses. Console-toi de ne pas faire de chefs-d'œuvre,
pourvu que tu fasses des tentatives consciencieuses.

— J'en suis consolé[2] d'avance, répondis-je, et je
recommencerai quand tu voudras ; conseille-moi.

— Par exemple, dit-il, nous avons assisté hier à une
veillée rustique à la ferme. Le chanvreur[3] a conté des
histoires jusqu'à deux heures du matin. La servante du
curé l'aidait ou le reprenait ; c'était une paysanne un
peu cultivée ; lui, un paysan inculte, mais heureusement doué et fort éloquent à sa manière. À eux deux,
ils nous ont raconté une histoire vraie, assez longue, et
qui avait l'air d'un roman intime. L'as-tu retenue ?

— Parfaitement, et je pourrais la redire mot à mot
dans leur langage.

— Mais leur langage exige une traduction ; il faut
écrire en français, et ne pas se permettre un mot qui ne
le soit pas, à moins qu'il ne soit si intelligible qu'une
note devienne inutile pour le lecteur.

— Je le vois, tu m'imposes un travail à perdre l'esprit, et dans lequel je ne me suis jamais plongé que
pour en sortir mécontent de moi-même et pénétré de
mon impuissance.

----

1. Écrivain et caricaturiste (1805-1877), créateur du personnage
de Joseph Prudhomme, bourgeois ahuri et sentencieux.   **2.** Res-
pectant son pseudonyme, G. Sand parle toujours d'elle-même au
masculin.   **3.** Celui qui préparait la fibre de chanvre utilisée pour
tisser les toiles rustiques dont on faisait les torchons, draps, che-
mises, etc. Ce personnage, qui allait de ferme en ferme, apparaît à
plusieurs reprises dans les œuvres de George Sand comme celui
qui transmet la tradition populaire, en particulier lors des veillées.

— N'importe ! tu t'y plongeras encore, car je vous connais, vous autres artistes ; vous ne vous passionnez que devant les obstacles, et vous faites mal ce que vous faites sans souffrir. Tiens, commence, raconte-moi l'histoire du *Champi*[1], non pas telle que je l'ai entendue avec toi. C'était un chef-d'œuvre de narration pour nos esprits et pour nos oreilles du terroir. Mais raconte-la-moi comme si tu avais à ta droite un Parisien parlant la langue moderne, et à ta gauche un paysan devant lequel tu ne voudrais pas dire une phrase, un mot où il ne pourrait pas pénétrer. Ainsi tu dois parler clairement pour le Parisien, naïvement pour le paysan. L'un te reprochera de manquer de couleur, l'autre d'élégance[2]. Mais je serai là aussi, moi qui cherche par quel rapport l'art, sans cesser d'être l'art pour tous, peut entrer dans le mystère de la simplicité primitive, et communiquer à l'esprit le charme répandu dans la nature.

— C'est donc une *étude* que nous allons faire à nous deux ?

— Oui, car je t'arrêterai où tu broncheras[3].

— Allons, asseyons-nous sur ce tertre jonché de serpolet. Je commence ; mais auparavant permets que, pour m'éclaircir la voix, je fasse quelques gammes.

— Qu'est-ce à dire ? je ne te savais pas chanteur.

— C'est une métaphore. Avant de commencer un

---

1. Pour ce sobriquet, voir p. 15.   **2.** Les procédés donnant cette double dimension à la langue des conteurs et des personnages sont — on le verra — très variés. À côté des particularités de la langue berrichonne relevées par le comte Jaubert dans son *Vocabulaire du Berry par un amateur de vieux langage* (1842) ou des termes que George Sand a elle-même notés dans un glossaire manuscrit, certaines expressions ont été modifiées pour acquérir une saveur prétendue paysanne ; d'autres viennent d'auteurs français qui ne s'embarrassaient pas de purisme : Rabelais, Montaigne, Molière.   **3.** Achopperas (comme le cheval dont on dit qu'il « bronche » quand il trébuche sur une pierre).

travail d'art, je crois qu'il faut se remettre en mémoire un thème quelconque qui puisse vous servir de type et faire entrer votre esprit dans la disposition voulue. Ainsi, pour me préparer à ce que tu demandes, j'ai besoin de réciter l'histoire du chien de Brisquet[1], qui est courte, et que je sais par cœur.

— Qu'est-ce que cela ? Je ne m'en souviens pas.

— C'est un trait[2] pour ma voix, écrit par Charles Nodier, qui essayait la sienne sur tous les modes possibles ; un grand artiste, à mon sens, qui n'a pas eu toute la gloire qu'il méritait, parce que, dans le nombre varié de ses tentatives, il en a fait plus de mauvaises que de bonnes : mais quand un homme a fait deux ou trois chefs-d'œuvre[3], si courts qu'ils soient, on doit le couronner et lui pardonner ses erreurs. Voici le chien de Brisquet. Écoute. »

Et je récitai à mon ami l'histoire de la *Bichonne*, qui l'émut jusqu'aux larmes, et qu'il déclara être un chef-d'œuvre de genre[4].

« Je devrais être découragé de ce que je vais tenter, lui dis-je ; car cette odyssée du *Pauvre chien à Brisquet*, qui n'a pas duré cinq minutes à réciter, n'a pas une tache, pas une ombre ; c'est un pur diamant taillé par le premier lapidaire du monde ; car Nodier était essentiellement lapidaire en littérature. Moi, je n'ai pas de science, et il faut que j'invoque le sentiment. Et

---

1. *L'Histoire du chien de Brisquet* de Charles Nodier, écrite en 1830, intégrée aux *Contes de la veillée* en 1850, raconte le dévouement de la chienne Bichonne sauvant les deux enfants de ses maîtres du loup. C'est à l'époque romantique que, partout en Europe, on recueille les créations populaires.   **2.** En musique : phrase musicale qui enchaîne des notes rapides.   **3.** Voir par exemple *Trilby* (Le Livre de Poche, n° 13654).   **4.** Pour « du genre ». On sait que George Sand refuse la langue « académique », et rappelle régulièrement qu'elle n'a appris le français que tardivement.

puis, je ne peux promettre d'être bref[1], et d'avance je sais que la première des qualités, celle de faire bien et court, manquera à mon étude.

— Va toujours, dit mon ami ennuyé de mes préliminaires.

— C'est donc l'histoire de François *le Champi*, repris-je, et je tâcherai de me rappeler le commencement sans altération. C'était Monique, la vieille servante du curé, qui entra en matière.

— Un instant, dit mon auditeur sévère, je t'arrête au titre. *Champi* n'est pas français.

— Je te demande bien pardon, répondis-je. Le dictionnaire le déclare *vieux*, mais Montaigne[2] l'emploie, et je ne prétends pas être plus Français que les grands écrivains qui font la langue[3]. Je n'intitulerai donc pas mon conte François l'Enfant-Trouvé, François le Bâtard, mais François *le Champi*, c'est-à-dire l'enfant abandonné dans les champs, comme on disait autrefois dans le monde, et comme on dit encore aujourd'hui chez nous[4].

---

1. Pour ce masculin, voir p. 32, note 2.   2. Montaigne, qui emploie (*Essais* I, 49) l'adjectif « champisses » (on écrivait aussi bien « champis » ou « champisse »), utilise toutes les formes convenant à la vivacité de ses réflexions, y compris régionales : « Que le gascon y aille si le français ne peut y aller. »   3. Voir p. 33, note 2.   4. La préface de *La Petite Fadette*, en 1848, poursuivant cette conversation, opposera plus nettement les déceptions de la vie politique et les valeurs éternelles de la nature et de l'art (Livre de Poche classique n° 3550).

I

Un matin que Madeleine Blanchet, la jeune meunière du Cormouer[1] s'en allait au bout de son pré pour laver à la fontaine, elle trouva un petit enfant assis devant sa planchette[2], et jouant avec la paille qui sert de coussinet aux genoux des lavandières. Madeleine Blanchet, ayant avisé[3], cet enfant, fut étonnée de ne pas le connaître, car il n'y a pas de route bien achalandée de passants de ce côté-là[4], et on n'y rencontre que des gens de l'endroit.

« Qui es-tu, mon enfant ? dit-elle au petit garçon, qui la regardait d'un air de confiance, mais qui ne parut pas comprendre sa question. Comment t'appelles-tu ? reprit Madeleine Blanchet en le faisant asseoir à côté d'elle et en s'agenouillant pour laver.

— François, répondit l'enfant.

— François qui ?

— Qui ? dit l'enfant d'un air simple.

---

1. Si le nom est imaginaire (évoquant le cormier, nom local du sorbier), la topographie du roman a été précisément reconstituée par les érudits qui constatent que George Sand a utilisé les détails géographiques de sa région. Ce moulin pourrait donc se trouver à moins de dix kilomètres au nord-ouest de La Châtre, sur la Vauvre. **2.** Sur laquelle les lavandières s'agenouillaient pour taper le linge dans la rivière. **3.** Usage vieilli du terme. **4.** Exemple d'expression créant un effet de langue orale, puisqu'elle suppose un interlocuteur, en l'occurrence le conteur.

— À qui[1] es-tu le fils ?

— Je ne sais pas, allez !

— Tu ne sais pas le nom de ton père !

— Je n'en ai pas.

— Il est donc mort ?

— Je ne sais pas.

— Et ta mère ?

— Elle est par là, dit l'enfant en montrant une maisonnette fort pauvre qui était à deux portées de fusil[2] du moulin et dont on voyait le chaume à travers les saules.

— Ah ! je sais, reprit Madeleine, c'est la femme qui est venue demeurer ici, qui est emménagée d'hier soir ?

— Oui, répondit l'enfant.

— Et vous demeuriez à Mers[3] !

— Je ne sais pas.

— Tu es un garçon peu savant. Sais-tu le nom de ta mère, au moins ?

— Oui, c'est la Zabelle[4].

— Isabelle qui ? tu ne lui connais pas d'autre nom ?

— Ma foi non, allez !

— Ce que tu sais ne te fatiguera pas la cervelle, dit Madeleine en souriant et en commençant à battre son linge.

— Comment dites-vous ? » reprit le petit François.

Madeleine le regarda encore ; c'était un bel enfant, il avait des yeux magnifiques. C'est dommage, pensat-elle, qu'il ait l'air si niais. « Quel âge as-tu ? reprit-elle. Peut-être que tu ne le sais pas non plus. »

---

1. C'est avec ce genre de construction, condamnée par les puristes, que G. Sand souhaite rendre la langue populaire. 2. Façon campagnarde d'évaluer les distances : au maximum 300 m. 3. Village de la rive gauche de la Vauvre. 4. La déformation populaire du prénom est courante ; la correction apportée par Madeleine signale donc une façon de parler plus raffinée.

La vérité est qu'il n'en savait pas plus long là-dessus que sur le reste. Il fit ce qu'il put pour répondre, honteux peut-être de ce que la meunière lui reprochait d'être si borné, et il accoucha de cette belle repartie : « Deux ans !

— Oui-da[1] ! reprit Madeleine en tordant son linge sans le regarder davantage, tu es un véritable oison[2], et on n'a guère pris soin de t'instruire, mon pauvre petit. Tu as au moins six ans pour la taille, mais tu n'as pas deux ans pour le raisonnement.

— Peut-être bien ! » répliqua François. — Puis, faisant un autre effort sur lui-même, comme pour secouer l'engourdissement de sa pauvre âme, il dit : « Vous demandiez comment je m'appelle ? On m'appelle François le Champi[3].

— Ah ! ah ! je comprends », dit Madeleine en tournant vers lui un œil de compassion[4] ; et Madeleine ne s'étonna plus de voir ce bel enfant si malpropre, si déguenillé et si abandonné à l'hébétement de son âge.

« Tu n'es guère couvert, lui dit-elle, et le temps n'est pas chaud. Je gage[5] que tu as froid ?

— Je ne sais pas », répondit le pauvre champi, qui était si habitué à souffrir qu'il ne s'en apercevait plus.

Madeleine soupira. Elle pensa à son petit Jeannie qui n'avait qu'un an et qui dormait bien chaudement dans son berceau, gardé par sa grand-mère, pendant que ce pauvre champi grelottait tout seul au bord de la fon-

---

1. Exclamation vieillie (équivalent de « par Dieu », mais ne s'employant qu'après « oui ») qui, de Molière à Maupassant, sert régulièrement à évoquer un parler campagnard.   **2.** Le petit de l'oie, symbole traditionnel de la niaiserie.   **3.** Pour cette appellation, voir Préface, p. 15.   **4.** Dans un premier manuscrit, G. Sand avait précisé : « *Car on appelle Champis dans nos campagnes les enfants trouvés que l'hospice confie pour une médiocre rétribution aux pauvres femmes qui veulent bien s'en charger.* »   **5.** Je parie.

taine, préservé de s'y noyer par la seule bonté de la Providence[1], car il était assez simple pour ne pas se douter qu'on meurt en tombant dans l'eau.

Madeleine, qui avait le cœur très charitable, prit le bras de l'enfant et le trouva chaud, quoiqu'il eût par instants le frisson et que sa jolie figure fût très pâle.

« Tu as la fièvre ? lui dit-elle.

— Je ne sais pas, allez ! » répondit l'enfant, qui l'avait toujours.

Madeleine Blanchet détacha le chéret[2] de laine qui lui couvrait les épaules et en enveloppa le champi qui se laissa faire, et ne témoigna ni étonnement ni contentement. Elle ôta toute la paille qu'elle avait sous ses genoux et lui en fit un lit où il ne chôma[3] pas de s'endormir, et Madeleine acheva de laver les nippes de son petit Jeannie, ce qu'elle fit lestement, car elle le nourrissait, et avait hâte d'aller le retrouver.

Quand tout fut lavé, le linge mouillé était devenu plus lourd de moitié, et elle ne put emporter le tout. Elle laissa son battoir et une partie de sa provision au bord de l'eau, se promettant de réveiller le champi lorsqu'elle reviendrait de la maison, où elle porta de suite[4] tout ce qu'elle put prendre avec elle. Madeleine Blanchet n'était ni grande ni forte. C'était une très jolie femme, d'un fier courage[5], et renommée pour sa douceur et son bon sens.

Quand elle ouvrit la porte de sa maison, elle entendit sur le petit pont de l'écluse un bruit de sabots qui cou-

---

1. La volonté bienveillante de Dieu.   2. Châle de laine porté par les bergères. Le terme figure dans un glossaire manuscrit dressé par G. Sand.   3. Populaire et campagnard car le terme désigne la façon dont les moutons s'arrêtent bien serrés au gros de la chaleur. Équivalent de : (ne) tarda pas (à)   4. Forme négligée fréquente chez G. Sand qui ne se piquait pas de beau langage (mais qui est ici attribuable au conteur).   5. Désigne encore dans la langue populaire l'ardeur au travail.

rait après elle, et, en se virant [1], elle vit le champi qui l'avait rattrapée et qui lui apportait son battoir, son savon, le reste de son linge et son chéret de laine.

« Oh ! oh ! dit-elle en lui mettant la main sur l'épaule, tu n'es pas si bête que je croyais, toi, car tu es serviable, et celui qui a bon cœur n'est jamais sot. Entre, mon enfant, viens te reposer. Voyez ce pauvre petit ! il porte plus lourd que lui-même !

« Tenez, mère, dit-elle à la vieille meunière qui lui présentait son enfant bien frais et tout souriant, voilà un pauvre champi qui a l'air malade. Vous qui vous connaissez à la fièvre, il faudrait tâcher de le guérir.

— Ah ! c'est la fièvre de misère ! répondit la vieille en regardant François ; ça se guérirait avec de la bonne soupe ; mais ça n'en a pas. C'est le champi à cette femme qui a emménagé d'hier. C'est la locataire à ton homme, Madeleine. Ça paraît bien malheureux, et je crains que ça ne paie pas souvent. »

Madeleine ne répondit rien. Elle savait que sa belle-mère et son mari avaient peu de pitié, et qu'ils aimaient l'argent plus que le prochain. Elle allaita son enfant, et quand la vieille fut sortie pour aller chercher ses oies, elle prit François par la main, Jeannie sur son autre bras, et s'en fut avec eux chez la Zabelle.

La Zabelle, qui se nommait en effet Isabelle Bigot, était une vieille fille de cinquante ans, aussi bonne qu'on peut l'être pour les autres quand on n'a rien à soi et qu'il faut toujours trembler pour sa pauvre vie. Elle avait pris François, au sortir de nourrice, d'une femme qui était morte à ce moment-là, et elle l'avait élevé depuis, pour avoir tous les mois quelques pièces d'argent blanc [2] et pour faire de lui son petit serviteur ; mais elle avait perdu ses bêtes et elle devait en acheter

---

1. Terme local pour « se tournant ». **2.** Monnaie d'argent (et non d'or ou de cuivre).

d'autres à crédit, dès qu'elle pourrait, car elle ne vivait pas d'autre chose que d'un petit lot de brebiage[1] et d'une douzaine de poules qui, de leur côté, vivaient sur le communal[2]. L'emploi de François, jusqu'à ce qu'il eût gagné l'âge de la première communion[3], devait être de garder ce pauvre troupeau sur le bord des chemins, après quoi on le louerait comme on pourrait, pour être porcher ou petit valet de charrue, et, s'il avait de bons sentiments, il donnerait à sa mère par adoption une partie de son gage[4].

On était au lendemain de la Saint-Martin[5], et la Zabelle avait quitté Mers, laissant sa dernière chèvre en paiement d'un reste dû sur son loyer. Elle venait habiter la petite locature[6] dépendante du moulin du Cormouer, sans autre objet de garantie qu'un grabat[7], deux chaises, un bahut et quelques vaisseaux[8] de terre. Mais la maison était si mauvaise, si mal close et de si chétive valeur, qu'il fallait la laisser déserte ou courir les risques attachés à la pauvreté des locataires.

Madeleine causa avec la Zabelle, et vit bientôt que ce n'était pas une mauvaise femme, qu'elle ferait en conscience tout son possible pour payer, et qu'elle ne manquait pas d'affection pour son champi. Mais elle avait pris l'habitude de le voir souffrir en souffrant

---

1. Élevage des moutons (et pas seulement des brebis) le terme figurait sous la forme plus « orale » dans le glossaire manuscrit de G. Sand. Voir Préface, p. 14-15.   2. Terres qui sont à la disposition de la communauté et donc plus précisément accessibles aux pauvres, qui peuvent y mener leurs bêtes.   3. Cette étape de la vie religieuse se situait alors vers douze ans   4. Nom de la rétribution des domestiques (toujours au pluriel en français académique).   5. Le 11 novembre était, dans les campagnes, la date fixée comme limite pour les contrats de location, souvent interrompus avant l'hiver. 6. Petite maison louée sans terrain pour la culture.   7. Couche misérable. On vient de voir que le propriétaire gardait les biens du locataire qui ne pouvait payer.   8. Terme local désignant de la vaisselle ordinaire.

elle-même, et la compassion que la riche meunière témoignait à ce pauvre enfant lui causa d'abord plus d'étonnement que de plaisir.

Enfin, quand elle fut revenue de sa surprise et qu'elle comprit que Madeleine ne venait pas pour lui demander, mais pour lui rendre service, elle prit confiance, lui conta longuement toute son histoire, qui ressemblait à celle de tous les malheureux, et lui fit grand remerciement de son intérêt. Madeleine l'avertit qu'elle ferait tout son possible pour la secourir ; mais elle la pria de n'en jamais parler à personne, avouant qu'elle ne pourrait l'assister qu'en cachette, et qu'elle n'était pas sa maîtresse à la maison.

Elle commença par laisser à la Zabelle son chéret[1] de laine, en lui faisant donner promesse de le couper dès le même soir pour en faire un habillement au champi, et de n'en pas montrer les morceaux avant qu'il fût cousu. Elle vit bien que la Zabelle s'y engageait à contrecœur, et qu'elle trouvait le chéret bien bon et bien utile pour elle-même. Elle fut obligée de lui dire qu'elle l'abandonnerait si, dans trois jours, elle ne voyait pas le champi chaudement vêtu. « Croyez-vous donc, ajouta-t-elle, que ma belle-mère, qui a l'œil à tout, ne reconnaîtrait pas mon chéret sur vos épaules ? Vous voudriez donc me faire avoir des ennuis ? Comptez que je vous assisterai autrement encore, si vous êtes un peu secrète dans ces choses-là. Et puis, écoutez : votre champi a la fièvre, et, si vous ne le soignez pas bien, il mourra.

— Croyez-vous ? dit la Zabelle ; ça serait une peine pour moi, car cet enfant-là, voyez-vous, est d'un cœur[2] comme on n'en trouve guère ; ça ne se plaint jamais, et c'est aussi soumis qu'un enfant de famille ; c'est

---

1. Voir p. 40, note 2.   **2.** Il peut s'agir de l'ardeur au travail (voir p. 40, note 5).

tout le contraire des autres champis, qui sont terribles et tabâtres[1], et qui ont toujours l'esprit tourné à la malice[2].

— Parce qu'on les rebute et parce qu'on les maltraite[3]. Si celui-là est bon, c'est que vous êtes bonne pour lui, soyez-en assurée.

— C'est la vérité, reprit la Zabelle ; les enfants ont plus de connaissance[4] qu'on ne croit. Tenez, celui-là n'est pas malin, et pourtant il sait très bien se rendre utile. Une fois que j'étais malade, l'an passé (il n'avait que cinq ans), il m'a soignée comme ferait une personne[5].

— Écoutez, dit la meunière : vous me l'enverrez tous les matins et tous les soirs, à l'heure où je donnerai la soupe à mon petit. J'en ferai trop, et il mangera le reste ; on n'y prendra pas garde.

— Oh ! c'est que je n'oserai pas vous le conduire, et, de lui-même, il n'aura jamais l'esprit de savoir l'heure.

— Faisons une chose. Quand la soupe sera prête, je poserai ma quenouille[6] sur le pont de l'écluse. Tenez, d'ici, ça se verra très bien. Alors, vous enverrez l'enfant avec un sabot[7] dans la main, comme pour chercher du feu, et puisqu'il mangera ma soupe, toute la vôtre vous restera. Vous serez mieux nourris tous les deux.

— C'est juste, répondit la Zabelle. Je vois que vous êtes une femme d'esprit, et j'ai du bonheur d'être

---

1. Équivalent de « bagarreurs ». La racine du mot le raproche de termes désignant la violence physique : tapage, tarabuster, tabasser.   2. Au sens ancien : méchanceté.   3. Idée à laquelle G. Sand tient beaucoup.   4. Faculté de se rendre compte de ce qui se passe.   5. L'ambiguïté du terme (pour « grande personne ») souligne le statut bien précaire de l'enfant.   6. Longue pièce de bois retenant la laine à filer, occupation traditionnelle des femmes de la campagne.   7. Faute d'allumettes, on allait ainsi chercher quelques braises chez le voisin pour rallumer son feu.

venue ici. On m'avait fait grand-peur de votre mari qui passe pour être un rude homme, et si j'avais pu trouver ailleurs, je n'aurais pas pris sa maison, d'autant plus qu'elle est mauvaise, et qu'il en demande beaucoup d'argent. Mais je vois que vous êtes bonne au [1] pauvre monde, et que vous m'aiderez à élever mon champi. Ah ! si la soupe pouvait lui couper sa fièvre ! Il ne me manquerait plus que de perdre cet enfant-là ! C'est un pauvre profit, et tout ce que je reçois de l'hospice [2] passe à son entretien. Mais je l'aime comme mon enfant, parce que je vois qu'il est bon, et qu'il m'assistera plus tard. Savez-vous qu'il est beau pour son âge, et qu'il sera de bonne heure en état de travailler ? »

C'est ainsi que François le Champi fut élevé par les soins et le bon cœur de Madeleine la meunière. Il retrouva la santé très vite, car il était bâti, comme on dit chez nous, à chaux et à sable [3], et il n'y avait point de richard dans le pays qui n'eût souhaité d'avoir un fils aussi joli de figure et aussi bien construit de ses membres. Avec cela, il était courageux comme un homme ; il allait à la rivière comme un poisson, et plongeait jusque sous la pelle [4] du moulin, ne craignant pas plus l'eau que le feu ; il sautait sur les poulains les plus folâtres et les conduisait au pré sans même leur passer une corde autour du nez, jouant des talons pour les faire marcher droit et les tenant aux crins pour sauter les fossés avec eux. Et ce qu'il y avait de singulier, c'est qu'il faisait tout cela d'une manière fort tranquille, sans embarras, sans rien dire, et sans quitter son air simple et un peu endormi.

---

1. « Pour le ». L'usage local multiplie la préposition « à » dans toutes sortes d'emploi. **2.** Équivalent de l'Assistance publique. **3.** Mélange qui est l'équivalent du ciment moderne : c'est la même image que celle du béton. **4.** La vanne qui arrête l'eau avant la roue, un endroit dangereux comme on le voit au début du chapitre II.

Cet air-là était cause qu'il passait pour sot ; mais il n'en est pas moins vrai que s'il fallait dénicher des pies[1] à la pointe du plus haut peuplier, ou retrouver une vache perdue bien loin de la maison, ou encore abattre une grive d'un coup de pierre, il n'y avait pas d'enfant plus hardi, plus adroit et plus sûr de son fait. Les autres enfants attribuaient cela au *bonheur du sort*, qui passe pour être le lot du champi dans ce bas monde. Aussi le laissaient-ils toujours passer le premier dans les amusettes[2] dangereuses.

« Celui-là, disaient-ils, n'attrapera jamais de mal, parce qu'il est champi. Froment de semence craint la vimère[3] du temps ; mais folle[4] graine ne périt point. »

Tout alla bien pendant deux ans. La Zabelle se trouva le moyen d'acheter quelques bêtes, on ne sut trop comment. Elle rendit beaucoup de petits services au moulin, et obtint que maître Cadet Blanchet le meunier fît réparer un petit le toit de sa maison qui faisait l'eau[5] de tous côtés. Elle put s'habiller un peu mieux, ainsi que son champi, et elle parut peu à peu moins misérable que quand elle était arrivée. La belle-mère de Madeleine fit bien quelques réflexions assez dures sur la perte de quelques effets et sur la quantité de pain qui se mangeait à la maison. Une fois même, Madeleine fut obligée de s'accuser pour ne pas laisser soupçonner la Zabelle ; mais, contre l'attente de la belle-

---

1. C'était la fonction traditionnelle des jeunes garçons que de détruire les nids de cet oiseau très vorace qui s'attaque aux jeunes volailles.   2. G. Sand a écrit aussi « aventures ».   3. Ou « vimaires » : « intempérie » causant des dégâts à l'agriculture. 4. Le froment est la forme la plus appréciée du blé et le meilleur doit en être gardé comme semence. On appelle « herbes folles » celles qui poussent seules mais ne valent rien.   5. « Faisait eau » serait d'un emploi plus courant, même dans la langue populaire (voir Préface, p. 15).

mère, Cadet Blanchet ne se fâcha presque point, et parut même vouloir fermer les yeux.

Le secret de cette complaisance, c'est que Cadet Blanchet était encore très amoureux de sa femme. Madeleine était jolie et nullement coquette, on lui en faisait compliment en tous endroits, et ses affaires allaient fort bien d'ailleurs ; comme il était de ces hommes qui ne sont méchants que par crainte d'être malheureux [1], il avait pour Madeleine plus d'égards qu'on ne l'en aurait cru capable. Cela causait un peu de jalousie à la mère Blanchet, et elle s'en vengeait par de petites tracasseries que Madeleine supportait en silence et sans jamais s'en plaindre à son mari.

C'était bien la meilleure manière de les faire finir plus vite, et jamais on ne vit à cet égard de femme plus patiente et plus raisonnable que Madeleine. Mais on dit chez nous que le profit de la bonté est plus vite usé que celui de la malice [2], et un jour vint où Madeleine fut questionnée et tancée [3] tout de bon pour ses charités.

C'était une année où les blés avaient grêlé [4] et où la rivière, en débordant, avait gâté les foins. Cadet Blanchet n'était pas de bonne humeur. Un jour qu'il revenait du marché avec un sien confrère qui venait d'épouser une fort belle fille, ce dernier lui dit : « Au reste, tu n'as pas été à plaindre non plus, *dans ton temps*, car ta Madelon était aussi une fille très agréable.

— Qu'est-ce que tu veux dire avec *mon temps* et ta *Madelon était* ? Dirait-on pas que nous sommes vieux elle et moi ? Madeleine n'a encore que vingt ans et je ne sache pas qu'elle soit devenue laide.

— Non, non, je ne dis pas ça, reprit l'autre. Certai-

---

1. En amour, évidemment ; autrement dit : « trompé »
2. Voir p. 44, note 2.　**3.** Vieilli pour : « grondée ».
4. Avaient été abattus par la grêle.

nement Madeleine est encore bien ; mais enfin, quand une femme se marie si jeune, elle n'en a pas pour long-temps à être regardée. Quand ça a nourri un enfant, c'est déjà fatigué ; et ta femme n'était pas forte, à preuve que la voilà bien maigre et qu'elle a perdu sa bonne mine. Est-ce qu'elle est malade, cette pauvre Madelon ?

— Pas que je sache. Pourquoi donc me demandes-tu ça ?

— Dame ! je ne sais pas. Je lui trouve un air triste comme quelqu'un qui souffrirait ou qui aurait de l'en-nui. Ah ! les femmes, ça n'a qu'un moment, c'est comme la vigne en fleur. Il faut que je m'attende aussi à voir la mienne prendre une mine allongée et un air sérieux. Voilà comme nous sommes, nous autres ! Tant que nos femmes nous donnent de la jalousie, nous en sommes amoureux. Ça nous fâche, nous crions, nous battons même quelquefois ; ça les chagrine, elles pleu-rent ; elles restent à la maison, elles nous craignent, elles s'ennuient, elles ne nous aiment plus. Nous voilà bien contents, nous sommes les maîtres !... Mais voilà aussi qu'un beau matin nous nous avisons que si per-sonne n'a plus envie de notre femme, c'est parce qu'elle est devenue laide, et alors, voyez le sort ! nous ne les aimons plus et nous avons envie de celles des autres... Bonsoir, Cadet Blanchet ; tu as embrassé ma femme un peu trop fort à ce soir ; je l'ai bien vu et je n'ai rien dit. C'est pour te dire à présent que nous n'en serons pas moins bons amis et que je tâcherai de ne pas la rendre triste comme la tienne, parce que je me connais : si je suis jaloux, je serai méchant, et quand je n'aurai plus sujet d'être jaloux, je serai peut-être encore pire. »

Une bonne leçon profite à un bon esprit ; mais Cadet Blanchet, quoique intelligent et actif, avait trop d'or-gueil pour avoir une bonne tête. Il rentra l'œil rouge et

l'épaule haute. Il regarda Madeleine comme s'il ne
l'avait pas vue depuis longtemps. Il s'aperçut qu'elle
était pâle et changée. Il lui demanda si elle était
malade, d'un ton si rude, qu'elle devint encore plus
pâle et répondit qu'elle se portait bien, d'une voix très
faible. Il s'en fâcha, Dieu sait pourquoi, et se mit à
table avec l'envie de chercher querelle à quelqu'un.
L'occasion ne se fit pas longtemps attendre. On parla
de la cherté du blé, et la mère Blanchet remarqua,
comme elle le faisait tous les soirs, qu'on mangeait
trop de pain. Madeleine ne dit mot. Cadet Blanchet
voulut la rendre responsable du gaspillage. La vieille
déclara qu'elle avait surpris, le matin même, le champi
emportant une demi-tourte [1]... Madeleine aurait dû se
fâcher et leur tenir tête, mais elle ne sut que pleurer.
Blanchet pensa à ce que lui avait dit son compère et
n'en fut que plus acrêté [2] ; si bien que, de ce jour-là,
expliquez comment cela se fit, si vous pouvez [3], il
n'aima plus sa femme et la rendit malheureuse.

II

Il la rendit malheureuse ; et, comme jamais bien
heureuse il ne l'avait rendue, elle eut doublement mauvaise chance dans le mariage. Elle s'était laissé marier,
à seize ans, à ce rougeot qui n'était pas tendre, qui

---

1. Gros pain rond. Le pain est à l'époque la nourriture de
base. 2. Le terme vient de Rabelais et désigne l'air combatif du
coq dressant sa crête. 3. Autre trait de langue orale suggérant
la présence du conteur ; les formules renvoyant un peu ironique-
ment le lecteur à ses interrogations figurent d'ailleurs traditionnellement à la fin des contes.

buvait beaucoup le dimanche, qui était en colère tout
le lundi, chagrin le mardi, et qui, les jours suivants,
travaillant comme un cheval pour réparer le temps
perdu, car il était avare, n'avait pas le loisir de songer
à sa femme. Il était moins malgracieux le samedi, parce
qu'il avait fait sa besogne et pensait à se divertir le
lendemain. Mais un jour par semaine de bonne humeur
ce n'est pas assez, et Madeleine n'aimait pas le voir
guilleret[1], parce qu'elle savait que le lendemain soir il
rentrerait tout enflambé[2] de colère.

Mais comme elle était jeune et gentille, et si douce
qu'il n'y avait pas moyen d'être longtemps fâché
contre elle, il avait encore des moments de justice et
d'amitié, où il lui prenait les deux mains, en lui disant :
« Madeleine, il n'y a pas de meilleure femme que
vous[3], et je crois qu'on vous a faite exprès pour moi.
Si j'avais épousé une coquette comme j'en vois tant,
je l'aurais tuée, ou je me serais jeté sous la roue de
mon moulin. Mais je reconnais que tu es sage, labo-
rieuse, et que tu vaux ton pesant d'or. »

Mais quand son amour fut passé, ce qui arriva au
bout de quatre ans de ménage, il n'eut plus de bonne
parole à lui dire, et il eut du dépit de ce qu'elle ne
répondait rien à ses mauvaisetés[4]. Qu'eût-elle répondu ! Elle sentait que son mari était injuste, et elle ne
voulait pas lui en faire de reproches, car elle mettait
tout son devoir à respecter le maître qu'elle n'avait
jamais pu chérir.

La belle-mère fut contente de voir que son fils rede-
venait l'homme de chez lui ; c'est ainsi qu'elle disait,
comme s'il avait jamais oublié de l'être et le faire sen-

---

1. De bonne humeur.   2. Pour « enflammé ».   3. L'usage
du « vous » était plus fréquent qu'aujourd'hui à l'intérieur des
familles. Le tutoiement qui suit, loin d'être affectueux, rappelle
qu'il est le maître.   4. Terme local pour « méchancetés ».

tir ! Elle haïssait sa bru, parce qu'elle la voyait meilleure qu'elle. Ne sachant quoi lui reprocher, elle lui tenait à méfait[1] de n'être pas forte, de tousser tout l'hiver, et de n'avoir encore qu'un enfant. Elle la méprisait pour cela et aussi pour ce qu'elle savait lire et écrire, et que le dimanche elle lisait des prières dans un coin du verger au lieu de venir caqueter et marmotter[2] avec elle et les commères d'alentour.

Madeleine avait remis son âme à Dieu, et, trouvant inutile de se plaindre, elle souffrait comme si cela lui était dû. Elle avait retiré son cœur de la terre, et rêvait souvent au paradis comme une personne qui serait bien aise de mourir. Pourtant elle soignait sa santé et s'ordonnait le courage, parce qu'elle sentait que son enfant ne serait heureux que par elle, et qu'elle acceptait tout en vue de l'amour qu'elle lui portait[3].

Elle n'avait pas grande amitié pour la Zabelle, mais elle en avait un peu, parce que cette femme, moitié bonne, moitié intéressée, continuait à soigner de son mieux le pauvre champi ; et Madeleine, voyant combien deviennent mauvais ceux qui ne songent qu'à eux-mêmes, était portée à n'estimer que ceux qui pensaient un peu aux autres. Mais comme elle était la seule, dans son endroit, qui n'eût pas du tout souci d'elle-même, elle se trouvait bien esseulée et s'ennuyait beaucoup, sans trop connaître la cause de son ennui.

Peu à peu cependant elle remarqua que le champi, qui avait alors dix ans, commençait à penser comme elle. Quand je dis penser, il faut croire qu'elle le jugea à sa manière d'agir ; car le pauvre enfant ne montrait guère plus son raisonnement dans ses paroles que le

---

1. Construction archaïque pour « lui reprochait ».   **2.** On dit aujourd'hui « marmonner ».   **3.** On retrouve dans cette situation l'écho de la mésentente du ménage Dudevant.

jour où elle l'avait questionné pour la première fois. Il
ne savait dire mot, et quand on voulait le faire causer,
il était arrêté tout de suite, parce qu'il ne savait rien de
rien. Mais s'il fallait courir pour rendre service, il était
toujours prêt ; et même [1] quand c'était pour le service
de Madeleine, il courait avant qu'elle eût parlé. À son
air on eût dit qu'il n'avait pas compris de quoi il s'agissait, mais il faisait la chose commandée si vite et si
bien qu'elle-même en était émerveillée.

Un jour qu'il portait le petit Jeannie dans ses bras et
qu'il se laissait tirer les cheveux par lui pour le faire
rire, Madeleine lui reprit l'enfant avec un brin de
mécontentement, disant comme malgré elle : « François, si tu commences déjà à tout souffrir des autres,
tu ne sais pas où ils s'arrêteront. » Et à son grand éba-
hissement, François lui répondit : « J'aime mieux souffrir le mal que de le rendre. »

Madeleine, étonnée, regarda dans les yeux du
champi. Il y avait dans les yeux de cet enfant-là
quelque chose qu'elle n'avait jamais trouvé même dans
ceux des personnes les plus raisonnables ; quelque
chose de si bon et de si décidé en même temps, qu'elle
en fut comme étourdie dans ses esprits [2] ; et s'étant
assise sur le gazon avec son petit sur les genoux, elle
fit asseoir le champi sur le bord de sa robe, sans oser
lui parler. Elle ne pouvait pas s'expliquer à elle-même
pourquoi elle avait comme de la crainte et de la honte
d'avoir souvent plaisanté cet enfant sur sa simplicité.
Elle l'avait toujours fait avec douceur, il est vrai, et
peut-être que sa niaiserie le lui avait fait plaindre et
aimer d'autant plus. Mais dans ce moment-là elle

---

1. Une virgule après « même » rendrait la phrase plus précise.
2. Cette variation sur l'expression « avoir l'esprit tout étourdi » est
un exemple de « naïveté » supposée dans la langue paysanne.

s'imagina qu'il avait toujours compris ses moqueries et qu'il en avait souffert, sans pouvoir y répondre.

Et puis elle oublia cette petite aventure, car ce fut peu de temps après que son mari, s'étant coiffé d'une drôlesse[1] des environs, se mit à la détester tout à fait et à lui défendre de laisser la Zabelle et son gars remettre les pieds dans le moulin. Alors Madeleine ne songea plus qu'aux moyens de les secourir encore plus secrètement. Elle en avertit la Zabelle en lui disant que pendant quelque temps elle aurait l'air de l'oublier.

Mais la Zabelle avait grand-peur du meunier, et elle n'était pas femme, comme Madeleine, à tout souffrir pour l'amour d'autrui. Elle raisonna à part soi, et se dit que le meunier, étant le maître, pouvait bien la mettre à la porte ou augmenter son loyer, ce à quoi Madeleine ne pourrait porter remède. Elle songea aussi qu'en faisant soumission à la mère Blanchet, elle se remettrait bien avec elle, et que sa protection lui serait plus utile que celle de la jeune femme. Elle alla donc trouver la vieille meunière, et s'accusa d'avoir accepté des secours de sa belle-fille, disant que c'était bien malgré elle, et seulement par commisération pour le champi, qu'elle n'avait pas le moyen de nourrir. La vieille haïssait le champi, tant seulement[2] parce que Madeleine s'intéressait à lui. Elle conseilla à la Zabelle de s'en débarrasser, lui promettant, à tel prix, d'obtenir six mois de crédit pour son loyer. On était encore, cette fois-là, au lendemain de la Saint-Martin[3], et la Zabelle n'avait pas d'argent, vu que l'année était mauvaise. On surveillait Madeleine de si près depuis quelque temps, qu'elle ne pouvait lui en donner. La Zabelle prit brave-

---

1. Selon les régions et les cas, le terme pouvait ne pas être obligatoirement péjoratif et signifier : « une fille ».   **2.** Vieilli ; équivalent de « ne serait-ce que... ».   **3.** Voir p. 42, note 5.

ment son parti, et promit que dès le lendemain elle
reconduirait le champi à l'hospice [1].

Elle n'eut pas plus tôt fait cette promesse qu'elle
s'en repentit, et qu'à la vue du petit François qui dormait sur son pauvre grabat [2], elle se sentit le cœur aussi
gros que si elle allait commettre un péché mortel [3]. Elle
ne dormit guère ; mais, dès avant le jour, la mère Blanchet entra dans son logis et lui dit :

« Allons, debout, Zabeau ! vous avez promis, il faut
tenir. Si vous attendez que ma bru vous ait parlé, je
sais que vous n'en ferez rien. Mais dans son intérêt,
voyez-vous, tout aussi bien que dans le vôtre, il faut
faire partir ce gars. Mon fils l'a pris en malintention [4]
à cause de sa bêtise et de sa gourmandise ; ma bru l'a
trop affriandé [5], et je suis sûre qu'il est déjà voleur.
Tous les champis le sont de naissance, et c'est une
folie que de compter sur ces canailles-là. En voilà un
qui vous fera chasser d'ici, qui vous donnera mauvaise
réputation, qui sera cause que mon fils battra sa femme
quelque jour, et qui, en fin de compte, quand il sera
grand et fort, deviendra bandit sur les chemins, et vous
fera honte. Allons, allons, en route ! Conduisez-le-moi
jusqu'à Corlay [6] par les prés. À huit heures, la diligence
passe. Vous y monterez avec lui, et sur le midi au plus
tard vous serez à Châteauroux. Vous pouvez revenir ce
soir, voilà une pistole [7] pour faire le voyage, et vous
aurez encore là-dessus de quoi goûter à la ville. »

---

1. Voir p. 45, note 2.   **2.** Voir p. 42, note 7.   **3.** La religion
catholique distingue avec précision les fautes « vénielles », moins
graves, des péchés « mortels » exigeant le pardon de l'Église pour
réconcilier l'âme avec Dieu.   **4.** Le terme (qui se retrouve dans
notre « malintentionné ») était vieilli mais n'avait pas d'emploi
local.   **5.** Attiré par des gâteries.   **6.** Hameau situé sur la route
de La Châtre à Chateauroux.   **7.** Façon vieillie de désigner une
somme de dix francs (à comparer aux dix écus gagnés par Madeleine
au chapitre suivant, ou aux sommes évoquées p. 67, 107, 151).

La Zabelle réveilla l'enfant, lui mit ses meilleurs habits, fit un paquet du reste de ses hardes, et, le prenant par la main, elle partit avec lui au clair de lune.

Mais à mesure qu'elle marchait et que le jour montait, le cœur lui manquait[1] ; elle ne pouvait aller vite, elle ne pouvait parler, et quand elle arriva au bord de la route, elle s'assit sur la berge du fossé, plus morte que vive. La diligence approchait. Il n'était que temps de se trouver là.

Le champi n'avait coutume de se tourmenter, et jusque-là il avait suivi sa mère sans se douter de rien. Mais quand il vit, pour la première fois de sa vie, rouler vers lui une grosse voiture, il eut peur du bruit qu'elle faisait, et se mit à tirer la Zabelle vers le pré d'où ils venaient de déboucher sur la route. La Zabelle crut qu'il comprenait son sort, et lui dit :

« Allons, mon pauvre François, il le faut ! »

Ce mot fit encore plus de peur à François. Il crut que la diligence était un gros animal toujours courant qui allait l'avaler et le dévorer. Lui qui était si hardi dans les dangers qu'il connaissait, il perdit la tête et s'enfuit dans le pré en criant. La Zabelle courut après lui ; mais le voyant pâle comme un enfant qui va mourir, le courage lui manqua tout à fait. Elle le suivit jusqu'au bout du pré et laissa passer la diligence.

---

1. La comparaison s'impose avec le conte du Petit Poucet où s'exprime la même réticence de la mère. Le modèle du conte traditionnel est d'ailleurs sensible à la fois dans le personnage de François (enfant trouvé dont le destin doit se rétablir) et dans la structure de ses aventures : ici Zabelle remplit la fonction de la mauvaise mère, comme Cadet Blanchet occupe la place de l'ogre, personnage masculin terrifiant, et sa mère, celle de la sorcière qui conseille de façon perverse.

III

Ils revinrent par où ils étaient venus, jusqu'à mi-chemin du moulin, et là, de fatigue, ils s'arrêtèrent. La Zabelle était inquiète de voir l'enfant trembler de la tête aux pieds, et son cœur sauter si fort qu'il soulevait sa pauvre chemise. Elle le fit asseoir et tâcha de le consoler. Mais elle ne savait ce qu'elle disait, et François n'était pas en état de le deviner. Elle tira un morceau de pain de son panier, et voulut lui persuader de manger ; mais il n'en avait nulle envie, et ils restèrent là longtemps sans se rien dire.

Enfin, la Zabeau, qui revenait toujours à ses raisonnements, eut honte de sa faiblesse et se dit que si elle reparaissait au moulin avec l'enfant, elle était perdue. Une autre diligence passait vers le midi, elle décida de se reposer là jusqu'au moment à propos pour retourner à la route ; mais comme François était épeuré[1] jusqu'à en perdre le peu d'esprit qu'il avait, comme, pour la première fois de sa vie, il était capable de faire de la résistance, elle essaya de le rapprivoiser avec les grelots des chevaux, le bruit des roues et la vitesse de la grosse voiture.

Mais, tout en essayant de lui donner confiance, elle en dit plus qu'elle ne voulait ; peut-être que le repentir la faisait parler malgré elle : ou bien François avait entendu en s'éveillant, le matin, certaines paroles de la mère Blanchet qui lui revenaient à l'esprit ; ou bien encore ses pauvres idées s'éclaircissaient tout d'un coup à l'approche du malheur : tant il y a qu'il se mit à dire, en regardant la Zabelle avec les mêmes yeux qui avaient tant étonné et presque effarouché Madeleine : « Mère, tu veux me renvoyer d'avec toi ! tu veux me

---

1. Apeuré.

conduire bien loin d'ici et me laisser. » Puis le mot d'*hospice*, qu'on avait plus d'une fois lâché devant lui, lui revint à la mémoire. Il ne savait ce que c'était que l'hospice [1], mais cela lui parut encore plus épouvantant [2] que la diligence, et il s'écria en frissonnant : « Tu veux me mettre dans l'hospice ! »

La Zabelle s'était portée trop avant pour reculer. Elle croyait l'enfant plus instruit de son sort qu'il ne l'était, et, sans songer qu'il n'eût guère été malaisé de le tromper et de se débarrasser de lui par surprise, elle se mit à lui expliquer la vérité et à vouloir lui faire comprendre qu'il serait plus heureux à l'hospice qu'avec elle, qu'on y prendrait plus de soin de lui, qu'on lui enseignerait à travailler, qu'on le placerait pour un temps chez quelque femme moins pauvre qu'elle qui lui servirait encore de mère.

Ces consolations achevèrent de désoler le champi. L'inconnaissance [3] du temps à venir lui fit plus de peur que tout ce que la Zabelle essayait de lui montrer pour le dégoûter de vivre avec elle. Il aimait d'ailleurs, il aimait de toutes ses forces cette mère ingrate qui ne tenait pas à lui autant qu'à elle-même. Il aimait quelqu'un encore, et presque autant que la Zabelle, c'était Madeleine ; mais il ne savait pas qu'il l'aimait et il n'en parla pas. Seulement il se coucha par terre en sanglotant, en arrachant l'herbe avec ses mains et en s'en couvrant la figure, comme s'il fût tombé du gros mal [4]. Et quand la Zabelle, tourmentée et impatientée de le voir ainsi, voulut le relever de force en le menaçant, il se frappa la tête si fort sur les pierres qu'il se mit tout en sang et qu'elle vit l'heure où il allait se tuer.

---

1. Voir p. 45, note 2.   **2.** Usage du participe fréquent dans la langue berrichonne.   **3.** Terme signalé dans le *Littré* comme appartenant à l'ancien français.   **4.** Façon populaire de désigner l'épilepsie (on dit plutôt : « haut mal »).

Le Bon Dieu [1] voulut que dans ce moment-là Madeleine Blanchet vînt à passer. Elle ne savait rien du départ de la Zabelle et de l'enfant. Elle avait été chez la [2] bourgeoise de Presles pour lui remettre de la laine qu'on lui avait donné à filer très menu, parce qu'elle était la meilleure filandière du pays. Elle en avait touché l'argent et elle s'en revenait au moulin avec dix écus [3] dans sa poche. Elle allait traverser la rivière sur un de ces petits ponts de planche à fleur d'eau comme il y en a dans les prés de ce côté-là, lorsqu'elle entendit des cris à fendre l'âme et reconnut tout d'un coup la voix du pauvre champi. Elle courut du côté, et vit l'enfant tout sanguifié [4] qui se débattait dans les bras de la Zabelle. Elle ne comprit pas d'abord ; car, à voir cela, on eût dit que la Zabelle l'avait frappé mauvaisement et voulait se défaire de lui. Elle le crut d'autant plus que François, en l'apercevant, se prit à courir vers elle, se roula autour de ses jambes comme un petit serpent, et s'attacha à ses cotillons [5] en criant : « Madame Blanchet, madame Blanchet, sauvez-moi ! »

La Zabelle était grande et forte, et Madeleine était petite et mince comme un brin de jonc. Elle n'eut cependant pas peur, et, dans l'idée que cette femme, devenue folle, voulait assassiner l'enfant, elle se mit au-devant de lui, bien déterminée à le défendre ou à se laisser tuer pendant qu'il se sauverait.

---

1. Il faut se rappeler que le récit est fait par Monique, la bonne du curé.   **2.** Ce déterminant « la » s'explique s'il n'y a dans ce hameau, situé près de Corlay, qu'une femme aisée achetant de la laine très fine, mais il produit aussi un effet de récit oral (voir p. 38, note 4, et p. 49, note 3) : on se réfère à une personne connue des auditeurs.   **3.** Façon restée courante de désigner les pièces d'argent de cinq francs, alors que le cours officiel de la monnaie est obligatoirement en francs depuis 1840.   **4.** Vieilli pour « ensanglanté ». Voir p. 58, note 2.   **5.** Les jupons ou jupes de dessous qui étaient souvent les seules portées par les femmes du peuple.

Mais il ne fallut pas beaucoup de paroles pour s'expliquer. La Zabelle, qui avait plus de chagrin que de colère, raconta les choses comme elles étaient. Cela fit que François comprit enfin tout le malheur de son état, et, cette fois, il fit son profit de ce qu'il entendait avec plus de raison qu'on ne lui en eût jamais supposé. Quand la Zabelle eut tout dit, il commença à s'attacher aux jambes et aux jupons de la meunière, en disant : « Ne me renvoyez pas, ne me laissez pas renvoyer ! » Et il allait de la Zabeau qui pleurait, à la meunière qui pleurait encore plus fort, disant toutes sortes de mots et de prières qui n'avaient pas l'air de sortir de sa bouche car c'était la première fois qu'il trouvait moyen de dire ce qu'il voulait : « Ô ma mère, ma mère mignonne ! disait-il à la Zabelle, pourquoi veux-tu me quitter ? Tu veux donc que je meure du chagrin de ne plus te voir ? Qu'est-ce que je t'ai fait pour que tu ne m'aimes plus ? Est-ce que je ne t'ai pas toujours obéi dans tout ce que tu m'as commandé ? Est-ce que j'ai fait du mal ? J'ai toujours eu bien soin de nos bêtes, tu le disais toi-même, tu m'embrassais tous les soirs, tu me disais que j'étais ton enfant, tu ne m'as jamais dit que tu n'étais pas ma mère ! Ma mère, garde-moi, garde-moi, je t'en prie comme on prie le Bon Dieu ! j'aurai toujours soin de toi ; je travaillerai toujours pour toi ; si tu n'es pas contente de moi, tu me battras et je ne dirai rien ; mais attends pour me renvoyer que j'aie fait quelque chose de mal. »

Et il allait à Madeleine en lui disant : « Madame la meunière, ayez pitié de moi. Dites à ma mère de me garder. Je n'irai plus jamais chez vous, puisqu'on ne le veut pas, et quand vous voudrez me donner quelque chose, je saurai que je ne dois pas le prendre. J'irai parler à M. Cadet Blanchet, je lui dirai de me battre et de ne pas vous gronder pour moi. Et quand vous irez aux champs, j'irai toujours avec vous, je porterai votre petit, je l'amuserai encore toute la journée. Je ferai tout ce que vous me direz, et si je fais quelque chose de mal, vous ne m'aimerez plus. Mais ne me laissez pas renvoyer, je ne veux pas m'en aller, j'aime mieux me jeter dans la rivière. »

Et le pauvre François regardait la rivière en s'approchant si près qu'on voyait bien que sa vie ne tenait qu'à un fil, et qu'il n'eût fallu qu'un mot de refus pour le faire noyer. Madeleine parlait pour l'enfant, et la Zabelle mourait d'envie de l'écouter ; mais elle se voyait près du moulin, et ce n'était plus comme lorsqu'elle était auprès de la route.

« Va, méchant enfant, disait-elle, je te garderai ; mais tu seras cause que demain je serai sur les chemins demandant mon pain. Toi, tu es trop bête pour comprendre que c'est par ta faute que j'en serai réduite là, et voilà à quoi m'aura servi de me mettre sur le corps[1] l'embarras d'un enfant qui ne m'est rien, et qui ne me rapporte pas le pain qu'il mange.

— En voilà assez, Zabelle, dit la meunière en prenant le champi dans ses bras et en l'enlevant de terre pour l'emporter, quoiqu'il fût déjà bien lourd. Tenez, voilà dix écus[2] pour payer votre ferme ou pour emménager ailleurs, si on s'obstine à vous chasser de chez nous. C'est de l'argent à moi, de l'argent que j'ai gagné ; je sais bien qu'on me le redemandera, mais ça m'est égal. On me tuera si l'on veut, j'achète cet enfant-là, il est à moi, il n'est plus à vous. Vous ne méritez pas de garder un enfant d'un aussi grand cœur, et qui vous aime tant. C'est moi qui serai sa mère, et il faudra bien qu'on le souffre. On peut tout souffrir pour ses enfants. Je me ferais couper par morceaux pour mon Jeannie ; et bien ! j'en endurerai autant pour

---

1. Équivalent de « sur le dos ».   2. Nom usuel des pièces d'argent (10 F).

celui-là. Viens, mon pauvre François. Tu n'es plus champi, entends-tu ? Tu as une mère, et tu peux l'aimer à ton aise ; elle te le rendra de tout son cœur. »

Madeleine disait ces paroles-là sans trop savoir ce qu'elle disait. Elle qui était la tranquillité même, elle avait en ce moment la tête tout en feu. Son bon cœur s'était regimbé, et elle était vraiment en colère contre la Zabelle. François avait jeté ses deux bras autour du cou de la meunière, et il serrait si fort qu'elle en perdit la respiration, en même temps qu'il remplissait de sang sa coiffe et son mouchoir, car il s'était fait plusieurs trous à la tête.

Tout cela fit un tel effet sur Madeleine, elle eut à la fois tant de pitié, tant d'effroi, tant de chagrin et tant de résolution, qu'elle se mit à marcher vers le moulin avec autant de courage qu'un soldat qui va au feu. Et, sans songer que l'enfant était lourd et qu'elle était si faible qu'à peine pouvait-elle porter son petit Jeannie, elle traversa le petit pont qui n'était guère bien assis [1] et qui enfonçait sous ses pieds.

Quand elle fut au milieu elle s'arrêta. L'enfant devenait si pesant qu'elle fléchissait et que la sueur lui coulait du front. Elle se sentit comme si elle allait tomber en faiblesse, et tout d'un coup il lui revint à l'esprit une belle et merveilleuse histoire qu'elle avait lue, la veille, dans son vieux livre de la *Vie des Saints* [2] ; c'était l'histoire de saint Christophe portant l'enfant Jésus pour lui faire traverser la rivière et le trouvant si lourd, que la crainte l'arrêtait. Elle se retourna pour regarder le champi. Il avait les yeux tout retournés. Il

---

1. Exemple de langue naïve forgé par rapport au terme « l'assise ». 2. Recueil très populaire des légendes naïves concernant les saints de l'Église chrétienne (comme celle de saint Christophe dont le nom signifie en grec « qui porte le Christ ») et que G. Sand a elle-même beaucoup aimé dans son enfance.

ne la serrait plus avec ses bras ; il avait eu trop de
chagrin, ou il avait perdu trop de sang. Le pauvre
enfant s'était pâmé[1].

IV

Quand la Zabelle le vit ainsi, elle le crut mort. Son
amitié lui revint dans le cœur, et ne songeant plus ni
au meunier, ni à la méchante vieille, elle reprit l'enfant
à Madeleine et se mit à l'embrasser en criant et en
pleurant. Elles le couchèrent sur leurs genoux, au bord
de l'eau, lavèrent ses blessures et en arrêtèrent le sang
avec leurs mouchoirs ; mais elles n'avaient rien pour
le faire revenir. Madeleine, réchauffant sa tête contre
son cœur, lui soufflait sur le visage et dans la bouche
comme on fait aux noyés. Cela le réconforta, et dès
qu'il ouvrit les yeux et qu'il vit le soin qu'on prenait
de lui, il embrassa Madeleine et la Zabelle l'une après
l'autre avec tant de cœur qu'elles furent obligées de
l'arrêter, craignant qu'il ne retombât en pâmoison.

« Allons, allons, dit la Zabelle, il faut retourner chez
nous. Non, jamais, jamais je ne pourrai quitter cet
enfant-là, je le vois bien, et je n'y veux plus songer. Je
garde vos dix écus, Madeleine, pour payer ce soir si
on m'y force. Mais n'en dites rien ; j'irai trouver
demain la bourgeoise de Presles pour qu'elle ne nous
démente pas, et elle dira, au besoin, qu'elle ne vous a
pas encore payé le prix de votre filage ; ça nous fera
gagner du temps, et je ferai si bien, quand je devrais
mendier, que je m'acquitterai envers vous pour que

---

1. Évanoui.

vous ne soyez pas molestée à cause de moi. Vous ne pouvez pas prendre cet enfant au moulin, votre mari le tuerait. Laissez-le-moi, je jure d'en avoir autant de soin qu'à l'ordinaire, et si on nous tourmente encore nous aviserons. »

Le sort voulut que la rentrée du champi se fît sans bruit et sans que personne y prît garde ; car il se trouva que la mère Blanchet venait de tomber bien malade d'un coup de sang, avant d'avoir pu avertir son fils de ce qu'elle avait exigé de la Zabelle à l'endroit du champi ; et maître Blanchet n'eut rien de plus pressé que d'appeler cette femme pour venir aider au ménage, pendant que Madeleine et la servante soignaient sa mère. Pendant trois jours on fut sens dessus dessous au moulin. Madeleine ne s'épargna pas, et passa trois nuits debout au chevet de sa belle-mère, qui rendit l'esprit entre ses bras.

Ce coup du sort abattit pendant quelque temps l'humeur malplaisante du meunier. Il aimait sa mère autant qu'il pouvait aimer, et il mit de l'amour-propre à la faire enterrer selon ses moyens. Il oublia sa maîtresse pendant le temps voulu, et il s'avisa même de faire le généreux, en donnant les vieilles nippes de la défunte aux pauvres voisines. La Zabelle eut sa part dans ces aumônes, et le champi lui-même eut une pièce de vingt sous[1], parce que Blanchet se souvint que, dans un moment où l'on était fort pressé d'avoir des sangsues[2] pour la malade, tout le monde ayant couru inutilement pour s'en procurer, le champi avait été en pêcher, sans rien dire, dans une mare où il en savait, et en avait rapporté, en moins de temps qu'il n'en avait fallu aux autres pour se mettre en route.

---

1. Soit : un franc.   **2.** On se servait de ces mollusques courants dans les mares et vendus en pharmacie pour opérer avec leurs piqûres des saignées sur les malades.

Si bien que Cadet Blanchet avait à peu près oublié sa rancœur, et que personne ne sut au moulin l'équipée de la Zabelle pour remettre son champi à l'hospice. L'affaire des dix écus de la Madeleine revint plus tard, car le meunier n'avait pas oublié de faire payer la ferme[1] de sa chétive maison à la Zabelle. Mais Madeleine prétendit les avoir perdus dans les prés en se mettant à courir, à la nouvelle de l'accident de sa belle-mère. Blanchet les chercha longtemps et gronda fort, mais il ne sut pas l'emploi de cet argent, et la Zabelle ne fut pas soupçonnée.

À partir de la mort de sa mère, le caractère de Blanchet changea peu à peu, sans pourtant s'amender. Il s'ennuya davantage à la maison, devint moins regardant à ce qui s'y passait et moins avare dans ses dépenses. Il n'en fut que plus étranger aux profits d'argent, et comme il engraissait, qu'il devenait dérangé et n'aimait plus le travail, il chercha son aubaine dans des marchés de peu de foi et dans un petit maquignonnage d'affaires qui l'aurait enrichi s'il ne se fût mis à dépenser d'un côté ce qu'il gagnait de l'autre. Sa concubine prit chaque jour plus de maîtrise sur lui. Elle l'emmenait dans les foires et assemblées pour tripoter dans des trigauderies[2] et mener la vie de cabaret. Il apprit à jouer et fut souvent heureux[3] ; mais il eût mieux valu pour lui perdre toujours, afin de s'en dégoûter ; car ce dérèglement acheva de le faire sortir de son assiette[4], et, à la moindre perte qu'il essuyait, il devenait furieux contre lui-même et méchant envers tout le monde.

Pendant qu'il menait cette vilaine vie, sa femme tou-

---

1. Le loyer.   2. « Tromperies », actions malhonnêtes. « Trigaud » figure dans le glossaire de George Sand (voir p. 33, note 2).   3. Au sens étymologique ancien : favorisé par la chance.   4. Métaphore équestre : perdre la position d'équilibre, d'où : se mettre en colère.

jours sage et douce, gardait la maison et élevait avec amour leur unique enfant. Mais elle se regardait comme doublement mère, car elle avait pris pour le champi une amitié très grande et veillait sur lui presque autant que sur son propre fils. À mesure que son mari devenait plus débauché, elle devenait moins servante et moins malheureuse. Dans les premiers temps de son libertinage il se montra encore très rude, parce qu'il craignait les reproches et voulait tenir sa femme en état de peur et de soumission. Quand il vit que par nature elle haïssait les querelles et qu'elle ne montrait pas de jalousie, il prit le parti de la laisser tranquille. Sa mère n'étant plus là pour l'exciter contre elle, force lui était bien de reconnaître qu'aucune femme n'était plus économe pour elle-même que Madeleine. Il s'accoutuma à passer des semaines entières hors de chez lui, et quand il y revenait un jour, en humeur de faire du train[1], il y était désencoléré par un silence si patient qu'il s'en étonnait d'abord et finissait par s'endormir. Si bien qu'on ne le revoyait plus que lorsqu'il était fatigué et qu'il avait besoin de se reposer.

Il fallait que Madeleine fût une femme bien chrétienne[2] pour vivre ainsi seule avec une vieille fille et deux enfants. Mais c'est qu'en fait elle était meilleure chrétienne peut-être qu'une religieuse ; Dieu lui avait fait une grande grâce en lui ayant permis d'apprendre à lire et de comprendre ce qu'elle lisait. C'était pourtant toujours la même chose, car elle n'avait possession que de deux livres, le saint Évangile et un accourci[3] de la *Vie des Saints*. L'Évangile la sanctifiait et la faisait

---

1. Le tapage que l'on mène. **2.** Supporter les malheurs qui s'abattent sur vous est selon la religion une vertu pour laquelle Dieu envoie une « grâce d'état », soit une aide accordée à l'état dans lequel se trouve le croyant. **3.** Abrégé. Pour la *Vie des Saints*, voir p. 61, note 2.

pleurer toute seule lorsqu'elle lisait le soir auprès du
lit de son fils. La *Vie des Saints* lui faisait un autre
effet : c'était, sans comparaison, comme quand les
gens qui n'ont rien à faire lisent des contes et se montent la tête pour des rêvasseries et des mensonges.
Toutes ces belles histoires lui donnaient des idées de
courage et même de gaieté[1]. Et quelquefois aux
champs, le champi la vit sourire et devenir rouge,
quand elle avait son livre sur les genoux. Cela l'étonnait beaucoup, et il eut bien du mal à comprendre
comment les histoires qu'elle prenait la peine de lui
raconter en les arrangeant un peu pour les lui faire
entendre[2] (et aussi parce qu'elle ne les entendait peut-
être pas toutes très bien d'un bout jusqu'à l'autre), pouvaient sortir de cette chose qu'elle appelait son livre.
L'envie lui vint d'apprendre à lire aussi, et il apprit si
vite et si bien avec elle, qu'elle en fut étonnée[3], et qu'à
son tour il fut capable d'enseigner au petit Jeannie.
Quand François fut en âge de faire sa première
communion[4], Madeleine l'aida à s'instruire dans le
catéchisme, et le curé de leur paroisse fut tout réjoui
de l'esprit et de la bonne mémoire de cet enfant, qui
pourtant passait toujours pour un nigaud, parce qu'il
n'avait point de conversation et n'était hardi avec personne.

Quand il eut communié, comme il était en âge d'être
loué, la Zabelle le vit de bon cœur entrer domestique
au moulin, et maître Blanchet ne s'y opposa point, car
il était devenu clair pour tout le monde que le champi
était bon sujet, très laborieux, très serviable, plus fort,

---

1. Voir G. Sand, *Histoire de ma vie*, à propos d'une des légendes
de la *Vie des Saints* : « j'y trouvais plus de poésie que d'absurdi-
té ».   **2.** Au sens classique de « comprendre ».   **3.** G. Sand
elle-même s'est dite surprise de la rapidité avec laquelle certains
paysans qu'elle aidait apprenaient à lire.   **4.** Voir p. 42, note 3.

plus dispos et plus raisonnable que tous les enfants de son âge. Et puis, il se contentait de dix écus [1] de gage, et il y avait toute économie à le prendre. Quand François se vit tout à fait au service de Madeleine et du cher petit Jeannie qu'il aimait tant, il se trouva bien heureux, et quand il comprit qu'avec l'argent qu'il gagnait, la Zabelle pourrait payer sa ferme [2] et avoir de moins le plus gros de ses soucis, il se trouva aussi riche que le roi.

Malheureusement la pauvre Zabelle ne jouit pas longtemps de cette récompense. À l'entrée de l'hiver, elle fit une grosse maladie, et, malgré tous les soins du champi et de Madeleine, elle mourut le jour de la Chandeleur [3], après avoir été si mieux qu'on la croyait guérie. Madeleine la regretta et la pleura beaucoup, mais elle tâcha de consoler le pauvre champi, qui, sans elle, n'aurait jamais surmonté son chagrin.

Un an après, il y pensait encore tous les jours et quasi à chaque instant, et une fois il dit à la meunière :

« J'ai comme un repentir quand je prie pour l'âme de ma pauvre mère : c'est de ne l'avoir pas assez aimée. Je suis bien sûr d'avoir toujours fait mon possible pour la contenter, de ne lui avoir jamais dit que de bonnes paroles, et de l'avoir servie en toutes choses comme je vous sers vous-même ; mais il faut, madame Blanchet, que je vous avoue une chose qui me peine et dont je demande pardon à Dieu bien souvent : c'est que depuis le jour où ma pauvre mère a voulu me reconduire à l'hospice, et où vous avez pris mon parti pour l'en empêcher, l'amitié que j'avais pour elle avait,

---

1. Soit cinquante francs. À comparer à la somme bien plus importante qu'il gagnera chez un maître quelconque au chapitre XI.
2. Voir p. 64, note 1.   3. Le 2 février, fête de la Purification de la Vierge. Cette façon d'indiquer les dates par référence aux grandes fêtes chrétiennes était courante dans les campagnes.

bien malgré moi, diminué dans mon cœur. Je ne lui en
voulais pas, je ne me permettais pas même de penser
qu'elle avait mal fait en voulant m'abandonner. Elle
était dans son droit ; je lui faisais du tort, elle avait
crainte de votre belle-mère, et enfin elle le faisait bien
à contre-cœur ; car j'ai bien vu là qu'elle m'aimait
grandement. Mais je ne sais comment la chose s'est
retournée dans mon esprit, ç'a été plus fort que moi.
Du moment où vous avez dit des paroles que je n'ou-
blierai jamais, je vous ai aimée plus qu'elle, et, j'ai eu
beau faire, je pensais à vous plus souvent qu'à elle.
Enfin, elle est morte, et je ne suis pas mort de chagrin
comme je mourrais si vous mourriez.

— Et quelles paroles est-ce que j'ai dites, mon
pauvre enfant, pour que tu m'aies donné comme cela
toute ton amitié ? Je ne m'en souviens pas.

— Vous ne vous en souvenez pas ? dit le champi
en s'asseyant aux pieds de la Madeleine qui filait son
rouet en l'écoutant. Eh bien ! Vous avez dit en donnant
des écus à ma mère : « Tenez, je vous achète cet
enfant-là ; il est à moi. » Et vous m'avez dit en m'embrassant : « À présent, tu n'es plus champi, tu as une
mère qui t'aimera comme si elle t'avait mis au
monde. » N'avez-vous pas dit comme cela, madame
Blanchet ?

— C'est possible, et j'ai dit ce que je pensais, ce
que je pense encore. Est-ce que tu trouves que je t'ai
manqué de parole ?

— Oh non ! Seulement...

— Seulement, quoi ?

— Non, je ne le dirai pas, car c'est mal de se
plaindre, et je ne veux pas faire l'ingrat et le méconnaissant.

— Je sais que tu ne peux pas être ingrat, et je veux
que tu dises ce que tu as sur le cœur. Voyons, qu'as-

tu qui te manque pour n'être pas mon enfant ? Dis, je te commande comme je commanderais à Jeannie.

— Eh bien, c'est que... c'est que vous embrassez Jeannie bien souvent, et que vous ne m'avez jamais embrassé depuis le jour que nous disions tout à l'heure. J'ai pourtant grand soin d'avoir toujours la figure et les mains bien lavées, parce que je sais que vous n'aimez pas les enfants malpropres et que vous êtes toujours après laver et peigner Jeannie. Mais vous ne m'embrassez pas davantage pour ça, et ma mère Zabelle ne m'embrassait guère non plus. Je vois bien pourtant que toutes les mères caressent leurs enfants et c'est à quoi je vois que je suis toujours un champi et que vous ne pouvez pas l'oublier.

— Viens m'embrasser, François, dit la meunière en asseyant l'enfant sur ses genoux et en l'embrassant au front avec beaucoup de sentiment. J'ai eu tort, en effet, de ne jamais songer à cela, et tu méritais mieux de moi. Tiens, tu vois, je t'embrasse de grand cœur, et tu es bien sûr à présent que tu n'es plus champi, n'est-ce pas ? »

L'enfant se jeta au cou de Madeleine, et devint si pâle qu'elle en fut étonnée et l'ôta doucement de dessus ses genoux en essayant de le distraire. Mais il la quitta au bout d'un moment, et s'enfuit tout seul comme pour se cacher, ce qui donna de l'inquiétude à la meunière. Elle le chercha et le trouva à genoux dans un coin de la grange et tout en larmes.

« Allons, allons, François, lui dit-elle en le relevant, je ne sais pas ce que tu as. Si c'est que tu penses à ta pauvre mère Zabelle, il faut faire une prière pour elle et tu te sentiras plus tranquille.

— Non, non, dit l'enfant en tortillant le bord du tablier de Madeleine et en le baisant de toutes ses forces, je ne pensais pas à ma pauvre mère. Est-ce que ce n'est pas vous qui êtes ma mère ?

— Et pourquoi pleures-tu donc ? Tu me fais de la peine.

— Oh non ! oh non ! je ne pleure pas, répondit François en essuyant vitement ses yeux et en prenant un air gai ; c'est-à-dire, je ne sais pas pourquoi je pleurais. Vrai, je n'en sais rien, car je suis content comme si j'étais en paradis. »

V

Depuis ce jour-là Madeleine embrassa cet enfant matin et soir, ni plus ni moins que s'il eût été à elle, et la seule différence qu'elle fît entre Jeannie et François, c'est que le plus jeune était le plus gâté et le plus cajolé, comme son âge le comportait. Il n'avait que sept ans lorsque le champi en avait douze, et François comprenait fort bien qu'un grand garçon comme lui ne pouvait être amijolé[1] comme un petit. D'ailleurs ils étaient encore plus différents d'apparence que d'âge. François était si grand et si fort, qu'il paraissait un garçon de quinze ans, et Jeannie était mince et petit comme sa mère, dont il avait toute la retirance.

En sorte qu'il arriva qu'un matin qu'elle recevait son bonjour sur le pas de sa porte, et qu'elle l'embrassait comme de coutume, sa servante lui dit :

« M'est avis, sans vous offenser, notre maîtresse, que ce gars est bien grand pour se faire embrasser comme une petite fille.

— Tu crois ? répondit Madeleine étonnée. Mais tu ne sais donc pas l'âge qu'il a ?

---

1. Terme local pour « cajolé ».

— Si fait ; aussi je n'y verrais pas de mal, n'était qu'il est champi, et que moi, qui ne suis que votre servante, je n'embrasserais pas ça pour bien de l'argent.

— Ce que vous dites là est mal, Catherine, reprit Mme Blanchet, et surtout vous ne devriez pas le dire devant ce pauvre enfant.

— Qu'elle le dise et que tout le monde le dise, répliqua François avec beaucoup de hardiesse. Je ne m'en fais pas de peine. Pourvu que je ne sois pas champi pour vous, Mme Blanchet, je suis très content.

— Tiens, voyez donc ! dit la servante. C'est la première fois que je l'entends causer si longtemps. Tu sais donc mettre trois paroles au bout l'une de l'autre, François ? Eh bien ! vrai, je croyais que tu ne comprenais pas seulement ce qu'on disait. Si j'avais su que tu écoutais, je n'aurais pas dit devant toi ce que j'ai dit, car je n'ai nulle envie de te molester. Tu es bon garçon, très tranquille et complaisant. Allons, allons, n'y pense pas ; si je trouve drôle que notre maîtresse t'embrasse, c'est parce que tu me parais trop grand pour ça, et que ta câlinerie te fait paraître encore plus sot que tu n'es. »

Ayant ainsi raccommodé la chose, la grosse Catherine alla faire sa soupe et n'y pensa plus.

Mais le champi suivit Madeleine au lavoir, et s'asseyant auprès d'elle, il lui parla comme il savait parler avec elle et pour elle seule.

« Vous souvenez-vous, Mme Blanchet, lui dit-il, d'une fois que j'étais là, il y a bien longtemps, et que vous m'avez fait dormir dans votre chéret[1] ?

— Oui, mon enfant, répondit-elle, et c'est même la première fois que nous nous sommes vus.

— C'est donc la première fois ? Je n'en étais pas certain, je ne m'en souviens pas bien ; car quand je

---

1. Voir p. 40, note 2.

pense à ce temps-là, c'est comme dans un rêve. Et combien d'années est-ce qu'il y a de ça ?

— Il y a... attends donc, il y a environ six ans, car mon Jeannie avait quatorze mois.

— Comme cela je n'étais pas si vieux qu'il est à présent ? Croyez-vous que quand il aura fait sa première communion, il se souviendra de tout ce qui lui arrive à présent ?

— Oh ! oui, je m'en souviendrai bien, dit Jeannie.

— Ça dépend, reprit François. Qu'est-ce que tu faisais hier à cette heure-ci ? »

Jeannie, étonné, ouvrit la bouche pour répondre, et resta court d'un air penaud.

« Eh bien ! et toi ? je parie que tu n'en sais rien non plus, dit à François la meunière qui avait coutume de s'amuser à les entendre deviser et babiller ensemble.

— Moi, moi ? dit le champi embarrassé, attendez donc... J'allais aux champs et j'ai passé par ici... et j'ai pensé à vous ; c'est hier, justement, que je me suis souvenu du jour où vous m'avez plié dans votre chéret.

— Tu as bonne mémoire, et c'est étonnant que tu te souviennes de si loin. Et te souviens-tu que tu avais la fièvre ?

— Non, par exemple !

— Et que tu m'as rapporté mon linge à la maison sans que je te le dise ?

— Non plus.

— Moi, je m'en suis toujours souvenue, parce que c'est à cela que j'ai connu que tu étais de bon cœur.

— Moi aussi, je suis d'un bon cœur, pas vrai, mère ? dit le petit Jeannie en présentant une pomme qu'il avait à moitié rongée.

— Certainement, toi aussi, et tout ce que tu vois faire de bien à François, tu le feras aussi plus tard.

— Oui, oui, répliqua l'enfant bien vite ; je monterai

ce soir sur la pouliche jaune, et j'irai la conduire au pré.

— Oui-da [1], dit François en riant ; et puis tu monteras aussi sur le grand cormier [2] pour dénicher les croquabeilles [3] ? Attends, que je vas [4] te laisser faire, petiot ! Mais dites-moi donc, Mme Blanchet, il y a une chose que je veux vous demander, mais je ne sais pas si vous voudrez me la dire.

— Voyons.

— C'est pourquoi ils croient me fâcher en m'appelant champi. Est-ce que c'est mal d'être champi ?

— Mais non, mon enfant, puisque ce n'est pas ta faute.

— Et à qui est-ce la faute ?

— C'est la faute aux riches.

— La faute aux riches ! comment donc ça ?

— Tu m'en demandes bien long aujourd'hui ; je te dirai ça plus tard.

— Non, non, tout de suite, Mme Blanchet.

— Je ne peux pas t'expliquer... D'abord sais-tu toi-même ce que c'est que d'être champi ?

— Oui, c'est d'avoir été mis à l'hospice [5] par ses père et mère, parce qu'ils n'avaient pas le moyen pour vous nourrir et vous élever.

— C'est ça. Tu vois donc bien que s'il y a des gens assez malheureux pour ne pouvoir pas élever leurs enfants eux-mêmes, c'est la faute aux riches qui ne les assistent pas.

— Ah ! c'est juste ! répondit le champi tout pensif. Pourtant il y a de bons riches, puisque vous l'êtes,

---

1. Voir p. 39, note 1.   **2.** Arbre courant dans la campagne française : on en tirait des bâtons très solides et le mot semble avoir inspiré le nom du moulin.   **3.** Nom populaire des mésanges. **4.** Pour « vais ». Utilisé classiquement pour produire l'effet d'une langue paysanne, de Molière à Maupassant.   **5.** Voir p. 45, note 2.

vous, madame Blanchet ; c'est le tout de se trouver au droit [1] pour les rencontrer. »

VI

Cependant le champi, qui allait toujours rêvassant et cherchant des raisons à tout, depuis qu'il savait lire et qu'il avait fait sa première communion, rumina dans sa tête ce que la Catherine avait dit à Mme Blanchet à propos de lui ; mais il eut beau y songer, il ne put jamais comprendre pourquoi, de ce qu'il devenait grand, il ne devait plus embrasser Madeleine. C'était le garçon le plus innocent de la terre, et il ne se doutait point de ce que les gars de son âge apprennent bien trop vite à la campagne.

Sa grande honnêteté d'esprit lui venait de ce qu'il n'avait pas été élevé comme les autres. Son état de champi, sans lui faire honte, l'avait toujours rendu mal-hardi ; et, bien qu'il ne prît point ce nom-là pour une injure, il ne s'accoutumait pas à l'étonnement de porter une qualité qui le faisait toujours différent de ceux avec qui il se trouvait. Les autres champis sont presque toujours humiliés de leur sort, et on le leur fait si durement comprendre qu'on leur ôte de bonne heure la fierté du chrétien [2]. Ils s'élèvent en détestant ceux qui les ont mis au monde, sans compter qu'ils n'aiment pas davantage ceux qui les y ont fait rester. Mais il se trouva que François était tombé dans les mains de la Zabelle qui

---

1. Au bon endroit (littéralement : juste en face, perpendiculairement).   **2.** Façon courante de dire : quelqu'un de bien, un honnête homme.

l'avait aimé et qui ne le maltraitait point, et ensuite qu'il avait rencontré Madeleine dont la charité était plus grande et les idées plus humaines que celles de tout le monde. Elle avait été pour lui ni plus ni moins qu'une bonne mère, et un champi qui rencontre de l'amitié est meilleur qu'un autre enfant, de même qu'il est pire quand il se voit molesté et avili.

Aussi François n'avait-il jamais eu d'amusement et de contentement parfait que dans la compagnie de Madeleine, et au lieu de rechercher les autres pastours [1] pour se divertir, il s'était élevé tout seul, ou pendu aux jupons des deux femmes qui l'aimaient. Quand il était avec Madeleine surtout, il se sentait aussi heureux que pouvait l'être Jeannie, et il n'était pas pressé d'aller courir avec ceux qui le traitaient bien vite de champi, puisque avec eux il se trouvait tout d'un coup, et sans savoir pourquoi, comme un étranger.

Il arriva donc en âge de quinze ans sans connaître la moindre malice [2], sans avoir l'idée du mal, sans que sa bouche eût jamais répété un vilain mot, et sans que ses oreilles l'eussent compris. Et pourtant depuis le jour où Catherine avait critiqué sa maîtresse sur l'amitié qu'elle lui montrait, cet enfant eut le grand sens et le grand jugement de ne plus se faire embrasser par la meunière. Il eut l'air de ne pas y penser, et peut-être d'avoir honte de faire la petite fille et le câlin, comme disait Catherine. Mais, au fond, ce n'était pas cette honte-là qui le tenait. Il s'en serait bien moqué, s'il n'eût comme deviné qu'on pouvait faire un reproche à cette chère femme de l'aimer. Pourquoi un reproche ? Il ne se l'expliquait point ; et voyant qu'il ne le trouverait pas de lui-même, il ne voulut pas se le faire expliquer par Madeleine. Il savait qu'elle était capable de

---

1. Comme « pastoureaux » : jeunes bergers. Les enfants étaient chargés des petits troupeaux. 2. Voir p. 44, note 2.

supporter la critique par amitié et par bon cœur ; car il avait bonne mémoire, et il se souvenait bien que Madeleine avait été tancée [1] et en danger d'être battue dans le temps, pour lui avoir fait du bien.

En sorte que, par son bon instinct, il lui épargna l'ennui d'être reprise et moquée à cause de lui. Il comprit, et c'est merveille ! il comprit, ce pauvre enfant, qu'un champi ne devait pas être aimé autrement qu'en secret, et plutôt que de causer un désagrément à Madeleine, il eût consenti à ne pas être aimé du tout.

Il était attentif à son ouvrage, et comme, à mesure qu'il devenait grand, il avait plus de travail sur les bras, il advint que peu à peu il fut moins souvent avec Madeleine. Mais il ne s'en faisait pas de chagrin, parce qu'en travaillant il se disait que c'était pour elle, et qu'il serait bien récompensé par le plaisir de la voir aux repas. Le soir, quand Jeannie était endormi, Catherine allait se coucher, et François restait encore, dans les temps de veillée, pendant une heure ou deux avec Madeleine. Il lui faisait lecture de livres ou causait avec elle pendant qu'elle travaillait. Les gens de campagne ne lisent pas vite ; si bien que les deux livres qu'ils avaient suffisaient pour les contenter. Quand ils avaient lu trois pages dans la soirée, c'était beaucoup, et quand le livre était fini, il s'était passé assez de temps depuis le commencement, pour qu'on pût reprendre la première page, dont on ne se souvenait pas trop. Et puis il y a deux manières de lire, et il serait bon de dire cela aux gens qui se croient bien instruits. Ceux qui ont beaucoup de temps à eux, et beaucoup de livres, en avalent tant qu'ils peuvent et se mettent tant de sortes de choses dans la tête que le bon Dieu n'y connaît plus goutte. Ceux qui n'ont pas le temps et les livres, sont heureux quand ils tombent sur le bon

---

1. Vieilli pour « grondée ».

morceau. Ils le recommencent cent fois sans se lasser, et chaque fois, quelque chose qu'ils n'avaient pas bien remarqué leur fait venir une nouvelle idée. Au fond, c'est toujours la même idée, mais elle est si retournée, si bien goûtée et digérée, que l'esprit qui la tient est mieux nourri et mieux portant, à lui tout seul, que trente mille cervelles remplies de vents et de fadaises. Ce que je vous dis là, mes enfants, je le tiens de M. le curé, qui s'y connaît.

Or donc, ces deux personnes-là vivaient contentes de ce qu'elles avaient à consommer en fait de savoir, et elles le consommaient tout doucement, s'aidant l'une l'autre à comprendre et à aimer ce qui fait qu'on est juste et bon. Il leur venait par là une grande religion[1] et un grand courage, et il n'y avait pas de plus grand bonheur pour elles que de se sentir bien disposées pour tout le monde, et d'être d'accord en tout temps et en tout lieu, sur l'article[2] de la vérité et la volonté de bien agir.

VII

M. Blanchet ne regardait plus trop à la dépense qui se faisait chez lui, parce qu'il avait réglé le compte de l'argent qu'il donnait chaque mois à sa femme pour l'entretien de la maison, et que c'était aussi peu que possible. Madeleine pouvait, sans le fâcher, se priver de ses propres aises, et donner à ceux qu'elle savait malheureux autour d'elle, un jour un peu de bois, un

---

1. Le texte donne à ce mot le sens le plus général de sens du devoir.   **2.** Au sens classique de « sur ce sujet ».

autre jour une partie de son repas, et un autre jour encore quelques légumes, du linge, des œufs, que sais-je ? Elle venait à bout d'assister son prochain, et quand les moyens lui manquaient, elle faisait de ses mains l'ouvrage des pauvres gens, et empêchait que la maladie ou la fatigue ne les fît mourir. Elle avait tant d'économie, elle raccommodait si soigneusement ses hardes, qu'on eût dit qu'elle vivait bien ; et pourtant, comme elle voulait que son monde ne souffrît pas de sa charité, elle s'accoutumait à ne manger presque rien, à ne jamais se reposer, et à dormir le moins possible. Le champi voyait tout cela, et le trouvait tout simple ; car, par son naturel aussi bien que par l'éducation qu'il recevait de Madeleine, il se sentait porté au même goût et au même devoir [1]. Seulement quelquefois il s'inquiétait de la fatigue que se donnait la meunière, et se reprochait de trop dormir et de trop manger. Il aurait voulu pouvoir passer la nuit à coudre et à filer à sa place, et quand elle voulait lui payer son gage qui était monté à peu près à vingt écus, il se fâchait et l'obligeait de le garder en cachette du meunier.

« Si ma mère Zabelle n'était pas morte, disait-il, cet argent-là aurait été pour elle. Qu'est-ce que vous voulez que je fasse avec de l'argent ? Je n'en ai pas besoin, puisque vous prenez soin de mes hardes et que vous me fournissez les sabots. Gardez-le donc pour de plus malheureux que moi. Vous travaillez déjà tant pour le pauvre monde ! Eh bien, si vous me donnez de l'argent, il faudra donc que vous travailliez encore plus, et si vous veniez à tomber malade et à mourir comme ma pauvre Zabelle, je demande un peu à quoi me servirait de l'argent dans mon coffre ? ça vous ferait-il revenir, et ça m'empêcherait-il de me jeter dans la rivière ?

---

1. On retrouve dans ce portrait de femme charitable un écho des convictions et de la conduite de George Sand.

— Tu n'y songes pas, mon enfant, lui dit Madeleine, un jour qu'il revenait à cette idée-là, comme il lui arrivait de temps en temps : se donner la mort n'est pas d'un chrétien, et si je mourais, ton devoir serait de me survivre pour consoler et soutenir mon Jeannie. Est-ce que tu ne le ferais pas, voyons ?

— Oui, tant que Jeannie serait enfant et aurait besoin de mon amitié. Mais après !... Ne parlons pas de ça, madame Blanchet. Je ne peux pas être bon chrétien sur cet article-là. Ne vous fatiguez pas tant, ne mourez pas, si vous voulez que je vive sur la terre.

— Sois donc tranquille, je n'ai pas envie de mourir. Je me porte bien. Je suis faite au travail, et même je suis plus forte à présent que je ne l'étais dans ma jeunesse.

— Dans votre jeunesse ! dit François étonné ; vous n'êtes donc pas jeune ? »

Et il avait peur qu'elle ne fût en âge de mourir.

« Je crois que je n'ai pas eu le temps de l'être, répondit Madeleine en riant comme une personne qui fait contre mauvaise fortune bon cœur ; et à présent j'ai vingt-cinq ans[1], ce qui commence à compter pour une femme de mon étoffe ; car je ne suis pas née solide comme toi, petit, et j'ai eu des peines qui m'ont avancée plus que l'âge.

— Des peines ! oui, mon Dieu ! Dans le temps que M. Blanchet vous parlait si durement, je m'en suis bien aperçu. Ah ! que le Bon Dieu me le pardonne ! je ne suis pourtant pas méchant ; mais un jour qu'il avait levé la main sur vous, comme s'il voulait vous frapper... Ah ! il a bien fait de s'en priver, car j'avais

---

1. L'auteur semble chercher à rajeunir quelque peu son héroïne, puisque au chapitre VI François a quinze ans, ce qui en donnerait vingt-sept à Madeleine.

empoigné un fléau [1], — personne n'y avait fait attention, — et j'allais tomber dessus... Mais il y a déjà
longtemps de ça, madame Blanchet, car je me souviens
que je n'étais pas si grand que lui de toute la tête, et à
présent je vois le dessus de ses cheveux. Et à cette
heure, madame Blanchet, il ne vous dit quasiment plus
rien, vous n'êtes plus malheureuse ?

— Je ne le suis plus ! tu crois ? » dit Madeleine un
peu vivement, en songeant qu'elle n'avait jamais eu
d'amour dans son mariage. Mais elle se reprit, car cela
ne regardait pas le champi, et elle ne devait pas faire
entendre ces idées-là à un enfant. « À cette heure, dit-
elle, tu as raison, je ne suis plus malheureuse ; je vis
comme je l'entends. Mon mari est beaucoup plus honnête avec moi ; mon fils profite bien, et je n'ai à me
plaindre d'aucune chose.

— Et moi, vous ne me faites pas entrer en ligne de
compte ? moi... je...

— Eh bien ! toi aussi tu profites bien, et ça me
donne du contentement.

— Mais je vous en donne peut-être encore autrement ?

— Oui, tu te conduis bien, tu as bonne idée en
toutes choses, et je suis contente de toi.

— Oh ! si vous n'étiez pas contente de moi, quel
mauvais drôle, quel rien du tout je serais, après la
manière dont vous m'avez traité ! Mais il y a encore
autre chose qui devrait vous rendre heureuse, si vous
pensiez comme moi.

— Eh bien, dis-le, car je ne sais pas quelle finesse
tu arranges pour me surprendre.

— Il n'y a pas de finesse, madame Blanchet, je n'ai
qu'à regarder en moi, et j'y vois une chose ; c'est que,

---

1. Sorte de fouet qui servait à battre le blé pour en faire tomber
le grain.

quand même je souffrirais la faim, la soif, le chaud et le froid, et que par-dessus le marché je serais battu à mort tous les jours, et qu'ensuite je n'eusse pour me reposer qu'un fagot d'épines ou un tas de pierres, eh bien !... comprenez-vous ?

— Je crois que oui, mon François ; tu ne te trouverais pas malheureux de tout ce mal-là, pourvu que ton cœur fût en paix avec le Bon Dieu ?

— Il y a ça d'abord, et ça va sans dire. Mais moi je voulais dire autre chose.

— Je n'y suis point, et je vois que tu es devenu plus malin que moi.

— Non, je ne suis pas malin. Je dis que je souffrirais toutes les peines que peut avoir un homme vivant vie mortelle, et que je serais encore content en pensant que Madeleine Blanchet a de l'amitié pour moi. Et c'est pour ça que je disais tout à l'heure que si vous pensiez de même, vous diriez : François m'aime tant que je suis contente d'être au monde.

— Tiens ! tu as raison, mon pauvre cher enfant, répondit Madeleine, et les choses que tu me dis me donnent des fois comme une envie de pleurer. Oui, de vrai, ton amitié pour moi est un des biens de ma vie, et le meilleur peut-être, après... non, je veux dire *avec* celui de mon Jeannie. Comme tu es plus avancé en âge, tu comprends mieux ce que je te dis, et tu sais mieux me dire ce que tu penses. Je te certifie que je ne m'ennuie jamais avec vous deux, et que je ne demande au Bon Dieu qu'une chose à présent, c'est de pouvoir rester longtemps comme nous voilà, en famille, sans nous séparer.

— Sans nous séparer, je le crois bien ! dit François ; j'aimerais mieux être coupé par morceaux que de vous quitter. Qui est-ce qui m'aimerait comme vous m'avez aimé ? Qui est-ce qui se mettrait en danger d'être maltraitée pour un pauvre champi, et qui l'appellerait son enfant, son cher fils ? car vous m'appelez bien souvent, presque toujours comme ça. Et mêmement[1] vous me dites souvent, quand nous sommes seuls : Appelle-moi *ma mère*, et non pas toujours madame Blanchet. Et moi je n'ose pas, parce que j'ai trop peur de m'y accoutumer et de lâcher ce mot-là devant le monde.

— Eh bien, quand même[2] ?

— Oh ! quand même ! on vous le reprocherait, et moi je ne veux pas qu'on vous ennuie à cause de moi. Je ne suis pas fier, allez ! je n'ai pas besoin qu'on sache que vous m'avez relevé de mon état de champi. Je suis bien assez heureux de savoir, à moi tout seul, que j'ai une mère dont je suis l'enfant ! Ah ! il ne faut pas que vous mouriez, madame Blanchet, surajouta le pauvre François en la regardant d'un air triste, car il avait depuis quelque temps des idées de malheur : si je vous perdais, je n'aurais plus personne sur la terre, car vous irez pour sûr dans le paradis du Bon Dieu, et moi je ne sais pas si je suis assez méritant pour avoir la récompense d'y aller avec vous. »

François avait dans tout ce qu'il disait et dans tout ce qu'il pensait comme un avertissement de quelque gros malheur, et, à quelque temps de là, ce malheur tomba sur lui.

Il était devenu le garçon du moulin. C'était lui qui allait chercher le blé des pratiques[3] sur son cheval, et qui le leur reportait en farine. Ça lui faisait faire souvent de longues courses, et mêmement il allait souvent chez la maîtresse de Blanchet, qui demeurait à une petite lieue du moulin. Il n'aimait guère cette commis-

---

1. Terme de la langue ancienne employé très souvent par George Sand, sans doute pour produire un effet de langue campagnarde sans être trop difficile à décrypter ; a tantôt le sens de « de même », et tantôt son autre sens classique : « et même ». **2.** « Quand bien même cela arriverait ? » **3.** Clients habituels.

sion-là, et il ne s'arrêtait pas une minute dans la maison quand son blé était pesé et mesuré...

....

En cet endroit de l'histoire, la raconteuse s'arrêta.

« Savez-vous qu'il y a longtemps que je parle ? dit-elle aux paroissiens qui l'écoutaient. Je n'ai plus le poumon comme à quinze ans, et m'est avis que le chanvreur, qui connaît l'affaire mieux que moi-même, pourrait bien me relayer[1]. D'autant mieux que nous arrivons à un endroit où je ne me souviens plus si bien.

— Et moi, répondit le chanvreur, je sais bien pourquoi vous n'êtes plus mémorieuse[2] au milieu comme vous l'étiez au commencement ; c'est que ça commence à mal tourner pour le champi, et que ça vous fait peine, parce que vous avez un cœur de poulet, comme toutes les dévotes, aux histoires d'amour.

— Ça va donc tourner en histoire d'amour ? dit Sylvine Courtioux qui se trouvait là.

— Ah ! bon ! repartit le chanvreur, je savais bien que je ferais dresser l'oreille aux jeunes filles en lâchant ce mot-là. Mais patience, l'endroit où je vas reprendre, avec charge de mener l'histoire à bonne fin, n'est pas encore ce que vous voudriez savoir. Où en êtes-vous restée, mère Monique ?

— J'en étais sur la maîtresse à Blanchet.

— C'est ça, dit le chanvreur. Cette femme-là s'appelait Sévère[3], et son nom n'était pas bien ajusté sur elle, car elle n'avait rien de pareil dans son idée. Elle

---

1. Le changement de conteur contribue à rappeler qu'il s'agit d'un récit supposé oral ; on a pu noter d'autre part que George Sand a cherché à différencier, ici comme en plusieurs autres moments du récit, parole féminine et parole masculine. **2.** « Qui a bonne mémoire ». Terme repris de Montaigne dont George Sand a invoqué le patronage (p. 15.) **3.** Dans son glossaire, G. Sand signale que ce prénom est courant dans la région.

en savait long pour endormir les gens dont elle voulait voir reluire les écus au soleil. On ne peut pas dire qu'elle fût méchante, car elle était d'humeur réjouissante et sans souci, mais elle rapportait tout à elle, et ne se mettait guère en peine du dommage des autres, pourvu qu'elle fût brave[1] et fêtée. Elle avait été à la mode dans le pays, et, disait-on, elle avait trouvé trop de gens à son goût. Elle était encore très belle femme et très avenante, vive quoique corpulente, et fraîche comme une guigne[2]. Elle ne faisait pas grande attention au champi, et si elle le rencontrait dans son grenier ou dans sa cour, elle lui disait quelque fadaise[3] pour se moquer de lui, mais sans mauvais vouloir, et pour l'amusement de le voir rougir ; car il rougissait comme une fille quand cette femme lui parlait, et il se sentait mal à son aise. Il lui trouvait un air hardi, et elle lui faisait l'effet d'être laide et méchante, quoiqu'elle ne fût ni l'une ni l'autre ; du moins la méchanceté ne lui venait que quand on la contrariait dans ses intérêts ou dans son contentement d'elle-même ; et mêmement[4] il faut dire qu'elle aimait à donner presque autant qu'à recevoir. Elle était généreuse par braverie[5], et se plaisait aux remerciements. Mais dans l'idée du champi, ce n'était qu'une diablesse qui réduisait Mme Blanchet à vivre de peu et à travailler au-dessus de ses forces.

« Pourtant il se trouva que le champi entrait dans ses dix-sept ans, et que Mme Sévère trouva qu'il était diablement beau garçon. Il ne ressemblait pas aux autres enfants de campagne, qui sont trapus et comme

---

1. Au sens classique de « qui a belle allure parce que bien habillée ». 2. Espèce de cerise. 3. Le sens de ce mot varie selon qu'on le rattache plutôt à la racine du mot « fée » (comme dans *La Petite Fadette*), ce qui donne à fadaise le sens de « tour joué par les fées », ou au sens actuel : petite sottise insignifiante. 4. Voir p. 82, note 1. 5. Pour faire bonne impression (voir note 1).

tassés à cet âge-là, et qui ne font mine de se dénouer et de devenir quelque chose que deux ou trois ans plus tard. Lui, il était déjà grand, bien bâti ; il avait la peau blanche, même en temps de moisson, et des cheveux tout frisés qui étaient comme brunets à la racine et finissaient en couleur d'or.

« ... Est-ce comme ça que vous les aimez, dame Monique ? les cheveux, je dis, sans aucunement parler des garçons.

— Ça ne vous regarde pas, répondit la servante du curé. Dites votre histoire.

— Il était toujours pauvrement habillé, mais il aimait la propreté, comme Madeleine Blanchet le lui avait appris ; et tel qu'il était, il avait un air qu'on ne trouvait point aux autres. La Sévère vit tout cela petit à petit, et enfin elle le vit si bien, qu'elle se mit en tête de le dégourdir un peu. Elle n'avait point de préjugés, et quand elle entendait dire : « C'est dommage qu'un si beau gars soit un champi », elle répondait : « Les champis ont moyen d'être beaux, puisque c'est l'amour qui les a mis dans le monde. »

Voilà ce qu'elle inventa pour se trouver avec lui. Elle fit boire Blanchet plus que de raison à la foire de Saint-Denis-de-Jouhet[1], et quand elle vit qu'il n'était plus capable de mettre un pied devant l'autre, elle le recommanda à ses amis de l'endroit pour qu'on le fît coucher. Et alors elle dit à François, qui était venu là avec son maître pour conduire ses bêtes en foire :

« Petit, je laisse ma jument à ton maître pour revenir demain matin ; toi, tu vas monter sur la sienne et me prendre en croupe pour me ramener chez moi. »

L'arrangement n'était point du goût de François. Il

---

1. Localité située environ à une quinzaine de kilomètres des lieux centraux du roman.

dit que la jument du moulin n'était pas assez forte pour
porter deux personnes, et qu'il s'offrait à reconduire la
Sévère, elle montée sur sa bête, lui sur celle de Blanchet ; qu'il s'en retournerait aussitôt chercher son
maître avec une autre monture, et qu'il se portait caution d'être de grand matin à Saint-Denis-de-Jouhet :
mais la Sévère ne l'écouta non plus que le tondeur le
mouton, et lui commanda d'obéir. François avait peur
d'elle, parce que comme Blanchet ne voyait que par
ses yeux, elle pouvait le faire renvoyer du moulin s'il
la mécontentait, d'autant qu'on était à la Saint-Jean[1].
Il la prit donc en croupe, sans se douter, le pauvre gars,
que ce n'était pas un meilleur moyen pour échapper à
son mauvais sort.

VIII

Quand ils se mirent en chemin, c'était à la brune, et
quand ils passèrent sur la pelle[2] de l'étang de Roche-
folle, il faisait nuit grande. La lune n'était pas encore
sortie des bois, et les chemins qui sont, de ce côté-là,
tout ravinés par les eaux de source, n'avaient rien de
bon. Et si[3], François talonnait la jument et allait vite,
car il s'ennuyait tout à fait avec la Sévère, et il aurait
déjà voulu être auprès de Mme Blanchet.

Mais la Sévère, qui n'était pas si pressée d'arriver à

---

1. Il faut sans doute comprendre « à l'époque de la Saint-Jean » :
à cette date, le 24 juin, on renouvelait ou non les contrats des
domestiques.   2. Voir p. 45, note 4. Un étang de ce nom se
trouve réellement dans cette région.   3. Ancien français : « et
pourtant ».

son logis, se mit à faire la dame et à dire qu'elle avait peur, qu'il fallait marcher le[1] pas, parce que la jument ne relevait pas bien ses pieds et qu'elle risquait de s'abattre[2].

« Bah ! dit François sans l'écouter, ce serait donc la première fois qu'elle prierait le Bon Dieu ; car, sans comparaison du saint baptême, jamais je ne vis jument si peu dévote !

— Tu as de l'esprit, François, dit la Sévère en ricanant, comme si François avait dit quelque chose de bien drôle et de bien nouveau.

— Ah ! pas du tout, ma foi, répondit le champi, qui pensa qu'elle se moquait de lui.

— Allons, tu ne vas pas trotter à la descente, que je compte[3] ?

— N'ayez pas peur, nous trotterons bien tout de même. »

Le trot, en descendant, coupait le respire[4] à la grosse Sévère et l'empêchait de causer, ce dont elle fut contrariée, car elle comptait enjôler le jeune homme avec ses paroles. Mais elle ne voulut pas faire voir qu'elle n'était plus assez jeune ni assez mignonne pour endurer la fatigue, et elle ne dit mot pendant un bout de chemin.

Quand ça fut dans le bois de châtaigniers, elle s'avisa de dire :

« Attends, François, il faut t'arrêter, mon ami François : la jument vient de perdre un fer.

— Quand même elle serait déferrée, dit François, je n'ai là ni clous ni marteau pour la rechausser.

— Mais il ne faut pas perdre le fer. Ça coûte ! Descends, je te dis, et cherche-le.

---

1. Pour « au » (pas). **2.** Donc tomber sur les genoux, ce qui justifie les plaisanteries qui suivent. **3.** « Je suppose ». **4.** Archaïsme conservé localement pour « le souffle ».

— Pardine, je le chercherais bien deux heures sans le trouver, dans ces fougères ! Et mes yeux ne sont pas des lanternes.

— Si fait, François, dit la Sévère d'un ton moitié sornette, moitié amitié ; tes yeux brillent comme des vers luisants.

— C'est donc que vous les voyez derrière mon chapeau ? répondit François pas du tout content de ce qu'il prenait pour des moqueries.

— Je ne les vois pas à cette heure, dit la Sévère avec un soupir aussi gros qu'elle ; mais je les ai vus d'autres fois !

— Ils ne vous ont jamais rien dit, reprit l'innocent champi. Vous pourriez bien les laisser tranquilles, car ils ne vous ont pas fait d'insolence, et ne vous en feront mie[1].

— Je crois, dit en cet endroit la servante du curé, que vous pourriez passer un bout de l'histoire. Ce n'est pas bien intéressant de savoir toutes les mauvaises raisons que chercha cette mauvaise femme pour surprendre la religion[2] de notre champi.

— Soyez tranquille, mère Monique, répondit le chanvreur, j'en passerai tout ce qu'il faudra. Je sais que je parle devant des jeunesses, et je ne dirai parole de trop. »

Nous en étions restés aux yeux de François, que la Sévère aurait voulu rendre moins honnêtes qu'il ne se vantait de les avoir avec elle. « Quel âge avez-vous donc, François ? qu'elle lui dit, essayant de lui donner du *vous*, pour lui faire comprendre qu'elle ne voulait plus le traiter comme un gamin.

— Oh ! ma foi ! je n'en sais rien au juste, répondit le champi qui commençait à la voir venir avec ses gros

---

1. Partie de négation ancienne, équivalent de « pas ».   **2.** Voir p. 77, note 1.

sabots. Je ne m'amuse pas souvent à faire le compte de mes jours.

— On dit que vous n'avez que dix-sept ans, reprit-elle ; mais moi, je gage que vous en avez vingt car, vous voilà grand, et bientôt vous aurez de la barbe.

— Ça m'est très égal, dit François en bâillant.

— Oui-da[1] ! vous allez trop vite, mon garçon. Voilà que j'ai perdu ma bourse !

— Diantre[2] ! dit François, qui ne la supposait pas encore si madrée[3] qu'elle était, il faut donc que vous descendiez pour la chercher, car c'est peut-être de conséquence ? »

Il descendit et l'aida à dévaler ; elle ne se fit point faute de s'appuyer sur lui, et il la trouva plus lourde qu'un sac de blé.

Elle fit mine de chercher sa bourse, qu'elle avait dans sa poche, et il s'en alla à cinq ou six pas d'elle, tenant la jument par la bride.

« Eh ! vous ne m'aidez point à chercher ? fit-elle.

— Il faut bien que je tienne la jument, fit-il, car elle pense à son poulain, et elle se sauverait si on la lâchait. »

La Sévère chercha sous les pieds de la jument, tout à côté de François, et à cela il vit bien qu'elle n'avait rien perdu, si ce n'est l'esprit.

« Nous n'étions pas encore là, dit-il, quand vous avez crié après votre boursicot[4]. Il ne se peut donc guère que vous le retrouviez par ici.

— Tu crois donc que c'est une frime[5], malin ? répondit-elle en voulant lui tirer l'oreille ; car je crois que tu fais le malin... »

---

1. Voir p. 39, note 1.   **2.** Exclamation équivalent à « diable ! ».   **3.** « Rusée ».   **4.** Petit sac de toile.   **5.** Au sens premier : « mine, grimace », puis apparence trompeuse, donc « tromperie ».

Mais François se recula et ne voulut point batifoler.

« Non, non, dit-il, si vous avez retrouvé vos écus, partons, car j'ai plus envie de dormir que de plaisanter.

— Alors nous deviserons, dit la Sévère quand elle fut rejuchée derrière lui ; ça charme, comme on dit, l'ennui du chemin.

— Je n'ai pas besoin de charme, répliqua le champi ; je n'ai point d'ennuis.

— Voilà la première parole aimable que tu me dis, François !

— Si c'est une jolie parole, elle m'est donc venue malgré moi, car je n'en sais pas dire. »

La Sévère commença d'enrager ; mais elle ne se rendit pas encore à la vérité. « Il faut que ce garçon soit aussi simple qu'un linot[1], se dit-elle. Si je lui faisais perdre son chemin, il faudrait bien qu'il s'attardât un peu avec moi. »

Et la voilà d'essayer de le tromper, et de le pousser sur la gauche quand il voulait prendre sur la droite.

« Vous nous égarez, lui disait-elle ; c'est la première fois que vous passez par ces endroits-là. Je les connais mieux que vous. Écoutez-moi donc, ou vous me ferez passer la nuit dans les bois, jeune homme ! »

Mais François, quand il avait passé seulement une petite fois par un chemin, il en avait si bonne connaissance qu'il s'y serait retrouvé au bout d'un an.

« Non pas, non pas, fit-il, c'est par là, et je ne suis pas toqué, moi. La jument se reconnaît bien aussi, et je n'ai pas envie de passer la nuit à trimer dans les bois. »

Si bien qu'il arriva au domaine des Dollins[2], où

---

1. On emploie aujourd'hui ce nom d'oiseau au féminin : linotte.   2. Il existe dans la région un « Dolins », à quelques kilomètres de l'emplacement supposé du moulin du Cormouer.

demeurait la Sévère, sans s'être laissé détempcer[1] d'un quart d'heure, et sans avoir ouvert l'oreille grand comme un pertuis[2] d'aiguille à ses honnêtetés. Quand ce fut là, elle voulut le retenir, exposant que la nuit était trop noire, que l'eau avait monté, et que les gués étaient couverts. Mais le champi n'avait cure de ces dangers-là, et ennuyé de tant de sottes paroles, il serra les chevilles des pieds[3], mit la jument au galop sans demander son reste, et s'en revint vitement au moulin, où Madeleine Blanchet l'attendait, chagrinée de le voir si attardé.

IX

Le champi ne raconta point à Madeleine les choses que la Sévère lui avait donné à entendre ; il n'eût osé, et il n'osait y penser lui-même. Je ne dis point que j'eusse été aussi sage que lui dans la rencontre[4] ; mais enfin sagesse ne nuit point, et puis je dis les choses comme elles sont. Ce gars était aussi comme il faut qu'une fille de bien.

Mais, en songeant la nuit, Mme Sévère se choqua contre lui, et s'avisa qu'il n'était peut-être pas si benêt que méprisant. Sur ce penser, sa cervelle s'échauffa et sa bile aussi, et grands soucis de revengement[5] lui passèrent par la tête.

---

1. Terme berrichon pour « faire perdre du temps ».   **2.** Ancien français : trou.   **3.** S'est dit pendant longtemps pour « cheville ». Il s'agit du coup de talon destiné à faire repartir la jument.   **4.** L'occasion.   **5.** Au sens de « vengeance » et de « revanche ».

À telles enseignes que le lendemain, lorsque Cadet Blanchet fut de retour auprès d'elle, à moitié dégrisé, elle lui fit entendre que son garçon de moulin était un petit insolent, qu'elle avait été obligée de le tenir en bride et de lui essuyer le bec d'un coup de coude, parce qu'il avait eu idée de lui chanter[1] fleurette et de l'embrasser en revenant de nuit par les bois avec elle.

Il n'en fallait pas tant pour déranger les esprits de Blanchet ; mais elle trouva qu'il n'y en avait pas encore assez, et elle se gaussa de lui pour ce qu'il laissait dans sa maison, auprès de sa femme, un valet en âge et en humeur de la désennuyer.

Voilà, d'un coup, Blanchet jaloux de sa maîtresse et de sa femme. Il prend son bâton de courza[2], enfonce son chapeau sur ses yeux comme un éteignoir sur un cierge, et il court au moulin sans prendre vent[3].

Par bonheur qu'il n'y trouva pas le champi. Il avait été abattre et débiter un arbre que Blanchet avait acheté à Blanchard de Guérin, et il ne devait rentrer que le soir. Blanchet aurait bien été le trouver à son ouvrage, mais il craignait, s'il montrait du dépit, que les jeunes meuniers de Guérin ne vinssent à se gausser de lui et de sa jalousie, qui n'était guère de saison après l'abandon et le mépris qu'il faisait de sa femme.

Il l'aurait bien attendu à rentrer, n'était qu'il s'ennuyait de passer le reste du jour chez lui, et que la querelle qu'il voulait chercher à sa femme ne serait pas de durée pour l'occuper jusqu'au soir. On ne peut pas se fâcher longtemps quand on se fâche tout seul.

En fin de compte, il aurait bien été au-devant des moqueries et au-dessus de l'ennui pour le plaisir d'étriller le pauvre champi ; mais comme, en marchant,

---

1. Pour « compter (fleurette) ».   2. Nom local du houx.
3. Expression ancienne pour « sans reprendre sa respiration ».

il s'était un peu raccoisé[1], il songea que ce champi de malheur n'était plus un petit enfant, et que puisqu'il était d'âge à se mettre l'amour en tête, il était bien d'âge aussi à se mettre la colère ou la défense au bout des mains. Tout cela fit qu'il tenta de se remettre les sens en buvant chopine sans rien dire, tournant dans sa tête le discours qu'il allait faire à sa femme, et ne sachant par quel bout entamer.

Il lui avait dit en entrant, d'un air rêche, qu'il avait à se faire écouter, et elle se tenait là, dans sa manière accoutumée, triste, un peu fière, et ne disant mot.

« Mme Blanchet, fit-il enfin, j'ai un commandement à vous donner, et si vous étiez la femme que vous paraissez et que vous passez pour être, vous n'auriez pas attendu d'en être avertie. »

Là-dessus, il s'arrêta, comme pour reprendre son haleine, mais, de fait, il était quasi honteux de ce qu'il allait lui dire, car la vertu était écrite sur la figure de sa femme comme une prière dans un livre d'Heures[2].

Madeleine ne lui donna point assistance pour s'expliquer. Elle ne souffla, et attendit la fin, pensant qu'il allait lui reprocher quelque dépense, et ne s'attendant guère à ce dont il retournait.

« Vous faites comme si vous ne m'entendiez[3] pas, Mme Blanchet, ramena le meunier, et, si pourtant[4], la chose est claire. Il s'agit donc de me jeter cela dehors, et plus tôt que plus tard, car j'en ai prou[5] et déjà trop.

— Jeter quoi ? fit Madeleine ébahie.

— Jeter quoi ! Vous n'oseriez dire jeter qui ?

---

1. « Calmé ». À partir de l'ancien « coi » qui signifie : « tranquille », « silencieux ».   **2.** Dans la religion chrétienne, livre des prières à lire selon les moments.   **3.** Voir p. 66, note 2. **4.** « Si » avait en ancien français le sens de « pourtant », qu'il redouble ici.   **5.** Archaïque pour « assez ».

— Vrai Dieu ! non ; je n'en sais rien, dit-elle. Parlez, si vous voulez que je vous entende.

— Vous me feriez sortir de mon sang-froid, cria Cadet Blanchet en bramant comme un taureau. Je vous dis que ce champi est de trop chez moi, et que s'il y est encore demain matin, c'est moi qui lui ferai la conduite à grand renfort de bras, à moins qu'il n'aime mieux passer sous la roue de mon moulin.

— Voilà de vilaines paroles et une mauvaise idée, maître Blanchet, dit Madeleine qui ne put se retenir de devenir blanche comme sa cornette [1]. Vous achèverez de perdre votre métier si vous renvoyez ce garçon ; car vous n'en retrouverez jamais un pareil pour faire votre ouvrage et se contenter de peu. Que vous a donc fait ce pauvre enfant pour que vous le vouliez chasser si durement ?

— Il me fait faire la figure d'un sot [2], je vous le dis, madame ma femme, et je n'entends pas être la risée du pays. Il est le maître chez moi, et l'ouvrage qu'il y fait mérite d'être payé à coups de trique. »

Il fut besoin d'un peu de temps pour que Madeleine entendît ce que son mari voulait dire. Elle n'en avait du tout l'idée, et elle lui présenta toutes les bonnes raisons qu'elle put trouver pour le rapaiser et l'empêcher de s'obstiner dans sa fantaisie.

Mais elle y perdit ses peines ; il ne s'en fâcha que plus fort, et quand il vit qu'elle s'affligeait de perdre son bon serviteur François, il se remit en humeur de jalousie, et lui dit là-dessus des paroles si dures qu'elle ouvrit à la fin l'oreille, et se prit à pleurer de honte, de fierté et de grand chagrin.

La chose n'en alla que plus mal ; Blanchet jura

---

1. Bonnet de toile blanche porté tous les jours (par-dessus lequel on mettait la coiffe pour une tenue plus soignée). 2. Au sens classique de mari trompé qui ne s'aperçoit de rien.

qu'elle était amoureuse de cette marchandise d'hôpital, qu'il en rougissait pour elle, et que si elle ne mettait pas ce champi à la porte sans délibérer, il se promettait de l'assommer et de le moudre comme grain.

Sur quoi elle lui répondit plus haut qu'elle n'avait coutume, qu'il était bien le maître de renvoyer de chez lui qui bon lui semblait, mais non d'offenser ni d'insulter son honnête femme, et qu'elle s'en plaindrait au Bon Dieu et aux saints du paradis comme d'une injustice qui lui faisait trop de tort et trop de peine. Et par ainsi, de mot en mot, elle en vint malgré son propre vouloir, à lui reprocher son mauvais comportement, et à lui pousser cette raison bien vraie, que quand on est mécontent sous son sien bonnet, on voudrait faire tomber celui des autres dans la boue.

La chose se gâta davantage ainsi, et quand Blanchet commença à voir qu'il était dans son tort, la colère fut son seul remède. Il menaça Madeleine de lui clore la bouche d'un revers de main, et il l'eût fait si Jeannie, attiré par le bruit, ne fût venu se mettre entre eux sans savoir ce qu'ils avaient, mais tout pâle et déconfit d'entendre cette chamaillerie. Blanchet voulut le renvoyer, et il pleura, ce qui donna sujet à son père de dire qu'il était mal élevé, capon[1], pleurard, et que sa mère n'en ferait rien de bon. Puis il prit cœur et se leva en coupant l'air de son bâton et en jurant qu'il allait tuer le champi.

Quand Madeleine le vit si affolé de fureur, elle se jeta au-devant de lui, et avec tant de hardiesse qu'il en fut démonté et se laissa faire par surprise ; elle lui ôta des mains son bâton et le jeta au loin dans la rivière. Puis elle lui dit, sans caller[2] aucunement : « Vous ne ferez point votre perte en écoutant votre mauvaise tête.

---

1. Vieilli pour « peureux ».   **2.** Pour « caler », populaire pour « céder ».

Songez qu'un malheur est bientôt arrivé quand on ne
se connaît plus, et si vous n'avez point d'humanité,
pensez à vous-même et aux suites qu'une mauvaise
action peut donner à la vie d'un homme. Depuis longtemps, mon mari, vous menez mal la vôtre, et vous
allez croissant de train et de galop dans un mauvais
chemin. Je vous empêcherai, à tout le moins aujour-
d'hui, de vous jeter dans un pire mal qui aurait sa puni-
tion dans ce bas monde et dans l'autre. Vous ne tuerez
personne, vous retournerez plutôt d'où vous venez que
de vous buter à chercher revenge [1] d'un affront qu'on
ne vous a point fait. Allez-vous-en, c'est moi qui vous
le commande dans votre intérêt, et c'est la première
fois de ma vie que je vous donne un commandement.
Vous l'écouterez, parce que vous allez voir que je ne
perds point pour cela le respect que je vous dois. Je
vous jure sur ma foi et mon honneur que demain le
champi ne sera plus céans [2], et que vous pourrez y revenir sans danger de le rencontrer. »

Cela dit, Madeleine ouvrit la porte de la maison pour
faire sortir son mari, et Cadet Blanchet, tout confondu
de la voir prendre ces façons-là, content, au fond, de
s'en aller et d'avoir obtenu soumission sans exposer sa
peau, replanta son chapeau sur son chef [3], et sans rien
dire de plus, s'en retourna auprès de la Sévère. Il se
vanta bien à elle et à d'autres d'avoir fait sentir le bois
vert à sa femme et au champi ; mais comme de cela il
n'était rien, la Sévère goûta son plaisir en fumée [4].

Quand Madeleine Blanchet fut toute seule, elle

---

1. Voir p. 91, note 5.   **2.** Dans la langue classique : chez soi,
dans la maison.   **3.** Vieilli pour « tête ».   **4.** Allusion à un épi-
sode de Rabelais (*Tiers Livre*, XXXVII) dans lequel un portefaix
mange son pain parfumé « à la fumée du rôt ». Comme le rôtisseur
réclame un paiement, un « fol » juge solennellement qu'il aura le
« son de son argent ».

envoya ses ouailles[1] et sa chèvre aux champs sous la garde de Jeannie, et elle s'en fut au bout de l'écluse du moulin, dans un recoin de terrain que la course des eaux avait mangé tout autour, et où il avait poussé tant de rejets et de branchages sur les vieilles souches d'arbres, qu'on ne s'y voyait point à deux pas. C'était là qu'elle allait souvent dire ses raisons au Bon Dieu, parce qu'elle n'y était pas dérangée et qu'elle pouvait s'y tenir cachée derrière les grandes herbes folles, comme une poule d'eau dans son nid de vertes brindilles.

Sitôt qu'elle y fut, elle se mit à deux genoux pour faire une bonne prière, dont elle avait grand besoin et dont elle espérait grand confort[2] ; mais elle ne put songer à autre chose qu'au pauvre champi qu'il fallait renvoyer et qui l'aimait tant qu'il en mourrait de chagrin. Si bien qu'elle ne put rien dire au Bon Dieu, sinon qu'elle était trop malheureuse de perdre son seul soutien et de se départir[3] de l'enfant de son cœur. Et alors elle pleura tant et tant, que c'est miracle qu'elle en revint, car elle fut si suffoquée, qu'elle en chut tout de son long sur l'herbage, et y demeura privée de sens pendant plus d'une heure.

À la tombée de la nuit elle tâcha pourtant de se ravoir[4] ; et comme elle entendit Jeannie qui ramenait ses bêtes en chantant, elle se leva comme elle put et alla préparer le souper. Peu après elle entendit venir les bœufs qui rapportaient le chêne acheté par Blanchet, et Jeannie courut bien joyeux au-devant de son ami François qu'il s'ennuyait de n'avoir pas vu de la journée. Ce pauvre petit Jeannie avait eu du chagrin, dans le moment, de voir son père faire de mauvais yeux à sa

---

1. Les brebis dont on a la garde.   **2.** Avant de prendre, vers 1850, le sens de l'anglais *comfort*, signifiait « réconfort », « consolation ».   **3.** Terme local pour « se séparer ».   **4.** Se reprendre.

chère mère, et il avait pleuré aux champs sans pouvoir
comprendre ce qu'il y avait entre eux. Mais chagrin
d'enfant et rosée du matin n'ont pas de durée, et déjà
il ne se souvenait plus de rien. Il prit François par la
main, et, sautant comme un petit perdreau, il l'amena
auprès de Madeleine.

Il ne fallut pas que le champi regardât la meunière
par deux fois pour aviser ses yeux rouges et sa figure
toute blêmie. « Mon Dieu, se dit-il, il y a un malheur
dans la maison », et il se mit à blêmir aussi et à trembler, et à regarder Madeleine, pensant qu'elle lui parle-
rait. Mais elle le fit asseoir et lui servit son repas sans
rien dire, et il ne put avaler une bouchée. Jeannie mangeait et devisait tout seul, et il n'avait plus de souci,
parce que sa mère l'embrassait de temps en temps et
l'encourageait à bien souper.

Quand il fut couché, pendant que la servante ran-
geait la chambre, Madeleine sortit et fit signe à François d'aller avec elle. Elle descendit le pré et marcha
jusqu'à la fontaine. Là, prenant son courage à deux
mains : « Mon enfant, lui dit-elle, le malheur est sur
toi et sur moi, et le Bon Dieu nous frappe d'un rude
coup. Tu vois comme j'en souffre ; par amitié pour
moi, tâche d'avoir le cœur moins faible, car si tu ne
me soutiens, je ne sais ce que je deviendrai. »

François ne devina rien, bien qu'il supposât tout
d'abord que le mal venait de M. Blanchet.

« Qu'est-ce que vous me dites là ? dit-il à Madeleine
en lui embrassant les mains comme si elle eût été sa
mère. Comment pouvez-vous penser que je manquerai
de cœur pour vous consoler et vous soutenir ? Est-ce
que je ne suis pas votre serviteur pour tant que j'ai à
rester sur terre ? Est-ce que je ne suis pas votre enfant
qui travaillera pour vous, et qui a bien assez de force
à cette heure pour ne vous laisser manquer de rien ?

Laissez faire M. Blanchet, laissez-le manger son fait[1], puisque c'est son idée. Moi je vous nourrirai, je vous habillerai, vous et notre Jeannie. S'il faut que je vous quitte pour un temps, j'irai me louer, pas loin d'ici, par exemple ! afin de pouvoir vous rencontrer tous les jours et venir passer avec vous les dimanches. Mais me voilà assez fort pour labourer et pour gagner l'argent qu'il vous faudra. Vous êtes si raisonnable et vous vivez de si peu ! Eh bien ! vous ne vous priverez plus tant pour les autres, et vous en serez mieux. Allons, allons, Mme Blanchet, ma chère mère, rapaisez-vous et ne pleurez pas, car si vous pleurez, je crois que je vas mourir de chagrin. »

Madeleine ayant vu qu'il ne devinait pas et qu'il fallait lui dire tout, recommanda son âme à Dieu et se décida à la grande peine qu'elle était obligée de lui faire.

X

« Allons, allons, François, mon fils, lui dit-elle, il ne s'agit pas de cela. Mon mari n'est pas encore ruiné, autant que je peux savoir l'état de ses affaires ; et si ce n'était que la crainte de manquer, tu ne me verrais pas tant de peine. N'a point peur de la misère qui se sent courageux pour travailler. Puisqu'il faut te dire de quoi j'ai le cœur malade, apprends que M. Blanchet s'est monté contre toi, et qu'il ne veut plus te souffrir à la maison.

---

1. Ses affaires, son bien (que Blanchet dépense avec une coquine).

— Eh bien ! est-ce cela ? dit François en se levant. Qu'il me tue donc tout de suite, puisque aussi bien je ne peux exister après un coup pareil. Oui, qu'il en finisse de moi, car il y a longtemps que je le gêne, et il en veut à mes jours, je le sais bien. Voyons, où est-il ? Je veux aller le trouver, et lui dire : « Signifiez-« moi pourquoi vous me chassez. Peut-être que je trouve-« rai de quoi répondre à vos mauvaises raisons. Et si « vous vous entêtez, dites-le, afin que... afin que... » Je ne sais pas ce que je dis, Madeleine ; vrai ! je ne le sais pas ; je ne me connais plus, et je ne vois plus clair ; j'ai le cœur transi et la tête me vire ; bien sûr, je vas[1] mourir ou devenir fou. »

Et le pauvre champi se jeta par terre et se frappa la tête de ses poings, comme le jour où la Zabelle avait voulu le reconduire à l'hospice[2].

Voyant cela, Madeleine retrouva son grand courage. Elle lui prit les mains, les bras, et le secouant bien fort, elle l'obligea de l'écouter.

« Si vous n'avez non plus de volonté et de soumission qu'un enfant, lui dit-elle, vous ne méritez pas l'amitié que j'ai pour vous, et vous me ferez honte de vous avoir élevé comme mon fils. Levez-vous. Voilà pourtant que vous êtes en âge d'homme, et il ne convient pas à un homme de se rouler comme vous le faites. Entendez-moi, François, et dites-moi si vous m'aimez assez pour surmonter votre chagrin et passer un peu de temps sans me voir. Vois, mon enfant, c'est à propos pour ma tranquillité et pour mon honneur, puisque, sans cela, mon mari me causera des souffrances et des humiliations. Par ainsi[3], tu dois me quitter aujourd'hui par amitié, comme je t'ai gardé jusqu'à cette heure par amitié. Car l'amitié se prouve par des

---

1. Voir p. 73, note 4.   **2.** Voir p. 45, note 2.   **3.** C'est pourquoi.

moyens différents, selon le temps et les aventures [1]. Et tu dois me quitter tout de suite, parce que, pour empêcher M. Blanchet de faire un mauvais coup de sa tête, j'ai promis que tu serais parti demain matin. C'est demain la Saint-Jean, il faut que tu ailles te louer, et pas trop près d'ici, car si nous étions à même de nous revoir souvent, ce serait pire dans l'idée de M. Blanchet.

— Mais quelle est donc son idée, Madeleine ? Quelle plainte fait-il de moi ? En quoi me suis-je mal comporté ? Il croit donc toujours que vous faites du tort à la maison pour me faire du bien ? Ça ne se peut pas, puisque j'en suis, à présent, de la maison ! Je n'y mange pas plus que ma faim, et je n'en fais pas sortir un fétu. Peut-être qu'il croit que je touche mon gage, et qu'il le trouve de trop grande coûtance [2]. Eh bien ! laissez-moi suivre mon idée d'aller lui parler pour lui expliquer que depuis le décès de ma pauvre mère Zabelle, je n'ai jamais voulu accepter de vous un petit écu ; — ou si vous ne voulez pas que je lui dise ça — et au fait, s'il le savait il voudrait vous faire rendre tout le dû de mes gages, que vous avez employé en œuvres de charité, — eh bien, je lui en ferai, pour le terme qui vient, la proposition. Je lui offrirai de rester à votre service pour rien. De cette manière-là, il ne pourra plus me trouver dommageable, et il me souffrira auprès de vous.

— Non, non, non, François, répliqua vivement Madeleine, ça ne se peut ; et si tu lui disais pareille chose, il entrerait contre toi et contre moi dans une colère qui amènerait des malheurs.

— Mais pourquoi donc ? dit François ; à qui en

---

1. Au sens étymologique de « ce qui arrive », d'où : les circonstances. **2.** Terme local pour « coût ».

a-t-il ? C'est donc seulement pour le plaisir de nous causer de la peine qu'il fait celui qui se méfie ?

— Mon enfant, ne me demande pas la raison de son idée contre toi ; je ne peux pas te la dire. J'en aurais trop de honte pour lui, et mieux vaut pour nous tous que tu n'essaies pas de te l'imaginer. Ce que je peux t'affirmer, c'est que c'est remplir ton devoir envers moi que de t'en aller. Te voilà grand et fort, tu peux te passer de moi ; et mêmement[1] tu gagneras mieux ta vie ailleurs, puisque tu ne veux rien recevoir de moi. Tous les enfants quittent leur mère pour aller travailler, et beaucoup s'en vont au loin. Tu feras donc comme les autres, et moi j'aurai du chagrin comme en ont toutes les mères, je pleurerai, je penserai à toi, je prierai Dieu matin et soir pour qu'il te préserve du mal...

— Oui ! Et vous prendrez un autre valet qui vous servira mal, et qui n'aura nul soin de votre fils et de votre bien, qui vous haïra peut-être, parce que M. Blanchet lui commandera de ne pas vous écouter, et qui ira lui redire tout ce que vous faites de bien en le tournant en mal. Et vous serez malheureuse ; et moi je ne serai plus là pour vous défendre et vous consoler ! Ah ! vous croyez que je n'ai pas de courage, parce que j'ai du chagrin ? Vous croyez que je ne pense qu'à moi, et vous me dites que j'aurai profit à être autre part ! Moi, je ne songe pas à moi en tout ceci. Qu'est-ce que ça me fait de gagner ou de perdre ? Je ne demande pas seulement comment je gouvernerai mon chagrin. Que j'en vive ou que j'en meure, c'est comme il plaira à Dieu, et ça ne m'importe pas, puisqu'on m'empêche d'employer ma vie pour vous. Ce qui m'angoisse et à quoi je ne peux pas me soumettre, c'est que je vois venir vos peines. Vous allez être foulée à

---

1. Ici : « et même ». Voir p. 82, note 1.

votre tour, et si on m'écarte du chemin, c'est pour mieux marcher sur votre droit.

— Quand même le Bon Dieu permettrait cela, dit Madeleine, il faut savoir souffrir ce qu'on ne peut empêcher. Il faut surtout ne pas empirer son mauvais sort en regimbant contre. Imagine-toi que je suis bien malheureuse, et demande-toi combien plus je le deviendrai si j'apprends que tu es malade, dégoûté de vivre et ne voulant pas te consoler. Au lieu que si je trouve un peu de soulagement dans mes peines, ce sera de savoir que tu te comportes bien et que tu te maintiens en courage et santé pour l'amour de moi. »

Cette dernière bonne raison donna gagné[1] à Madeleine. Le champi s'y rendit, et lui promit à deux genoux, comme on promet en confession, de faire tout son possible pour porter bravement sa peine.

« Allons, dit-il en essuyant ses yeux moites, je partirai de grand matin, et je vous dis adieu ici, ma mère Madeleine ! Adieu pour la vie, peut-être ; car vous ne me dites point si je pourrai jamais vous revoir et causer avec vous. Si vous pensez que ce bonheur-là ne doive plus m'arriver, ne m'en dites rien, car je perdrais le courage de vivre. Laissez-moi garder l'espérance de vous retrouver un jour ici à cette claire fontaine, où je vous ai trouvée pour la première fois il y aura tantôt onze ans. Depuis ce jour jusqu'à celui d'aujourd'hui, je n'ai eu que du contentement : et le bonheur que Dieu et vous m'avez donné, je ne dois pas le mettre en oubli, mais en souvenance pour m'aider à prendre, à compter de demain, le temps et le sort comme ils viendront. Je m'en vais avec un cœur tout transpercé et morfondu d'angoisse, en songeant que je ne vous laisse pas heureuse, et que je vous ôte, en m'ôtant d'à côté de vous,

---

1. Sans doute une création pittoresque de George Sand à partir de l'expression : « donner gain de cause ».

le meilleur de vos amis ; mais vous m'avez dit que si je n'essayais pas de me consoler, vous seriez plus désolée. Je me consolerai donc comme je pourrai en pensant à vous, et je suis trop ami de votre amitié pour vouloir la perdre en devenant lâche. Adieu, Mme Blanchet, laissez-moi un peu ici tout seul ; je serai mieux quand j'aurais pleuré tout mon soûl. S'il tombe de mes larmes dans cette fontaine, vous songerez à moi toutes les fois que vous y viendrez laver. Je veux aussi y cueillir de la menthe pour embaumer mon linge, car je vas tout à l'heure faire mon paquet ; et tant que je sentirai sur moi cette odeur-là, je me figurerai que je suis ici et que je vous vois. Adieu, adieu, ma chère mère, je ne veux pas retourner à la maison. Je pourrais bien embrasser mon Jeannie sans l'éveiller, mais je ne m'en sens pas le courage. Vous l'embrasserez pour moi, je vous en prie, et pour ne pas qu'il me pleure, vous lui direz demain que je dois retourner bientôt. Comme cela, en m'attendant, il m'oubliera un peu ; et, par la suite du temps, vous lui parlerez de son pauvre François, afin qu'il ne m'oublie trop. Donnez-moi votre bénédiction, Madeleine, comme vous me l'avez donnée le jour de ma première communion. Il me la faut pour avoir la grâce de Dieu. »

Et le pauvre champi se mit à deux genoux en disant à Madeleine que si jamais, contre son gré, il lui avait fait quelque offense, elle eût à la lui pardonner.

Madeleine jura qu'elle n'avait rien à lui pardonner, et qu'elle lui donnait une bénédiction dont elle voudrait pouvoir rendre l'effet aussi propice que de celle de Dieu.

« Eh bien ! dit François, à présent que je vas redevenir champi et que personne ne m'aimera plus, ne voulez-vous pas m'embrasser comme vous m'avez embrassé, par faveur, le jour de ma première communion ? j'aurai grand besoin de me remémorer tout cela, pour être bien sûr que vous continuez, dans votre cœur, à me servir de mère. »

Madeleine embrassa le champi dans le même esprit de religion que quand il était petit enfant. Pourtant si le monde l'eût vu, on aurait donné raison à M. Blanchet de sa fâcherie, et on aurait critiqué cette honnête femme qui ne pensait point à mal, et à qui la Vierge Marie ne fit point péché de son action.

— Ni moi non plus, dit la servante de M. le curé.

— Et moi encore moins, repartit le chanvreur. Et continuant :

Elle s'en revint à la maison, dit-il, où de la nuit elle ne dormit miette[1]. Elle entendit bien rentrer François qui vint faire son paquet dans la chambre à côté, et elle l'entendit aussi sortir à la piquette[2] du jour. Elle ne se dérangea qu'il ne fût un peu loin, pour ne point changer son courage en faiblesse, et quand elle l'entendit passer sur le petit pont, elle entrebâilla subtilement sa porte sans se montrer, afin de le voir de loin encore une fois. Elle le vit s'arrêter et regarder la rivière et le moulin, comme pour leur dire adieu. Et puis il s'en alla bien vite, après avoir cueilli un feuillage de peuplier qu'il mit à son chapeau, comme c'est la coutume quand on va à la loue[3], pour montrer qu'on cherche une place.

Maître Blanchet arriva sur le midi et ne dit mot, jusqu'à ce que sa femme lui dit :

« Eh bien, il faut aller à la loue pour avoir un autre garçon de moulin, car François est parti, et vous voilà sans serviteur.

— Cela suffit, ma femme, répondit Blanchet, j'y

---

1. Même expression que « ne... mie » pour dire « pas du tout », voir p. 88, note 1.   **2.** On disait « à la pique du jour », c'est-à-dire « à la pointe ».   **3.** Foire où les domestiques se louaient pour l'année.

vais aller, et je vous avertis de ne pas compter sur un jeune. »

Voilà tout le remerciement qu'il lui fit de sa soumission, et elle se sentit si peinée qu'elle ne put s'empêcher de le montrer.

« Cadet Blanchet, dit-elle, j'ai obéi à votre volonté : j'ai renvoyé un bon sujet sans motif, et à regret, je ne vous le cache pas. Je ne vous demande pas de m'en savoir gré ; mais, à mon tour, je vous donne un commandement : c'est de ne pas me faire d'affront, parce que je n'en mérite pas. »

Elle dit cela d'une manière que Blanchet ne lui connaissait point et qui fit de l'effet sur lui.

« Allons, femme, dit-il en lui tendant la main, faisons la paix sur cette chose-là et n'y pensons plus. Peut-être que j'ai été un peu trop précipiteux[1] dans mes paroles ; mais c'est que, voyez-vous, j'avais des raisons pour ne point me fier à ce champi. C'est le diable qui met ces enfants-là dans le monde, et il est toujours après eux. Quand ils sont bons sujets d'un côté, ils sont mauvais garnements sur un autre point. Ainsi je sais bien que je trouverai malaisément un domestique aussi rude au travail que celui-là ; mais le diable, qui est son père, lui avait soufflé le libertinage dans l'oreille, et je sais une femme qui a eu à s'en plaindre.

— Cette femme-là n'est pas la vôtre, répondit Madeleine, et il se peut qu'elle mente. Quand elle dirait vrai, ce ne serait point de quoi me soupçonner.

— Est-ce que je te soupçonne ? dit Blanchet haussant les épaules ; je n'en avais qu'après lui, et à présent

---

1. Terme berrichon (les adjectifs en -*eux* sont très fréquents dans cette langue), proche du sens étymologique : « qui fonce la tête la première ».

qu'il est parti, je n'y pense plus. Si je t'ai dit quelque chose qui t'ait déplu, prends que je plaisantais.

— Ces plaisanteries-là ne sont pas de mon goût, répliqua Madeleine. Gardez-les pour celles qui les aiment. »

XI

Dans les premiers jours, Madeleine Blanchet porta assez bien son chagrin. Elle apprit de son nouveau domestique, qui avait rencontré François à la loue, que le champi s'était accordé pour dix-huit pistoles[1] par an avec un cultivateur du côté d'Aigurande[2], qui avait un fort moulin et des terres. Elle fut contente de le savoir bien placé, et elle fit son possible pour se remettre à ses occupations sans trop de regret. Mais, malgré elle, le regret fut grand, et elle en fut longtemps malade d'une petite fièvre qui la consumait tout doucettement, sans que personne y fît attention. François avait bien dit qu'en s'en allant il lui emmenait son meilleur ami. L'ennui la prit de se voir toute seule, et de n'avoir personne à qui causer. Elle en choya d'autant plus son fils, Jeannie, qui était, de vrai, un gentil gars, et pas plus méchant qu'un agneau.

Mais outre qu'il était trop jeune pour comprendre tout ce qu'elle aurait pu dire à François, il n'avait pas

---

1. Façon courante de dire : « cent quatre-vingts francs » (la pistole n'est pas une monnaie officielle). Ce salaire, important pour un domestique nourri et logé, montre que l'on apprécie les qualités de François.   **2.** Chef-lieu de canton de l'Indre ; si l'on accepte la localisation du moulin (voir p. 37, note 1), François se trouve à peu près à une trentaine de kilomètres de Madeleine.

pour elle les soins et les attentions qu'au même âge le
champi avait eus. Jeannie aimait bien sa mère, et plus
même que le commun des enfants ne fait, parce qu'elle
était une mère comme il ne s'en voit pas tous les jours.
Mais il ne s'étonnait et ne s'émeuvait pas tant pour
elle que François. Il trouvait tout simple d'être aimé et
caressé si fidèlement. Il en profitait comme de son
bien, et y comptait comme sur son dû. Au lieu que le
champi n'était méconnaissant[1] de la plus petite amitié[2]
et en faisait si grand remerciement par sa conduite, sa
manière de parler, et de regarder, et de rougir, et de
pleurer, qu'en se trouvant avec lui, Madeleine oubliait
qu'elle n'avait eu ni repos, ni amour, ni consolation
dans son ménage.

Elle resongea à son malheur quand elle retomba
dans son désert[3], et remâcha longuement toutes les
peines que cette amitié et cette compagnie avaient
tenues en suspens. Elle n'avait plus personne pour lire
avec elle, pour s'intéresser à la misère du monde avec
elle, pour prier d'un même cœur, et même pour badiner
honnêtement quand et quand[4], en paroles de bonne foi
et de bonne humeur. Tout ce qu'elle voyait, tout ce
qu'elle faisait n'avait plus de goût pour elle, et lui rap-
pelait le temps où elle avait eu ce bon compagnon si
tranquille et si amiteux[5]. Allait-elle à sa vigne, ou à
ses arbres fruitiers, ou dans le moulin, il n'y avait pas
un coin grand comme la main où elle n'eût repassé dix
mille fois avec cet enfant pendu à sa robe, ou ce courageux serviteur empressé à son côté. Elle était comme
si elle avait perdu un fils de grande valeur et de grand
espoir, et elle avait beau aimer celui qui lui restait, il

---

1. Se rendait compte.   **2.** Pour « preuve d'amitié ».   **3.** Au
sens classique de « solitude ».   **4.** Vieilli : « en même temps ».
5. Terme berrichon : « affectueux ».

y avait une moitié de son amitié dont elle ne savait plus que faire.

Son mari, la voyant traîner un malaise, et prenant en pitié l'air de tristesse et d'ennui qu'elle avait, craignit qu'elle ne fît une forte maladie, et il n'avait pas envie de la perdre, parce qu'elle tenait son bien en bon ordre et ménageait de son côté ce qu'il mangeait du sien. La Sévère ne voulant pas le souffrir à son moulin, il sentait bien que tout irait mal pour lui dans cette partie de son avoir si Madeleine n'en avait plus la charge, et, tout en la réprimandant à l'habitude, et se plaignant qu'elle n'y mettait pas assez de soin, il n'avait garde d'espérer mieux de la part d'une autre.

Il s'ingénia donc, pour la soigner et la désennuyer, de lui trouver une compagnie, et la chose vint à point que, son oncle étant mort, la plus jeune de ses sœurs, qui était sous sa tutelle, lui tomba sur les bras. Il avait pensé d'abord à la mettre de résidence chez la Sévère, mais ses autres parents lui en firent honte ; et d'ailleurs quand la Sévère eut vu que cette fillette prenait quinze ans et qu'elle s'annonçait pour jolie comme le jour, elle n'eut plus envie d'avoir dans sa maison le bénéfice de cette tutelle, et elle dit à Blanchet que la garde et la veillance [1] d'une jeunesse lui paraissaient trop chanceuses.

En raison de quoi Blanchet, qui voyait du profit à être le tuteur de sa sœur, — car l'oncle qui l'avait élevée l'avait avantagée sur son testament, — et qui n'avait garde de confier son entretien à autre parenté, l'amena à son moulin et enjoignit à sa femme de l'avoir pour sœur et compagne, de lui apprendre à travailler, de s'en faire aider dans le soin du ménage, et

---

1. Sans doute fait sur l'adjectif classique *veillant* : « plein d'attention ».

de lui rendre la tâche assez douce pourtant pour qu'elle
n'eût point envie d'aller vivre autre part.

Madeleine accepta de bonne volonté ledit arrangement de famille. Mariette Blanchet lui plut tout
d'abord, pour l'avantage de sa beauté qui avait déplu
à la Sévère. Elle pensait qu'un bon esprit et un bon
cœur vont toujours de compagnie avec une belle figure,
et elle reçut la jeune enfant, non pas tant comme une
sœur que comme une fille, qui lui remplacerait peut-
être son pauvre François.

Pendant ce temps-là le pauvre François prenait son
mal en patience autant qu'il pouvait, et ce n'était guère,
car jamais ni homme ni enfant ne fut chargé d'un mal
pareil. Il commença par en faire une maladie, et ce fut
peut-être un bonheur pour lui, car là il éprouva le bon
cœur de ses maîtres, qui ne le firent point porter à l'hôpital et le gardèrent chez eux où il fut bien soigné. Ce
meunier-là ne ressemblait guère à Cadet Blanchet, et
sa fille, qui avait une trentaine d'années et n'était point
encore établie[1], était en réputation[2] pour sa charité et
sa bonne conduite.

Ces gens-là virent bien d'ailleurs que, malgré l'accident, ils avaient fait, au regard du champi, une bonne
trouvaille.

Il était si solide et si bien corporé[3], qu'il se sauva
de la maladie plus vite qu'un autre, et mêmement[4] il
se mit à travailler avant d'être guéri, ce qui ne le fit
point rechuter. Sa conscience le tourmentait pour réparer le temps perdu et récompenser ses maîtres de leur
douceur. Pendant plus de deux mois pourtant, il se ressentit de son mal, et, en commençant à travailler les
matins, il avait le corps étourdi comme s'il fût tombé

---

1. Qui a sa situation dans la vie adulte, donc pour une fille :
mariée. **2.** Pour « était très réputée ». **3.** Bâti. **4.** Voir
p. 82, note 1.

de la faîtière[1] d'une maison. Mais peu à peu il s'échauffait, et il n'avait garde de dire le mal qu'il avait à s'y mettre. On fut bientôt si content de lui, qu'on lui confia la gouverne de bien des choses qui étaient au-dessus de son emploi. On se trouvait bien de ce qu'il savait lire et écrire, et on lui fit tenir des comptes, chose qu'on n'avait pu faire encore, et qui avait souvent mis du trouble dans les affaires du moulin. Enfin il fut aussi bien que possible dans son malheur ; et comme, par prudence, il ne s'était point vanté d'être champi, personne ne lui reprocha son origine.

Mais ni les bons traitements, ni l'occupation, ni la maladie, ne pouvaient lui faire oublier Madeleine et ce cher moulin du Cormouer, et son petit Jeannie, et le cimetière où gisait la Zabelle. Son cœur était toujours loin de lui, et le dimanche, il ne faisait autre chose que d'y songer, ce qui ne le reposait guère des fatigues de la semaine. Il était si éloigné de son endroit, étant à plus de six lieues[2] de pays, qu'il n'en avait jamais de nouvelles. Il pensa d'abord s'y accoutumer, mais l'inquiétude lui mangeait le sang, et il s'inventa des moyens pour savoir au moins deux fois l'an comment vivait Madeleine : il allait dans les foires, cherchant de l'œil quelqu'un de connaissance de son ancien endroit, et quand il l'avait trouvé, il s'enquérait de tout le monde qu'il avait connu, commençant, par prudence, par ceux dont il se souciait le moins, pour arriver à Madeleine qui l'intéressait le plus, et, de cette manière, il eut quelque nouvelle d'elle et de sa famille.

... Mais voilà qu'il se fait tard, messieurs mes amis,

---

1. Tuile arrondie qui se met sur l'arête d'un toit. **2.** Ancienne mesure de distance : environ 25 km. C'est un peu juste pour les comptes que peut faire le lecteur (voir p. 107, note 2, et p. 112, note 2).

et je m'endors sur mon histoire. À demain ; si vous voulez, je vous dirai le reste. Bonsoir la compagnie.

Le chanvreur alla se coucher, et le métayer[1], allumant sa lanterne, reconduisit la mère Monique au presbytère, car c'était une femme d'âge qui ne voyait pas bien clair à se conduire.

XII

Au lendemain, nous nous retrouvâmes tous à la ferme, et le chanvreur reprit ainsi son récit :

— Il y avait environ trois ans que François demeurait au pays d'Aigurande, du côté de Villechiron[2], dans un beau moulin qui s'appelle Haut-Champault, ou Bas-Champault[3], ou Frechampault, car dans ce pays-là, comme dans le nôtre, Champault est un nom répandu. J'ai été par deux fois dans ces endroits-là, et c'est un beau et bon pays. Le monde de campagne y est plus riche, mieux logé, mieux habillé ; on y fait plus de commerce, et quoique la terre y soit plus maigre, elle rapporte davantage. Le terrain y est pourtant plus cabossé. Les rocs y percent et les rivières y ravinent fort. Mais c'est joli et plaisant tout de même. Les arbres y sont beaux à merveille, et les deux Creuses[4]

---

1. Il s'agit de celui chez qui a lieu la veillée, un paysan qui exploite une ferme en partageant les récoltes avec le propriétaire.   2. À dix kilomètres au sud d'Aigurande.   3. Deux hameaux proches de Villechiron. Un autre nommé « Champeaux » se trouve près du moulin d'Angibault.   4. Les deux bras de la Creuse, dits la Petite-Creuse et la Grande-Creuse, qui coulent presque parallèles avant de se rejoindre.

roulent là dedans à grands ramages, claires comme eau de roche.

Les moulins y sont de plus de conséquence[1] que chez nous, et celui où résidait François était des plus forts et des meilleurs. Un jour d'hiver, son maître, qui s'appelait Jean Vertaud, lui dit :

« François, mon serviteur et mon ami, j'ai un petit discours à te faire, et je te prie de me donner ton attention.

« Il y a déjà un peu de temps que nous nous connaissons, toi et moi, et si j'ai beaucoup gagné dans mes affaires, si mon moulin a prospéré, si j'ai emporté la préférence sur tous mes confrères, si, parfin[2], j'ai pu augmenter mon avoir, je ne me cache pas que c'est à toi que j'en ai l'obligation. Tu m'as servi, non pas comme un domestique, mais comme un ami et un parent. Tu t'es donné à mes intérêts comme si c'étaient les tiens. Tu as régi mon bien comme jamais je n'aurais su le faire, et tu as en tout montré que tu avais plus de connaissance et d'entendement que moi. Le Bon Dieu ne m'a pas fait soupçonneux, et j'aurais été toujours trompé si tu n'avais contrôlé toutes gens et toutes choses autour de moi. Les personnes qui faisaient abus de ma bonté ont un peu crié, et tu as voulu hardiment en porter l'endosse[3], ce qui t'a exposé, plus d'une fois, à des dangers dont tu es toujours sorti par courage et douceur. Car ce qui me plaît de toi, c'est que tu as le cœur aussi bon que la tête et la main. Tu aimes le rangement[4] et non l'avarice. Tu ne te laisses pas duper comme moi, et pourtant tu aimes comme moi à secou-

---

1. Plus importants.   **2.** On disait plutôt « à la parfin » pour « à la fin », « au bout du compte ».   **3.** La responsabilité. **4.** Selon Littré, action de mettre en ordre et donc de bien gérer, d'économiser.

rir le prochain. Pour ceux qui étaient de vrai[1] dans la peine, tu as été le premier à me conseiller d'être généreux. Pour ceux qui en faisaient la frime[2], tu as été prompt à m'empêcher d'être affiné[3]. Et puis tu es savant pour un homme de campagne. Tu as de l'idée et du raisonnement. Tu as des inventions qui te réussissent toujours, et toutes les choses auxquelles tu mets la main tournent à bonne fin.

« Je suis donc content de toi, et je voudrais te contenter pareillement pour ma part. Dis-moi donc, tout franchement, si tu ne souhaites point quelque chose de moi, car je n'ai rien à te refuser.

— Je ne sais pas pourquoi vous me demandez cette chose-là, répondit François. Il faut donc, mon maître, que je vous aie paru mécontent de vous, et cela n'est point. Je vous prie d'en être certain.

— Mécontent, je ne dis pas. Mais enfin tu as un air, à l'habitude, qui n'est pas d'un homme heureux. Tu n'as point de gaieté, tu ne ris avec personne, tu ne t'amuses jamais. Tu es si sage qu'on dirait toujours que tu portes un deuil.

— M'en blâmez-vous, mon maître ? En cela je ne pourrais vous contenter, car je n'aime ni la bouteille ni la danse ; je ne fréquente ni le cabaret ni les assemblées ; je ne sais pas de chansons et de sornettes pour faire rire. Je ne me plais à rien qui me détourne de mon devoir.

— En quoi tu mérites d'être tenu en grande estime, mon garçon, et ce n'est pas moi qui t'en blâmerai. Si je te parle de cela, c'est parce que j'ai une imagination que tu as quelque souci. Peut-être trouves-tu que tu te

---

1. « Vraiment ». Voir l'enfantin « pour de vrai ». 2. Voir p. 89, note 5. L'expression ici est donc « ceux qui s'en donnaient l'air ». 3. « Trompé » ; se trouve encore dans ce sens dans La Fontaine.

donnes ici bien du mal pour les autres, et qu'il ne t'en reviendra jamais rien.

— Vous avez tort de croire cela, maître Vertaud. Je suis aussi bien récompensé que je peux le souhaiter, et en aucun lieu je n'aurais peut-être trouvé le fort gage que, de votre seul gré, et sans que je vous inquiète, vous avez voulu me fixer. Ainsi vous m'avez augmenté chaque année, et la Saint-Jean passée vous m'avez mis à cent écus[1], ce qui est un prix fort coûtanceux[2] pour vous. Si ça venait à vous gêner j'y renoncerais volontiers, croyez-moi. »

XIII

« Voyons, voyons, François, nous ne nous entendons[3] guère, repartit maître Jean Vertaud ; et je ne sais plus par quel bout te prendre. Tu n'es pourtant pas sot, et je pensais t'avoir assez mis la parole à la bouche ; mais puisque tu es honteux je vas t'aider encore. N'es-tu porté d'inclination pour aucune fille du pays ?

— Non, mon maître, répliqua tout droitement le champi.

— Vrai ?

— Je vous en donne ma foi.

— Et tu n'en vois pas une qui te plairait si tu avais les moyens d'y prétendre ?

— Je ne veux pas me marier.

— Voilà une idée ! Tu es trop jeune pour en répondre. Mais la raison ?

---

1. Soit 200 francs.   **2.** Terme local pour « coûteux ». Voir p. 107, note 1.   **3.** Au sens classique de « comprenons ».

— La raison ! dit François. Ça vous importe donc, mon maître ?

— Peut-être, puisque j'ai de l'intérêt pour toi.

— Je vas vous la dire ; je n'ai pas de raison pour m'en cacher. Je n'ai jamais connu ni père ni mère... Et, tenez, il y a une chose que je ne vous ai jamais dite ; je n'y étais pas forcé ; mais si vous m'aviez questionné, je ne vous aurais pas fait de mensonge. Je suis champi, je sors de l'hospice.

— Oui-da[1] ! s'exclama Jean Vertaud, un peu saboulé[2] par cette confession ; je ne l'aurais jamais pensé.

— Pourquoi ne l'auriez-vous jamais pensé ?... Vous ne répondez pas, mon maître ? Eh bien, moi, je vas[3] répondre pour vous. C'est que, me voyant bon sujet, vous vous seriez étonné qu'un champi pût l'être. C'est donc une vérité que les champis ne donnent pas de confiance au monde, et qu'il y a quelque chose contre eux ? Ça n'est pas juste, ça n'est pas humain ; mais enfin c'est comme ça, et c'est bien force de s'y conformer, puisque les meilleurs cœurs n'en sont pas exempts, et que vous-même...

— Non, non, dit le maître en se ravisant, — car il était un homme juste, et ne demandait pas mieux que de renier une mauvaise pensée ; — je ne veux pas être contraire à la justice, et si j'ai eu un moment d'oubliance là-dessus, tu peux m'en absoudre, c'est déjà passé. Donc, tu crois que tu ne pourrais pas te marier, parce que tu es né champi ?

— Ce n'est pas ça, mon maître, je ne m'inquiète point de l'empêchement. Il y a toutes sortes d'idées

---

1. Voir p. 39, note 1.   **2.** Archaïque pour « secoué », « tout retourné ».   **3.** Voir p. 73, note 4.

dans les femmes, et aucunes[1] ont si bon cœur que ça serait une raison de plus.

— Tiens ! c'est vrai, dit Jean Vertaud. Les femmes valent mieux que nous pourtant !... Et puis, fit-il en riant, un beau gars comme toi, tout verdissant de jeunesse, et qui n'est écloché[2] ni de son esprit ni de son corps, peut bien donner du réveillon[3] au plaisir de se montrer charitable. Mais voyons ta raison.

— Écoutez, dit François ; j'ai été tiré de l'hospice et nourri par une femme que je n'ai point connue. À sa mort, j'ai été recueilli par une autre qui m'a pris pour le mince profit du secours accordé par le gouvernement à ceux de mon espèce ; mais elle a été bonne pour moi, et quand j'ai eu le malheur de la perdre, je ne me serais pas consolé, sans le secours d'une autre femme qui a été encore la meilleure des trois, et pour qui j'ai gardé tant d'amitié que je ne veux pas vivre pour une autre que pour elle. Je l'ai quittée pourtant, et peut-être que je ne la reverrai jamais, car elle a du bien, et il se peut qu'elle n'ait jamais besoin de moi. Mais il se peut faire aussi que son mari qui, m'a-t-on dit, est malade depuis l'automne, et qui a fait beaucoup de dépenses qu'on ne sait pas, meure prochainement et lui laisse plus de dettes que d'avoir. Si la chose arrivait, je ne vous cache point, mon maître, que je m'en retournerais dans le pays[4] où elle est, et que je n'aurais plus d'autre soin et d'autre volonté que de l'assister, elle et son fils, et d'empêcher par mon travail la misère de les grever[5]. Voilà pourquoi je ne veux point prendre d'engagement qui me retienne ailleurs. Je suis chez vous à l'année, mais, dans le mariage, je serais lié ma

---

1. Dans la langue classique : « quelques-unes ». **2.** Terme fabriqué à partir du mot « éclopé ». **3.** Expression fabriquée par George Sand. **4.** Emploi paysan courant pour « village ». **5.** Accabler.

vie durant. Ce serait par ailleurs trop de devoirs sur mon dos à la fois. Quand j'aurais femme et enfant, il n'est pas dit que je pourrais gagner le pain de deux ménages ; il n'est pas dit non plus, quand même je trouverais, par impossible, une femme qui aurait un peu de bien, que j'aurais le bon droit pour moi en retirant l'aise de ma maison pour le porter dans une autre. Par ainsi, je compte rester garçon. Je suis jeune, et le temps ne me dure pas encore ; mais s'il advenait que j'eusse en tête quelque amourette, je ferais tout pour m'en corriger, parce que de femmes, voyez-vous, il n'y en a qu'une pour moi et c'est ma mère Madeleine, celle qui ne s'embarrassait pas de mon état de champi et qui m'a élevé comme si elle m'avait mis au monde.

— Eh bien ! ce que tu m'apprends là, mon ami, me donne encore plus de considération pour toi, répondit Jean Vertaud. Il n'est rien de si laid que la méconnaissance [1], rien de si beau que la recordation [2] des services reçus. J'aurais bien quelque bonne raison à te donner, pour te montrer que tu pourrais épouser une jeune femme qui serait du même cœur que toi, et qui t'aiderait à porter assistance à la vieille ; mais, pour ces raisons-là, j'ai besoin de me consulter, et j'en veux causer avec quelqu'un. »

Il ne fallait pas être bien malin pour deviner que, dans sa bonne âme et dans son bon jugement aussi, Jean Vertaud avait imaginé un mariage entre sa fille et François. Elle n'était point vilaine, sa fille, et, si elle avait un peu plus d'âge que François, elle avait assez d'écus pour parfaire la différence. Elle était fille unique, et c'était un gros parti. Mais son idée jusqu'à l'heure avait été de ne point se marier, dont son père était bien contrarié. Or comme il voyait depuis un tour

---

1. L'inverse de la « reconnaissance », autrement dit l'« ingratitude ».   2. Le fait de se souvenir.

de temps qu'elle faisait beaucoup d'état[1] de François, il l'avait consultée à son endroit ; et comme c'était une fille fort retenue, il avait eu un peu de mal à la confesser. À la fin elle avait, sans dire non ni oui, consenti son père à tâter François sur l'article du mariage, et elle attendait de savoir son idée, un peu plus angoissée qu'elle ne voulait le laisser croire.

Jean Vertaud eût bien souhaité lui porter une meilleure réponse, d'abord pour l'envie qu'il avait de la voir s'établir, ensuite parce qu'il ne pouvait pas désirer un meilleur gendre que François. Outre l'amitié qu'il avait pour lui, il voyait bien clairement que ce garçon, tout pauvre qu'il était venu chez lui, valait de l'or dans une famille pour son entendement, sa vitesse au travail et sa bonne conduite.

L'article du champiage chagrina bien un peu la fille. Elle avait un peu de fierté, mais elle eut vite pris son parti, et le goût lui vint plus éveillé, quand elle ouït que François était récalcitrant sur l'amour. Les femmes se prennent par la contrariété, et si François avait voulu manigancer pour faire oublier l'accroc de sa naissance, il n'aurait pas fait une meilleure finesse que celle de montrer du dégoût pour le mariage.

En sorte que la fille à Jean Vertaud fut décidée ce jour-là pour François, comme elle ne l'avait pas encore été.

« N'est-ce que ça ? disait-elle à son père. Il croit donc que nous n'aurions pas le cœur et les moyens d'assister une vieille femme et de placer son garçon ? Il faut bien qu'il n'ait pas entendu ce que vous lui glissiez, mon père, car s'il avait su qu'il s'agissait d'entrer dans notre famille, il ne se serait point tourmenté de ça. »

Et le soir, à la veillée, Jeannette Vertaud dit à Fran-

---

1. « De cas ».

çois : « Je faisais grand cas de vous, François ; mais j'en fais encore plus, depuis que mon père m'a raconté votre amitié pour une femme qui vous a élevé et pour qui vous voulez travailler toute votre vie. C'est affaire [1] à vous d'avoir des sentiments... Je voudrais bien connaître cette femme-là, pour être à même de lui rendre service dans l'occasion, parce que vous lui avez conservé tant d'attache : il faut qu'elle soit une femme de bien.

— Oh ! oui, dit François, qui avait du plaisir à causer de Madeleine, c'est une femme qui pense bien, une femme qui pense comme vous autres. »

Cette parole réjouit la fille à Jean Vertaud, et, se croyant sûre de son fait :

« Je souhaiterais, dit-elle, que si elle devenait malheureuse, comme vous en avez la crainte, elle vînt demeurer par chez nous. Je vous aiderais à la soigner, car elle n'est plus jeune, pas vrai ? N'est-elle point infirme ?

— Infirme ? non, dit François ; son âge n'est point pour être infirme.

— Elle est donc encore jeune ? dit la Jeannette Vertaud qui commença à dresser l'oreille.

— Oh ! non, elle ne l'est guère, répondit François tout simplement. Je n'ai pas souvenance de l'âge qu'elle peut avoir à cette heure. C'était pour moi comme ma mère, et je ne regardais pas à ses ans.

— Est-ce qu'elle a été bien, cette femme ? demanda la Jeannette, après avoir barguigné un moment pour faire cette question-là.

— Bien ? dit François un peu étonné ; vous voulez dire jolie femme ? Pour moi elle est bien assez jolie comme elle est ; mais, à vous dire vrai, je n'ai jamais songé à cela. Qu'est-ce que ça peut faire à mon ami-

---

1. Au sens de « C'est pour vous une chose à faire ».

tié ? Elle serait plus laide que le diable que je n'y aurais jamais fait attention.

— Mais enfin, vous pouvez bien dire environ l'âge qu'elle a ?

— Attendez ! son garçon avait cinq ans de moins que moi. Eh bien ! c'est une femme qui n'est pas vieille, mais qui n'est pas bien jeune, c'est approchant comme...

— Comme moi ? dit la Jeannette en se forçant un peu pour rire. En ce cas, si elle devient veuve, il ne sera plus temps pour elle de se remarier, pas vrai ?

— Ça dépend, répondit François. Si son mari ne mange pas le tout et qu'il lui reste du bien, elle ne manquera pas d'épouseurs. Il y a des gars qui, pour de l'argent, épouseraient aussi bien leur grand-tante que leur petite-nièce.

— Et vous ne faites pas d'estime de ceux qui se marient pour de l'argent ?

— Ça ne serait toujours pas mon idée », répondit François.

Le champi, tout simple de cœur qu'il était, n'était pas si simple d'esprit, qu'il n'eût fini par comprendre ce qu'on lui insinuait, et ce qu'il disait là, il ne le disait pas sans intention. Mais la Jeannette ne se le tint pas pour dit, et elle s'enamoura de lui un peu plus. Elle avait été très courtisée sans se soucier d'aucun galant. Le premier qui lui convînt fut celui qui lui tournait le dos, tant les femmes ont l'esprit bien fait.

François vit bien, par les jours ensuivants[1], qu'elle avait du souci, qu'elle ne mangeait quasiment point, et que quand il n'avait point l'air de la voir, elle avait toujours les yeux attachés sur lui. Cette fantaisie le chagrina. Il avait du respect pour cette bonne fille, et il voyait bien qu'à faire l'indifférent, il la rendrait plus

---

1. Comme « suivants ».

amoureuse. Mais il n'avait point de goût pour elle, et s'il l'eût prise, c'eût été par raison et par devoir plus que par amitié.

Cela lui fit songer qu'il n'avait pas pour longtemps à rester chez Jean Vertaud, parce que, pour tantôt ou pour plus tard, cette affaire-là amènerait quelque chagrin ou quelque fâcherie.

Mais il lui arriva, dans ce temps-là, une chose bien particulière, et qui faillit[1] à changer toutes ses intentions.

XIV

Une matinée M. le curé d'Aigurande vint comme pour se promener au moulin de Jean Vertaud, et il tourna un peu de temps dans la demeure, jusqu'à ce qu'il pût agrafer François dans un coin du jardin. Là il prit un air très secret, et lui demanda s'il était bien François dit la Fraise, nom qu'on lui aurait donné à l'état civil où il avait été présenté comme champi, à cause d'une marque qu'il avait sur le bras gauche. Le curé lui demanda aussi son âge au plus juste, le nom de la femme qui l'avait nourri, les demeures qu'il avait suivies, et finalement tout ce qu'il pouvait savoir de sa naissance et de sa vie.

François alla querir ses papiers, et le curé parut fort content.

« Eh bien ! lui dit-il, venez demain ou ce soir à la cure, et gardez qu'on ne sache ce que j'aurai à vous

---

1. Tournure vieillie pour « faillit (changer) ».

faire savoir, car il m'est défendu de l'ébruiter, et c'est une affaire de conscience pour moi. »

Quand François fut rendu à la cure, M. le curé, ayant bien fermé les portes de la chambre, tira de son armoire quatre petits bouts de papier fin et dit : « François la Fraise, voilà quatre mille francs [1] que votre mère vous envoie. Il m'est défendu de vous dire son nom, ni dans quel pays elle réside, ni si elle est morte ou vivante à l'heure qu'il est. C'est une pensée de religion [2] qui l'a portée à se ressouvenir de vous, et il paraîtrait qu'elle a toujours eu quelque intention de le faire, puisqu'elle a su vous retrouver, quoique vivant au loin. Elle a su que vous étiez bon sujet, et elle vous donne de quoi vous établir [3], à condition que d'ici à six mois vous ne parlerez point, si ce n'est à la femme que vous voudriez épouser, du don que voici. Elle me charge de me consulter [4] avec vous pour le placement ou pour le dépôt, et me prie de vous prêter mon nom au besoin pour que l'affaire soit tenue secrète. Je ferai là-dessus ce que vous voudrez ; mais il m'est enjoint de ne vous livrer l'argent qu'en échange de votre parole de ne rien dire et de ne rien faire qui puisse éventer le secret. On sait qu'on peut compter sur votre foi [5] ; voulez-vous la donner ? »

François prêta serment et laissa l'argent à M. le curé, en le priant de le faire valoir comme il l'entendrait ; car il connaissait ce prêtre-là pour un bon [6], et il en est d'eux comme des femmes, qui sont toute bonté ou toute chétivité [7].

---

1. La somme n'est considérable que par rapport à ce que gagne le héros ou aux sommes qui pouvaient alors circuler dans les campagnes. **2.** Voir p. 77, note 1. **3.** Voir p. 110, note 1. **4.** Réfléchir. **5.** Parole. **6.** Bien que très laïque, George Sand manifeste respect et amitié à certains prêtres qui lui paraissent pratiquer les vertus charitables qu'elle prêche. **7.** Populaire pour « méchanceté ».

Le champi s'en vint à la maison plus triste que joyeux. Il pensait à sa mère, et il eût bien donné les quatre mille francs pour la voir et l'embrasser. Mais il se disait aussi qu'elle venait peut-être de décéder, et que son présent était une de ces dispositions qu'on prend à l'article de la mort : et cela le rendait encore plus sérieux, d'être privé de porter son deuil et de lui faire dire des messes. Morte ou vivante, il pria le Bon Dieu pour elle, afin qu'il lui pardonnât l'abandon qu'elle avait fait de son enfant, comme son enfant le lui pardonnait de grand cœur, priant Dieu aussi de lui pardonner les siennes fautes pareillement.

Il tâcha bien de ne rien laisser paraître ; mais pour plus d'une quinzaine il fut comme enterré dans des rêvasseries aux heures de son repas, et les Vertaud s'en émerveillèrent.

« Ce garçon ne nous dit pas toutes ses pensées, observait le meunier. Il faut qu'il ait l'amour en tête. »

« C'est peut-être pour moi, pensait la fille, et il est trop délicat pour s'en confesser. Il a peur qu'on ne le croie affolé de ma richesse plus que de ma personne ; et tout ce qu'il fait, c'est pour empêcher qu'on ne devine son souci. »

Là-dessus, elle se mit en tête de séduire sa faroucheté, et elle l'amignonna[1] si honnêtement en paroles et en quarts d'œil[2] qu'il en fut un peu secoué au milieu de ses ennuis.

Et par moments, il se disait qu'il était assez riche pour secourir Madeleine en cas de malheur, et qu'il pouvait bien se marier avec une fille qui ne lui réclamait point de fortune. Il ne se sentait point affolé d'aucune femme ; mais il voyait les bonnes qualités de Jeannette Vertaud, et il craignait de montrer un mau-

---

1. Terme local pour « traiter avec gentillesse ».   2. Pittoresque image employée localement pour « clin d'œil ».

vais cœur en ne répondant point à ses intentions. Par moments son chagrin lui faisait peine, et il avait quasiment envie de l'en consoler.

Mais voilà que tout d'un coup, à un voyage qu'il fit à Crevant[1] pour les affaires de son maître, il rencontra un cantonnier-piqueur[2] qui était domicilié vers Presles[3] et qui lui apprit la mort de Cadet Blanchet, ajoutant qu'il laissait un grand embrouillas[4] dans ses affaires, et qu'on ne savait si sa veuve s'en tirerait à bien ou à mal.

François n'avait point sujet d'aimer ni de regretter maître Blanchet. Et si[5], il avait tant de religion[6] dans le cœur, qu'en écoutant la nouvelle de sa mort il eut les yeux moites et la tête lourde comme s'il allait pleurer ; il songeait que Madeleine le pleurait à cette heure, lui pardonnant tout, et ne se souvenant de rien, sinon qu'il était le père de son enfant. Et le regret de Madeleine lui répondait dans l'esprit et le forçait à pleurer aussi pour le chagrin qu'elle devait avoir.

Il eut envie de remonter sur son cheval et de courir auprès d'elle ; mais il pensa devoir en demander la permission à son maître.

---

1. Localité à mi-chemin entre Aigurande et La Châtre. **2.** Le terme équivaut à « chef-cantonnier ». **3.** Localité déjà évoquée, p. 58. **4.** Le suffixe péjoratif « as » est fréquent dans les parlers du sud de la Loire. **5.** Archaïque pour « pourtant » **6.** Voir p. 77, note 1.

XV

« Mon maître, dit-il à Jean Vertaud, il me faut partir
pour un bout de temps, court ou long, je n'en saurais
rien garantir. J'ai affaire du côté de mon ancien
endroit, et je vous semonds[1] de me laisser aller de
bonne amitié ; car, à vous parler en vérité, si vous me
déniez ce permis, il ne me sera pas donné de vous
complaire, et je m'en irai malgré vous. Excusez-moi
de vous dire la chose comme elle est. Si je vous fâche,
j'en aurai grand chagrin, et c'est pourquoi je vous
demande, pour tout remerciement des services que j'ai
pu vous rendre, de ne pas prendre la chose en mal et
de me remettre la faute que je fais à cette heure en
quittant votre ouvrage. Faire se peut que je revienne au
bout de la semaine, si, où je vas[2], on n'a pas besoin
de moi. Mais faire se peut de même que je ne revienne
que tard dans l'an, et même point, car je ne vous veux[3]
pas tromper. Cependant de tout mon pouvoir je vien-
drais dans l'occasion vous donner un coup de main,
s'il y avait quelque chose que vous ne pourriez pas
débrouiller sans moi. Et devant que[4] de partir, je veux
vous trouver un bon ouvrier qui me remplace et à qui,
si besoin est pour le décider, j'abandonnerai ce qui
m'est dû sur mon gage depuis la Saint-Jean passée. Par
ainsi, la chose peut s'arranger sans vous porter nui-
sance[5], et vous allez me donner une poignée de main

---

1. Terme local pour « je vous demande avec insistance » (du
verbe « semondre »). 2. Voir p. 73, note 4. 3. Un cas rare
dans le texte d'application de la règle classique (vieillie à l'époque)
qui place les pronoms compléments avant deux verbes qui se suivent. 4. Tournure vieillie pour « avant de ». 5. Ce terme
abstrait dans la langue du xxᵉ siècle était courant dans la langue
paysanne berrichonne.

pour me porter bonheur et m'alléger un peu du regret que j'ai de vous dire adieu. »

Jean Vertaud savait bien que le champi ne voulait pas souvent se contenter, mais que, quand il le voulait, c'était si bien voulu que ni Dieu ni diable n'y pouvaient mais [1].

« Contente-toi [2], mon garçon, fit-il en lui donnant la main ; je mentirais si je disais que ça ne me fait rien. Mais plutôt que d'avoir différend [3] avec toi, je suis consentant de tout. »

François employa la journée qui suivit à se chercher un remplaçant pour le meulage [4], et il en rencontra un bien courageux [5] et juste, qui revenait de l'armée et qui fut content de trouver de l'ouvrage bien payé chez un bon maître, car Jean Vertaud était réputé tel et n'avait jamais fait de tort à personne.

Devant que de [6] se mettre en route, comme il en avait l'idée, à la pique [7] du jour ensuivant [8], François voulut dire adieu à Jeannette Vertaud sur l'heure du souper. Elle était assise sur la porte de la grange, disant qu'elle avait le mal de tête et ne mangerait point. Il connut qu'elle avait pleuré, et il en fut tracassé dans son esprit. Il ne savait par quel bout s'y prendre pour la remercier de son bon cœur et pour lui dire qu'il ne s'en allait pas moins. Il s'assit à côté d'elle sur une souche de vergne [9] qui se trouvait par là, et il s'évertua pour lui parler, sans trouver un pauvre mot. Là-dessus, elle qui le voyait bien sans le regarder, mit son mouchoir devant les yeux. Il leva la main comme pour prendre la sienne et la réconforter, mais il en fut empêché par l'idée qu'il

---

1. Tournure archaïque pour « n'y pouvaient rien ».   2. Fais comme tu veux.   3. Application de la règle ancienne qui supprimait l'article devant les termes abstraits.   4. De « meule » : travail du moulin.   5. Voir p. 40, note 5.   6. Voir p. 126, note 4.   7. Voir p. 105, note 2.   8. Terme local pour « suivant ».   9. Nom de l'aulne dans le sud de la France.

ne pouvait pas lui dire en conscience ce qu'elle aurait aimé d'entendre. Et quand la pauvre Jeannette vit qu'il restait coi[1], elle eut honte de son chagrin, se leva tout doucement sans montrer de rancune, et s'en alla dans la grange pleurer tout son comptant.

Elle y resta un peu de temps, pensant qu'il y viendrait peut-être bien et qu'il se déciderait à lui dire quelque bonne parole, mais il s'en défendit et s'en alla souper, assez triste et ne sonnant[2] mot.

Il serait faux de dire qu'il n'avait rien senti pour elle en la voyant pleurer. Il avait bien eu le cœur un peu picoté, et il songeait qu'il aurait pu être bien heureux avec une personne aussi bien famée[3], qui avait tant de goût pour lui, et qui n'était point désagréable à caresser. Mais de toutes ces idées-là il se garait, pensant à Madeleine qui pouvait avoir besoin d'un ami, d'un conseil et d'un serviteur, et qui pour lui, lorsqu'il n'était encore qu'un pauvre enfant tout dépouillé, et mangé par les fièvres, avait plus souffert, travaillé et affronté que pas une au monde.

« Allons ! se dit-il le matin, en s'éveillant avant jour, il ne s'agit pas d'amourette, de fortune et de tranquillité pour toi. Tu oublierais volontiers que tu es champi, et tu mettrais bien tes jours passés dans l'oreille du lièvre[4], comme tant d'autres qui prennent le bon temps au passage sans regarder derrière eux. Oui, mais Madeleine Blanchet est là dans ton penser pour te dire : Garde-toi d'être oublieux, et songe à ce que j'ai fait pour toi. En route donc, et Dieu vous assiste, Jeannette, d'un amoureux plus gentil que votre serviteur[5] ! »

---

1. Expression un peu ancienne : « rester muet ».　　**2.** Pour « ne faisant entendre ».　　**3.** De bonne réputation (voir « mal famée »). **4.** L'expression n'est pas répertoriée mais le lièvre est le symbole de la légèreté et de l'instabilité.　　**5.** Façon ancienne de se désigner soi-même lorsqu'on s'adresse à quelqu'un.

Il songeait ainsi en passant sous la fenêtre de sa brave maîtresse, et il eût voulu, si c'eût été en temps propice, lui laisser contre la vitre une fleur ou un feuillage en signe d'adieu ; mais c'était le lendemain des Rois[1] ; la terre était couverte de neige, et il n'y avait pas une feuille aux branches, pas une pauvre violette dans l'herbage.

Il s'inventa de nouer dans le coin d'un mouchoir blanc la fève qu'il avait gagnée la veille en tirant le gâteau, et d'attacher ce mouchoir aux barreaux de la fenêtre de Jeannette pour lui signifier qu'il l'aurait prise pour sa reine si elle avait voulu se montrer au souper.

« Une fève, ce n'est pas grand-chose, se disait-il, c'est une marque d'honnêteté et d'amitié qui m'excusera de ne lui avoir pas su dire adieu. »

Mais il entendit en lui-même comme une parole qui lui déconseillait de faire cette offrande, et qui lui remontrait qu'un homme ne doit point agir comme ces jeunes filles qui veulent qu'on les aime, qu'on pense à elles, et qu'on les regrette quand bien même elles ne se soucient pas d'y correspondre.

« Non, non, François, se dit-il en remettant son gage[2] dans sa poche et en doublant le pas : il faut vouloir ce qu'on veut et se faire oublier quand on est décidé à oublier soi-même. »

Et là-dessus il marcha grand train, et il n'était pas à deux portées de fusil[3] du moulin de Jean Vertaud, qu'il voyait Madeleine devant lui, s'imaginant aussi entendre comme une petite voix faible qui l'appelait en aide. Et ce rêve le menait, et il pensait déjà voir le

---

1. La fête chrétienne de l'Épiphanie, le premier dimanche de janvier. **2.** A ici le sens de « cadeau donné en signe d'engagement amoureux ». **3.** Voir p. 38, note 2.

grand cormier, la fontaine, le pré Blanchet [1], l'écluse, le petit pont, et Jeannie courant à son encontre ; et de Jeannette Vertaud dans tout cela, il n'y avait rien qui le retînt par sa blouse pour l'empêcher de courir.

Il alla si vite qu'il ne sentit pas la froidure et ne songea ni à boire, ni à manger, ni à souffler, tant qu'il n'eut pas laissé la grand'route [2] et attrapé, par le dévers [3] du chemin de Presles, la croix du Plessys.

Quand il fut là, il se mit à genoux et embrassa le bois de la croix avec l'amitié d'un bon chrétien qui retrouve une bonne connaissance. Après quoi il se mit à dévaler le grand carrouer [4] qui est en forme de chemin, sauf qu'il est large comme un champ, et qui est bien le plus beau communal [5] du monde, en belle vue, en grand air et en plein ciel, et en aval [6] si courant [7] que, par les temps de glace, on y pourrait bien courir la poste [8] même en charrette à bœufs, et s'en aller piquer une bonne tête dans la rivière qui est en bas et qui n'avertit personne.

François, qui se méfiait de la chose, dégalocha [9] ses

----

1. Façon paysanne de désigner un morceau de terre du nom de son propriétaire.   2. La route de La Châtre à Châteauroux, la seule qui existât à l'époque. On peut reconstituer très précisément le chemin suivi par François si l'on accepte l'hypothèse de l'emplacement du moulin formulée au chapitre I (voir p. 37, note 1).   3. La pente, la descente.   4. Rabelais écrit « carroi » (*Gargantua,* XXV) pour désigner un grand passage. On trouve dans un autre roman de George Sand, *Consuelo,* l'éloge des chemins comme espace ouvert, invitation à la liberté.   5. Se comprend si l'on se rappelle que les pauvres menaient leurs bêtes brouter l'herbe le long des chemins aussi librement que dans le « communal » au sens propre (voir p. 42, note 1).   6. En descendant.   7. Facile à parcourir en courant.   8. On pourrait y faire passer la malle-poste qui même attelée de bœufs, à l'allure très lente, irait aussi vite qu'avec des chevaux... et dégringolerait dans la rivière.   9. « Enleva la neige ou la boue » qui l'aurait fait glisser. La galoche est une chaussure grossière, dont le pied est en bois comme les sabots.

sabots à plus d'une fois ; il arriva sans culbute à la passerelle. Il laissa Montipouret sur sa gauche, non sans dire un beau bonjour au gros vieux clocher[1] qui est l'ami à tout le monde, car c'est toujours lui qui se montre le premier à ceux qui reviennent au pays, et qui les tire d'embarras quand ils sont en faux chemin.

Pour ce qui est des chemins, je ne leur veux point de mal tant ils sont riants, verdissants et réjouissants à voir dans le temps chaud. Il y en a où l'on n'attrape pas de coups de soleil. Mais ceux-là sont les plus traîtres, parce qu'ils pourraient bien vous mener à Rome quand on croirait aller à Angibault. Heureusement que le bon clocher de Montipouret n'est pas chiche de se montrer, et qu'il n'y a pas une éclaircie où il ne passe le bout de son chapeau reluisant pour vous dire si vous tournez en bise ou en galerne[2].

Mais le champi n'avait besoin de vigie pour se conduire. Il connaissait si bien toutes les traînes[3], tous les bouts de sac[4], toutes les coursières, toutes les traques et traquettes, et jusqu'aux échaliers[5] des bouchures, qu'en pleine nuit il aurait passé aussi droit qu'un pigeon dans le ciel, par le plus court chemin sur terre.

Il était environ midi quand il vit le toit du moulin Cormouer au travers des branches défeuillées, et il fut content de connaître à une petite fumée bleue qui montait au-dessus de la maison, que le logis n'était point abandonné aux souris.

---

1. Le thème romantique du rôle affectif de l'église du village, avec sa silhouette familière et ses sonneries qui rythment la vie, date de Chateaubriand.　　2. La bise est un vent froid du nord ; la galerne un vent d'ouest.　　3. Terme utilisé par l'auteur avec « coursières », « traques » et « traquettes », soit des variétés de sentiers campagnards, mais désignait plutôt les buissons le long des chemins.　　4. Pour « cul-de-sac ».　　5. Barrières faites avec de longues perches. Les bouchures sont les haies vives fermant un pré ou un champ.

Il prit en sus[1] du pré Blanchet pour arriver plus vite, ce qui fit qu'il ne passa pas rasibus[2] la fontaine ; mais comme les arbres et les buissons n'avaient pas de feuilles, il vit reluire au soleil l'eau vive qui ne gèle jamais parce qu'elle est de source. Les abords du moulin étaient bien gelés en revanche, et si coulants qu'il ne fallait pas être maladroit pour courir sur les pierres et le talus de la rivière. Il vit la vieille roue du moulin, toute noire à force d'âge et de mouillage, avec des grandes pointes de glace qui pendaient aux alochons[3], menues comme des aiguilles.

Mais il manquait beaucoup d'arbres à l'entour de la maison, et l'endroit était bien changé. Les dettes du défunt Blanchet avaient joué de la cognée[4], et on voyait en mainte place, rouge[5] comme sang de chrétien, le pied des grands vergnes fraîchement coupés. La maison paraissait mal entretenue au-dehors ; le toit n'était guère bien couvert, et le four était moitié égrôlé[6] par l'efforce[7] de la gelée.

Et puis, ce qui était encore attristant, c'est qu'on n'entendait remuer dans toute la demeurance[8] ni âme, ni corps, ni bêtes, ni gens ; sauf qu'un chien à poil gris emmêlé de noir et de blanc, de ces pauvres chiens de campagne que nous disons guarriots[9] ou marrayés, sortit de l'huisserie[10] et vint pour japper à l'encontre du

---

1. Pour « en dessus ».   **2.** Terme berrichon qui n'a pas de valeur argotique : « au ras de ».   **3.** Nom berrichon des palettes d'une roue de moulin.   **4.** La hache des bûcherons ; abattre les arbres pour payer ses dettes revient à manger ses réserves. **5.** Les racines des aulnes (voir p. 127, note 9) sont de ton rougeâtre.   **6.** « Écroulé », il s'agit du four à pain, fréquemment construit contre la maison.   **7.** Fabriqué par George Sand à partir du mot « effort ».   **8.** Variante locale de « demeure ». **9.** Comme « marrayés » : termes du vocabulaire paysan désignant des pelages tachetés. La scène rappelle directement l'*Odyssée* : Ulysse, enfin de retour chez lui, est reconnu par son vieux chien qui l'attendait pour mourir.   **10.** La porte ou toute ouverture.

champi ; mais il s'accoisa[1] tout de suite et vint, en se traînant, se coucher dans ses jambes.

« Oui-da, Labriche, tu m'as reconnu ? lui dit François, et moi je n'aurais pas pu te remettre, car te voilà si vieux et si gâté que les côtes te sortent et que ta barbe est devenue toute blanche. »

François devisait ainsi en regardant le chien, parce qu'il était là tout tracassé, comme s'il eût voulu gagner du temps avant que d'entrer dans la maison. Il avait eu tant de hâte jusqu'au dernier moment, et voilà qu'il avait peur, parce qu'il s'imaginait qu'il ne verrait plus Madeleine, qu'elle était absente ou morte à la place de son mari, qu'on lui avait donné une fausse nouvelle en lui annonçant le décès du meunier ; enfin il avait toutes les rêveries qu'on se met dans la tête quand on touche à la chose qu'on a le plus souhaitée.

XVI

François poussa à la fin le barreau[2] de la porte et voilà qu'il vit devant lui, au lieu de Madeleine, une belle et jolie jeune fille, vermeille comme une aube de printemps et réveillée comme une linotte[3], qui lui dit d'un air avenant[4] :

« Qu'est-ce que vous demandez, jeune homme ? »

François ne la regarda pas longtemps, tant bonne fût-

---

1. Voir p. 93, note 1.   **2.** Étant donné l'emploi qui en est fait plus loin (p. 143), le terme peut désigner une sorte de demi-porte qui permettait d'ouvrir sans que les bêtes entrent (le chien est pourtant sorti !).   **3.** Oiseau commun, symbole de légèreté ; la comparaison ne semble pas avoir ici de valeur péjorative.   **4.** Terme littéraire un peu vieilli : aimable, engageant.

elle à regarder, et il jeta ses yeux tout autour de la chambre[1], pour chercher la meunière. Et tout ce qu'il vit, c'est que les courtines[2] de son lit étaient closes, et que, pour sûr, elle était dedans. Il ne pensa du tout répondre à la jolie fille qui était la sœur cadette du défunt meunier et avait nom Mariette Blanchet. Il s'en fut tout droit au lit jaune, et il écarta subtilement la courtine, sans faire noise[3] ni question ; et là il vit Madeleine Blanchet tout étendue, toute blême, tout assoupie et écrasée par la fièvre.

Il la regarda et l'examina longtemps sans remuer et sans mot dire : et malgré son chagrin de la trouver malade, malgré sa peur de la voir mourir, il était heureux d'avoir sa figure devant lui et de se dire : Je vois Madeleine.

Mais Mariette Blanchet le poussa tout doucement d'auprès le lit, referma la courtine, et, lui faisant signe d'aller avec elle auprès du foyer :

« Ah çà, le jeune homme, fit-elle, qui êtes-vous et que demandez-vous ? Je ne vous connais point et vous n'êtes pas d'ici. Qu'y a-t-il pour vous obliger ? »

Mais François n'entendit point ce qu'elle lui demandait, et, en lieu de lui donner une réponse, il lui fit des questions : Combien de temps Mme Blanchet était malade ? si elle était en danger et si on soignait bien sa maladie ?

À quoi la Mariette lui répondit qu'elle était malade depuis la mort de son mari, par la trop grande fatigue qu'elle avait eue de le soigner et de l'assister jour et nuit ; qu'on n'avait pas fait venir encore le médecin, et qu'on irait le quérir[4] si elle empirait ; et que, quant à

---

1. Façon de désigner la pièce principale, souvent la seule dans les campagnes.   2. Rideaux qui isolaient le lit dans la pièce unique.   3. Du bruit ou des embarras.   4. Vieilli : « chercher ».

la bien soigner, elle qui parlait ne s'y épargnait point, comme c'était son devoir de le faire.

À cette parole, le champi l'envisagea entre les deux yeux, et il n'eut besoin de lui demander son nom, car, outre qu'il savait que, vers le temps de son départ, M. Blanchet avait mis sa sœur auprès de sa femme, il surprit dans la mignonne figure de cette mignonne jeunesse une retirance[1] assez marquée de la figure chagrinante du défunt meunier. Il se rencontre bien des museaux fins comme cela, qui ressemblent à des museaux fâcheux, sans qu'on puisse dire comment la chose est. Et malgré que Mariette Blanchet fût réjouissante à voir autant que son frère avait eu coutume d'être déplaisant, il lui restait un air de famille qui ne trompe point. Seulement cet air-là avait été bourru et colérique dans la mine du défunt, et l'air de Mariette était plutôt d'une personne qui se moque que d'une qui se fâche, et d'une qui craint rien plutôt que d'une qui veut se faire craindre.

Tant il y a que François ne se sentit ni tout à fait en peine, ni tout à fait en repos sur l'assistance que Madeleine pouvait recevoir de cette jeunesse. Sa coiffe était bien fine, bien plissée et bien épinglée ; ses cheveux, qu'elle portait un peu à la mode des artisanes[2], étaient bien reluisants, bien peignés, bien tirés en alignement ; ses mains étaient bien blanches et son tablier pareillement pour une garde-malade. Parfin[3] elle était beaucoup jeune, pimpante et dégagée pour penser jour et nuit à une personne hors d'état de s'aider elle-même.

Cela fit que François, sans rien plus demander, s'as-

---

1. Terme berrichon pour « ressemblance ».   2. Selon la mode paysanne, les cheveux, tirés, étaient entièrement cachés par la coiffe, alors que les « artisanes », plus proches des mœurs urbaines, laissaient paraître des bandeaux encadrant le visage.   3. Voir p. 113, note 2.

sit dans le quart[1] de la cheminée, bien décidé à ne se point départir de l'endroit qu'il n'eût vu comment tournerait à bien ou à mal l'affliction de sa chère Madeleine.

Et Mariette fut bien étonnée de le voir faire si peu de façon et prendre possession du feu, comme s'il entrait à son propre logis. Il baissa le nez sur les tisons, et comme il ne paraissait pas en humeur de causer, elle n'osa point s'informer plus au long de ce qu'il était et requérait.

Mais au bout d'un moment entra Catherine, la servante de la maison depuis tantôt dix-huit ou vingt ans ; et, sans faire attention à lui, elle approcha du lit de sa maîtresse, l'avisa[2] avec précaution, et vint à la cheminée pour voir comment la Mariette gouvernait la tisane. Elle montrait dans tout son comportement une idée de grand intérêt pour Madeleine, et François qui sentit la vérité de la chose, en une secousse[3], eut envie de lui dire bonjour d'ami ; mais...

— Mais, dit la servante du curé, interrompant le chanvreur, vous dites un mot qui ne convient pas. Une *secousse* ne dit pas un moment, une minute.

— Et moi je vous dis, repartit le chanvreur, qu'un moment ne veut rien dire, et qu'une minute c'est bien trop long pour qu'une idée nous pousse dans la tête. Je ne sais pas à combien de millions de choses on pourrait songer en une minute. Au lieu que, pour voir et

---

1. Façon de dire « l'angle ». Le « cantou », ou coin de la cheminée, comportait souvent un banc pour s'asseoir, place traditionnelle des vieilles personnes ou de l'ami de passage qui se chauffe. 2. La regarda. 3. L'expression n'est pas attestée, mais fait image. Le débat qui suit l'emploi de ce terme affirme que, loin d'employer une langue maladroite, les ruraux ont une réflexion linguistique, fondée sur l'assurance que les pensées de l'homme s'accordent au mouvement de la nature, conception médiévale, mais aussi romantique.

entendre une chose qui arrive, il ne faut que le temps d'une secousse. Je dirai une petite secousse, si vous voulez.

— Mais une secousse de temps ! dit la vieille puriste.

— Ah ! une secousse de temps ! Ça vous embarrasse, mère Monique ? Est-ce que tout ne va pas par secousses ? Le soleil quand on le voit monter en bouffées de feu à son lever, et vos yeux qui clignent en le regardant ? le sang qui nous saute dans les veines, l'horloge de l'église qui nous épluche le temps miette à miette comme le blutoir[1] le grain, votre chapelet[2] quand vous le dites, votre cœur quand monsieur le curé tarde à rentrer, la pluie tombant goutte à goutte, et mêmement, à ce qu'on dit, la terre qui tourne comme une roue de moulin ? Vous n'en sentez pas le galop ni moi ni plus ; c'est que la machine est bien graissée ; mais il faut bien qu'il y ait de la secousse, puisque nous virons un si grand tour dans les vingt-quatre heures. Et pour cela, nous disons aussi un tour de temps, pour dire un certain temps. Je dis donc une secousse, et je n'en démordrai pas. Çà, ne me coupez plus la parole, si vous ne voulez me la prendre.

— Non, non ; votre machine est trop bien graissée aussi, répondit la vieille. Donnez encore un peu de secousse à votre langue.

---

1. Instrument qui sert à bluter, c'est-à-dire séparer le grain de la balle.   **2.** Suite de perles de verre qui servait à compter les prières à la Vierge.

XVII

Je disais donc que François avait une tentation de dire bonjour à la grosse Catherine et de s'en faire reconnaître ; mais comme, par la même secousse de temps[1], il avait envie de pleurer, il eut honte de faire le sot, et il ne releva pas seulement la tête. Mais la Catherine, qui s'était baissée sur le fouger[2], avisa ses grand'jambes et se retira tout épeurée.

« Qu'est-ce que c'est que ça ? dit-elle à la Mariette en marmottant dans le coin de la chambre. D'où sort ce chrétien ?

— Demande-le-moi, répondit la fillette, est-ce que je sais ? Je ne l'ai jamais vu. Il est entré céans[3] comme dans une auberge, sans dire bonjour ni bonsoir. Il a demandé les portements[4] de ma belle-sœur, comme s'il en était parent ou héritier ; et le voilà assis au feu, comme tu vois. Parle-lui, moi je ne m'en soucie pas. C'est peut-être un homme qui n'est pas bien.

— Comment ! vous pensez qu'il aurait l'esprit dérangé ? Il n'a pourtant pas l'air méchant, autant que je peux le voir, car on dirait qu'il se cache la figure.

— Et s'il avait mauvaise idée pourtant ?

— N'ayez peur, Mariette, je suis là pour le tenir. S'il nous ennuie, je lui jette une chaudronnée d'eau bouillante dans les jambes et un landier[5] à la tête. »

Du temps qu'elles caquetaient en cette manière, François pensait à Madeleine. « Cette pauvre femme, se disait-il, qui n'a jamais eu que du chagrin et du

---

1. Voir chapitre précédent.   **2.** Terme local pour « foyer ». **3.** Voir p. 96, note 2.   **4.** Équivalent de « nouvelles », à partir de la question : « Comment se porte... ? »   **5.** Gros chenets de fer comportant une haute tige, en usage dans les grandes cheminées campagnardes.

dommage à endurer de son mari, est là, malade, à force de l'avoir secouru et réconforté jusqu'à l'heure de la mort. Et voilà cette jeunesse qui est la sœur et l'enfant gâté du défunt, à ce que j'ai ouï dire, qui ne montre pas grand souci sur ses joues. Si elle a été fatiguée et si elle a pleuré, il n'y paraît guère, car elle a l'œil serein et clair comme un soleil. »

Il ne pouvait pas s'empêcher de la regarder en dessous de son chapeau, car il n'avait encore jamais vu si fraîche et si gaillarde beauté. Mais si elle lui chatouillait un peu la vue, elle ne lui entrait pas pour cela dans le cœur.

« Allons, allons, dit Catherine en chuchotant toujours avec sa jeune maîtresse, je vas[1] lui parler. Il faut savoir ce qu'il en retourne.

— Parle-lui honnêtement, dit la Mariette. Il ne faudrait point le fâcher : nous sommes seules à la maison, Jeannie est peut-être loin et ne nous entendrait crier.

— Jeannie ? fit François, qui de tout ce qu'elle babillait n'entendit que le nom de son ancien ami. Où est-il donc, Jeannie, que je ne le vois point ? Est-il bien grand, bien beau, bien fort ? »

« Tiens, tiens, pensa Catherine, il demande ça parce qu'il a de mauvaises intentions peut-être. Qui, Dieu permis, sera cet homme-là ? Je ne le connais ni à la voix, ni à la taille, je veux en avoir le cœur net et regarder sa figure. »

Et comme elle n'était pas femme à reculer devant le diable, étant corporée[2] comme un laboureur et hardie comme un soldat, elle s'avança tout auprès de lui, décidée qu'elle était à lui faire ôter ou tomber son chapeau pour voir si c'était un loup-garou[3] ou un homme bap-

---

1. Voir p. 73, note 4.   **2.** Voir p. 110, note 3.   **3.** Personnage fantastique du folklore que George Sand définit comme « un loup ensorcelé » (*Les Légendes rustiques*, VIII).

tisé. Elle allait à l'assaut du champi, bien éloignée de penser que ce fût lui : car, outre qu'il était dans son humeur de ne penser guère à la veille plus qu'au lendemain, et qu'elle avait comme mis le champi depuis longtemps en oubliance entière, il était pour sa part si amendé et de si belle venue qu'elle l'aurait regardé à trois fois avant de le remettre ; mais dans le même temps qu'elle allait le pousser et le tabuster [1] peut-être en paroles, voilà que Madeleine se réveilla et appela Catherine, en disant d'une voix si faible qu'on ne l'entendait quasi point, qu'elle était brûlée de soif.

François se leva si vite qu'il aurait couru le premier auprès d'elle, n'était la crainte de lui causer trop d'émoi. Il se contenta de présenter bien vivement la tisane à Catherine, qui la prit et se hâta de la porter à sa maîtresse, oubliant de s'enquérir pour le moment d'autre chose que de son état.

La Mariette se rendit aussi à son devoir en soulevant Madeleine dans ses bras pour la faire boire, et ce n'était pas malaisé, car Madeleine était devenue si chétive et fluette que c'était pitié. « Et comment vous sentez-vous, ma sœur ? lui dit Mariette.

— Bien ! bien ! mon enfant, répondit Madeleine du ton d'une personne qui va mourir, car elle ne se plaignait jamais, pour ne pas affliger les autres.

— Mais, dit-elle en regardant le champi, ce n'est pas Jeannie qui est là ? Qui est, mon enfant, si je ne rêve, ce grand homme auprès de la cheminée ? »

Et la Catherine répondit :

« Nous ne savons pas, notre maîtresse ; il ne parle pas, et il est là comme un essoti [2]. »

Et le champi fit un petit mouvement en regardant Madeleine, car il avait toujours peur de la surprendre

---

1. Voir p. 44, note 1.　　**2.** Terme local pour « abruti ».

trop vite, et si [1], il mourait d'envie de lui parler. La Catherine le vit dans ce moment-là, mais elle ne le connaissait point comme il était devenu depuis trois ans, et elle dit, pensant que Madeleine en avait peur :

« Ne vous en souciez pas, notre maîtresse ; j'allais le faire sortir quand vous m'avez appelée.

— Ne le faites point sortir, dit Madeleine avec une voix un peu renforcée, et en écartant davantage son rideau ; car je le connais, moi, et il a bien agi en venant me voir. Approche, approche, mon fils ; je demandais tous les jours au Bon Dieu la grâce de te donner ma bénédiction. »

Et le champi d'accourir et de se jeter à deux genoux devant son lit, et de pleurer de peine et de joie qu'il en était comme suffoqué. Madeleine lui prit ses deux mains et puis sa tête, et l'embrassa en disant : « Appelez Jeannie ; Catherine, appelle Jeannie, pour qu'il soit bien content aussi. Ah ! je remercie le Bon Dieu, François, et je veux bien mourir à présent si c'est sa volonté, car voilà tous mes enfants élevés, et j'aurai pu leur dire adieu. »

XVIII

Catherine courut vitement chercher Jeannie, et Mariette était si pressée de savoir ce que tout cela voulait dire, qu'elle la suivit pour la questionner. François demeura seul avec Madeleine qui l'embrassa encore et se prit à pleurer ; ensuite de quoi elle ferma les yeux et devint encore plus accablée et abîmée qu'elle n'était

---

1. Voir p. 93, note 4.

avant. Et François ne savait comment la soulager de cette pâmoison[1] ; il était comme affolé, et ne pouvait que la tenir dans ses deux bras, en l'appelant sa chère mère, sa chère amie, et en la priant, comme si la chose était en son pouvoir, de ne pas trépasser si vite et sans entendre ce qu'il voulait lui dire.

Et tant par bonnes paroles que par soins bien avisés et honnêtes caresses, il la ramena de sa faiblesse. Elle recommença à le voir et à l'écouter. Et il lui disait qu'il avait comme deviné qu'elle avait besoin de lui, et qu'il avait tout quitté, qu'il était venu pour ne plus s'en aller, tant qu'elle lui dirait de rester, et que si elle voulait le prendre pour son serviteur, il ne lui demanderait que le plaisir de l'être, et la consolation de passer tous ses jours en son obéissance. Et il disait encore : « Ne me répondez pas, ne me parlez pas, ma chère mère, vous êtes trop faible, ne dites rien. Seulement, regardez-moi, si vous avez du plaisir à me voir, et je comprendrai bien si vous agréez mon amitié et mon service. »

Et Madeleine le regardait d'un air si serein, et elle l'écoutait avec tant de consolation, qu'ils se trouvaient heureux et contents malgré le malheur de cette maladie.

Jeannie, que la Catherine avait appelé à beaux cris, vint à son tour prendre sa joie avec eux. Il était devenu un joli garçon entre les quatorze et les quinze ans, pas bien fort, mais vif à plaisir, et si bien éduqué qu'on n'en avait jamais que des paroles d'honnêteté et d'amitié.

« Oh ! je suis content de te voir comme te voilà, mon Jeannie, lui disait François. Tu n'es pas bien grand ni bien gros, mais ça me fait plaisir, parce que je m'imagine que tu auras encore besoin de moi pour monter sur les arbres et pour passer la rivière. Tu es toujours

---

1. Vieilli pour « évanouissement ».

délicat, je vois ça, sans être malade, pas vrai ? Eh bien ! tu seras encore mon enfant pour un peu de temps, si ça ne te fâche pas ; tu auras encore besoin de moi, oui, oui ; et comme par le temps passé, tu me feras faire toutes tes volontés.

— Oui, mes quatre cents volontés, dit Jeannie, comme tu disais dans le temps.

— Oui-da[1] ! il a bonne mémoire ! Ah ! que c'est mignon, Jeannie, de n'avoir pas oublié son François ! Mais est-ce que nous avons toujours quatre cents volontés par chaque jour ?

— Oh ! non, dit Madeleine ; il est devenu bien raisonnable, il n'en a plus que deux cents.

— Ni plus ni moins ? dit François.

— Oh ! je veux bien, répondit Jeannie, puisque ma mère mignonne commence à rire un peu, je suis d'accord de tout ce qu'on voudra. Et mêmement, je dirai que j'ai à présent plus de cinq cents fois le jour la volonté de la voir guérie.

— C'est bien parler, ça, Jeannie, dit François. Voyez-vous comme ça a appris à bien dire ? Va, mon garçon, tes cinq cents volontés là-dessus seront écoutées du Bon Dieu. Nous allons si bien la soigner, ta mère mignonne, et la réconforter, et la faire rire petit à petit, que sa fatigue s'en ira. »

Catherine était sur le pas de la porte, bien curieuse de rentrer pour voir François et lui parler aussi ; mais la Mariette la tenait par le bras, et ne lâchait pas de la questionner.

« Comment, disait-elle, c'est un champi ? Il a pourtant un air bien honnête ! »

Et elle le regardait du dehors par le barreau[2] de la porte, qu'elle entrebâillait un petit.

« Mais comment donc est-il si ami de Madeleine ?

---

1. Voir p. 39, note 1.   **2.** Voir p. 133, note 2.

— Mais puisque je vous dis qu'elle l'a élevé, et qu'il était très bon sujet.

— Mais elle ne m'en a jamais parlé ; ni toi, non plus.

— Ah ! dame ! moi, je n'y ai jamais songé ; il n'était plus là, je ne m'en souvenais quasiment plus ; et puis je savais que notre maîtresse avait eu des peines par rapport à lui, et je ne voulais pas le lui faire désoublier.

— Des peines ? quelles peines donc ?

— Dame ! parce qu'elle s'y était attachée, et c'était bien force : il était de si bon cœur, cet enfant-là ! et votre frère n'a pas voulu le souffrir à la maison ; vous savez bien qu'il n'est pas toujours mignon, votre frère !

— Ne disons pas cela à présent qu'il est mort, Catherine !

— Oui, oui, c'est juste, je n'y pensais plus, ma foi ; c'est que j'ai l'idée si courte ! Et si pourtant, il n'y a que quinze jours ! Mais laissez-moi donc rentrer, demoiselle ; je veux le faire dîner, ce garçon ; m'est avis qu'il doit avoir faim. »

Et elle s'échappa pour aller embrasser François ; car il était si beau garçon, qu'elle n'avait plus souvenance d'avoir dit, dans les temps, qu'elle aimerait mieux biger[1] son sabot qu'un champi.

« Ah ! mon pauvre François, qu'elle lui dit, je suis aise de te voir. Je croyais bien que tu ne retournerais jamais. Mais voyez donc, notre maîtresse, comme il est devenu ? Je m'étonne bien comment vous l'avez acconnu[2] tout du coup. Si vous n'aviez pas dit que c'était lui, je compte bien qu'il m'aurait fallu du temps pour le réclamer[3]. Est-il beau ! l'est-il ! et qu'il

---

1. Terme local pour « donner une bise à ».　　**2.** Pour « reconnu ».
3. A le sens ancien de « ranger », « remettre à sa place », donc ici « reconnaître ».

commence à avoir de la barbe, oui ! Ça ne se voit pas encore beaucoup, mais ça se sent. Dame ! ça ne piquait guère quand tu as parti, François, et à présent ça pique un peu. Et le voilà fort, mon ami ! quels bras, quelles mains, et des jambes ! Un ouvrier comme ça en vaut trois. Combien donc est-ce qu'on te paie là-bas ? »

Madeleine riait tout doucement de voir Catherine si contente de François, et elle le regardait, contente aussi de le retrouver en si belle jeunesse et santé. Elle aurait voulu voir son Jeannie arrivé en aussi bon état, à la fin de son croît[1]. Et tant qu'à Mariette, elle avait honte de voir Catherine si hardie à regarder un garçon, et elle était toute rouge sans penser à mal. Mais tant plus elle se défendait de regarder François, tant plus elle le voyait et le trouvait comme Catherine le disait, beau à merveille et planté sur ses pieds comme un jeune chêne[2].

Et voilà que, sans y songer, elle se mit à le servir fort honnêtement, à lui verser du meilleur vin gris[3] de l'année et à le réveiller quand, à force de regarder Madeleine et Jeannie, il oubliait de manger.

« Mangez donc mieux que ça, lui disait-elle, vous ne vous nourrissez quasi point. Vous devriez avoir plus d'appétit, puisque vous venez de si loin.

— Ne faites pas attention à moi, demoiselle, lui répondit à la fin François ; je suis trop content d'être ici pour avoir grande envie de boire et manger.

— Ah çà ! voyons, dit-il à Catherine quand la table fut rangée, montre-moi un peu le moulin et la maison,

---

1. Terme local pour « croissance ». 2. La transformation subite de François rappelle celle du héros à la fin des contes traditionnels au moment où il apparaît aux yeux de sa bien-aimée (voir p. 55, note 1). 3. Sorte de vin très clair qui se fait encore dans plusieurs régions.

car tout ça m'a paru négligé, et il faut que je cause avec toi. »

Et quand il l'eut menée dehors, il la questionna sur l'état des affaires, en homme qui s'y entend et qui veut tout savoir.

« Ah ! François, dit Catherine en commençant de pleurer, tout va pour le plus mal, et si personne ne vient en aide à ma pauvre maîtresse, je crois bien que cette méchante femme la mettra dehors et lui fera manger tout son bien en procès.

— Ne pleure pas, car ça me gêne pour entendre [1], dit François, et tâche de te bien expliquer. Quelle méchante femme veux-tu dire ? la Sévère ?

— Eh oui ! pardi ! Elle ne s'est pas contentée de faire ruiner notre défunt maître. Elle a maintenant prétention sur tout ce qu'il a laissé. Elle cherche cinquante procédures, elle dit que Cadet Blanchet lui a fait des billets [2], et que quand elle aura fait vendre tout ce qui nous reste, elle ne sera pas encore payée. Tous les jours elle nous envoie des huissiers, et les frais montent déjà gros. Notre maîtresse, pour la contenter, a déjà payé ce qu'elle a pu, et du tracas que tout ça lui donne après la fatigue que la maladie de son homme lui a occasionnée, j'ai bien peur qu'elle ne meure. Avant peu nous serons sans pain ni feu, au train dont on nous mène. Le garçon de moulin nous a quittés, parce qu'on lui devait son gage [3] depuis deux ans, et qu'on ne pouvait pas le payer. Le moulin ne va plus, et si ça dure, nous perdrons nos pratiques [4]. On a saisi la chevaline [5] et la récolte : ça va être vendu aussi ; on va abattre tous les arbres. Ah ! François, c'est une désolation. »

---

1. Voir p. 66, note 2.   **2.** Des reconnaissances de dette, qui pouvaient circuler comme une sorte de monnaie.   **3.** Voir p. 42, note 4.   **4.** Voir p. 82, note 3.   **5.** Tout ce que contient l'écurie, bêtes et équipements.

Et elle recommença de pleurer.

« Et toi, Catherine ? lui dit François, es-tu créancière aussi ? tes gages ont-ils été payés ?

— Créancière, moi ! dit Catherine en changeant sa voix dolente en une voix de bœuf ; jamais ! jamais ! Que mes gages soient payés ou non, ça ne regarde personne !

— À la belle heure, Catherine, c'est bien parlé ! lui dit François. Continue à bien soigner ta maîtresse, et n'aie souci du reste. J'ai gagné un peu d'argent chez mes maîtres, et j'apporte de quoi sauver les chevaux, la récolte et les arbres. Quant au moulin, je m'en vas [1] lui dire deux mots, et s'il y a du désarroi, je n'ai pas besoin de charron [2] pour le mettre en danse. Il faut que Jeannie, qui est preste comme un parpillon [3], coure tout de suite jusqu'à ce soir, et encore demain drès [4] le matin, pour dire à toutes les pratiques que le moulin crie comme dix mille diables, et que le meunier attend la farine.

— Et un médecin pour notre maîtresse ?

— J'y ai pensé ; mais je veux la voir encore aujourd'hui jusqu'à la nuit pour me décider là-dessus. Les médecins, vois-tu, Catherine, voilà mon idée, sont à propos quand les malades ne peuvent pas s'en passer ; mais si la maladie n'est pas forte, on s'en sauve mieux avec l'aide du Bon Dieu qu'avec leurs drogues. Sans compter que la figure du médecin, qui guérit les riches, tue souvent les pauvres. Ce qui réjouit et amuse la trop aiseté [5], angoisse ceux qui ne voient ces figures-là

---

1. Voir p. 73, note 4.   2. L'artisan qui s'occupait des chars, autrement dit de ce qui nécessitait l'ajustement du fer et du bois. 3. Forme ancienne de « papillon ».   4. Selon Littré, « forme berrichonne » de « dès ». Mais on peut aussi y reconnaître un « tout droit », au sens de « tout de suite (au matin) ».   5. Terme berrichon pour « aisance » ; construction équivalant à « trop grande aisance ».

qu'au jour du danger, et ça leur tourne le sang. J'ai dans ma tête que Mme Blanchet guérira bientôt en voyant du secours dans ses affaires.

« Et avant que nous finissions ce propos, Catherine, dis-moi encore une chose ; c'est un mot de vérité que je te demande, et il ne faut pas te faire conscience de me le dire. Ça ne sortira pas de là, et si tu te souviens de moi, qui n'ai point changé, tu dois savoir qu'un secret est bien placé dans le cœur du champi.

— Oui, oui, je le sais, dit Catherine ; mais pourquoi est-ce que tu te traites de champi ? C'est un nom qu'on ne te donnera plus, car tu ne mérites pas de le porter, François.

— Ne fais pas attention. Je serai toujours ce que je suis, et n'ai point coutume de m'en tabouler[1] l'esprit. Dis-moi donc ce que tu penses de ta jeune maîtresse, Mariette Blanchet ?

— Oh da[2] ! elle est jolie fille ! Auriez-vous pris déjà idée de l'épouser ? Elle a du de quoi[3], elle ; son frère n'a pu toucher à son bien, qui est bien de mineur, et à moins que vous n'ayez fait un héritage, maître François...

— Les champis ne font guère d'héritage, dit François ; et quant à ce qui est d'épouser, j'ai le temps de penser au mariage comme la châtaigne dans la poêle. Ce que je veux savoir de toi, c'est si cette fille est meilleure que son défunt frère, et si Madeleine aura du contentement d'elle, ou des peines en la conservant dans sa maison.

— Ça, dit Catherine, le Bon Dieu pourrait vous le dire, mais non pas moi. Jusqu'à l'heure, c'est sans malice et sans idée de grand-chose. Ça aime la toilette,

---

1. Même terme que « sabouler » : « tourmenter ».   **2.** Voir p. 39, note 1.   **3.** Équivalent de l'expression populaire actuelle « avoir de quoi ».

les coiffes à dentelle et la danse. Ça n'est pas intéressé, et c'est si gâté et si bien traité par Madeleine, que ça n'a pas eu sujet de montrer si ça avait des dents. Ça n'a jamais souffert, nous ne saurions dire ce que ça deviendra.

— Était-elle très portée pour[1] son frère ?

— Pas beaucoup, sinon quand il la menait aux assemblées[2], et que notre maîtresse voulait lui observer qu'il ne convenait pas de conduire une fille de bien en compagnie de la Sévère. Alors la petite, qui n'avait que le plaisir en tête, faisait des caresses[3] à son frère et la moue à Madeleine, qui était bien obligée de céder. Et de cette manière-là la Mariette n'est pas aussi ennemie de la Sévère que ça me plairait. Mais on ne peut pas dire qu'elle ne soit pas aimable et comme il faut avec sa belle-sœur.

— Ça suffit, Catherine, je ne t'en demande pas plus. Je te défends seulement de rien dire à cette jeunesse du discours que nous venons de faire ensemble. »

Les choses que François avait annoncées à la Catherine, il les fit fort bien. Dès le soir, par la diligence de Jeannie, il arriva du blé à moudre, et dès le soir le moulin était en état ; la glace cassée et fondue d'autour de la roue, la machine graissée, les morceaux de bois réparés à neuf, là où il y avait de la cassure. Le brave François travailla jusqu'à deux heures du matin, et à quatre il était déjà debout. Il entra à petits pas dans la chambre de la Madeleine, et, trouvant là la bonne Catherine qui veillait, il s'enquit de la malade. Elle avait bien dormi, consolée par l'arrivée de son cher serviteur et par le bon secours qu'il lui apportait. Et comme Catherine refusait de quitter sa maîtresse avant

---

1. Au sens de « attachée à ».   **2.** Nom campagnard des fêtes de village, foires, etc. ; lieu de rendez-vous de toute la population. **3.** Amabilités.

que Mariette fût levée, François lui demanda à quelle heure se levait la beauté du Cormouer.

« Pas avant le jour, fit Catherine.

— Comme ça, il te reste plus de deux heures à l'attendre, et tu ne dormiras pas du tout ?

— Je dors un peu le jour sur ma chaise, ou dans la grange sur la paille, pendant que je fais manger mes vaches.

— Eh bien ! tu vas te coucher à présent, dit François et j'attendrai ici la demoiselle pour lui montrer qu'il y en a qui se couchent plus tard qu'elle et qui sont levés plus matin. Je m'occuperai à examiner les papiers du défunt et ceux que les huissiers ont apportés depuis sa mort. Où sont-ils ?

— Là, dans le coffre à Madeleine, dit Catherine. Je vas vous allumer la lampe, François. Allons, bon courage, et tâchez de nous tirer d'embarras, puisque vous vous connaissez dans les écritures. »

Et elle s'en fut coucher, obéissant au champi comme au maître de la maison, tant il est vrai de dire que celui qui a bonne tête et bon cœur commande partout et que c'est son droit.

XIX

Avant que de se mettre à l'ouvrage, François, dès qu'il fut seul avec Madeleine et Jeannie, car le jeune gars couchait toujours dans la même chambre que sa mère [1], s'en vint regarder comment dormait la malade,

---

1. François ne se trouve donc pas seul dans la chambre de Madeleine, ce qui serait inconvenant.

et il trouva qu'elle avait bien meilleure façon qu'à son arrivée. Il fut content de penser qu'elle n'aurait pas besoin de médecin, et que lui tout seul, par la consolation qu'il lui donnerait, il lui sauverait sa santé et son sort.

Il se mit à examiner les papiers, et fut bientôt au fait de ce que prétendait la Sévère, et de ce qu'il restait de bien à Madeleine pour la contenter. En outre de tout ce que la Sévère avait mangé et fait manger à Cadet Blanchet, elle prétendait encore être créancière de deux cents pistoles[1], et Madeleine n'avait guère plus de son propre bien, réuni à l'héritage laissé à Jeannie par Blanchet, héritage qui se réduisait au moulin et à ses dépendances : c'est comme qui dirait la cour, le pré, les bâtiments, le jardin, la chènevière[2] et la plantation[3] ; car tous les champs et toutes les autres terres avaient fondu comme neige dans les mains de Cadet Blanchet.

« Dieu merci ! pensa François, j'ai quatre cents pistoles chez M. le curé d'Aigurande, et en supposant que je ne puisse pas mieux faire, Madeleine conservera du moins sa demeurance, le produit de son moulin et ce qui reste de sa dot. Mais je crois bien qu'on pourra s'en tirer à moins. D'abord savoir si les billets souscrits par Blanchet à la Sévère n'ont pas été extorqués par ruse et gueuserie[4], ensuite faire un coup de commerce[5] sur les terres vendues. Je sais bien comment ces affaires-là se conduisent, et, d'après les noms des

---

1. Somme à comparer avec celles qui sont évoquées p. 115 et p. 151.   **2.** Terrain sur lequel on cultivait le chanvre (ou « chènevis »), indispensable pour le tissage des toiles qui servaient aussi bien à la maison qu'au linge.   **3.** Terrain planté d'arbres, ici sans doute des peupliers, à moins qu'il ne s'agisse d'un verger. **4.** Non pas la pauvreté, mais là ruse ou la filouterie.   **5.** Une bonne affaire.

acquéreurs, je mettrais ma main au feu que je vas[1]
trouver par là le nid aux écus. »

La chose était que Blanchet, deux ou trois ans avant
sa fin, pressé d'argent et affoulé[2] de mauvaises dettes
envers la Sévère, avait vendu à bas prix et à quiconque
s'était présenté, faisant par là passer ses créances à la
Sévère et croyant se débarrasser d'elle et des compères
qui l'avaient aidée à le ruiner. Mais il était advenu ce
qu'on voit souvent dans la vente au détail. Quasi tous
ceux qui s'étaient pressés d'acheter, alléchés par la
bonne senteur de la terre fromentale, n'avaient sou ni
maille pour payer, et c'est à grand-peine qu'ils sol-
daient les intérêts. Ça pouvait durer comme cela dix et
vingt ans ; c'était de l'argent placé pour la Sévère et
ses compagnons, mais mal placé, et elle en murmurait
fort contre la grande hâte de Cadet Blanchet, craignant
bien de n'être jamais payée. Du moins voilà comment
elle disait ; mais c'était une spéculation comme une
autre. Le paysan, serait-il sur la paille, sert toujours
l'intérêt, tant il redoute de lâcher le morceau qu'il tient
et que le créancier peut reprendre s'il est mal content.

Nous savons bien tous la chose, bonnes gens ! et
plus d'une fois il nous arrive de nous enrichir à rebours
en achetant du beau bien à bas prix. Si bas qu'il soit,
c'est trop pour nous. Nous avons les yeux de la convoi-
tise plus grands que notre bourse n'a le ventre gros[3],
et nous nous donnons bien du mal pour cultiver un
champ dont le revenu ne couvre pas la moitié de l'intérêt que réclame le vendeur ; et quand nous y avons
pioché et sué pendant la moitié de notre pauvre vie,
nous sommes ruinés, et il n'y a que la terre qui se soit

---

    1. Voir p. 73, note 4.   **2.** Terme dont la prononciation était
proche de celle d'« affolé » et le sens (voir « fouler ») proche de
« accablé ».   **3.** Variation sur l'expression traditionnelle « avoir
les yeux plus gros que le ventre ».

enrichie de nos peines et labeurs. Elle vaut le double, et c'est le moment pour nous de la vendre. Si nous la vendions bien, nous serions sauvés ; mais il n'en est point ainsi. Les intérêts nous ont mis si bien à sec qu'il faut se presser, vendre à tout prix. Si nous regimbons, les tribunaux nous y forcent, et le premier vendeur, s'il est encore en vie, ou ses ayants cause [1] et héritiers reprennent leur bien comme ils le trouvent ; c'est-à-dire que pendant longues années ils ont placé leur terre en nos mains à 8 et 10 du 100, et qu'ils en font la recouvrance [2] lorsqu'elle vaut le double par l'effet de nos soins, d'une bonne culture qui ne leur a coûté ni peine ni dépense, et aussi par l'effet du temps qui va toujours donnant de la valeur à la propriété. Ainsi nous allons toujours à être mangées, pauvres ablettes [3], par les gros poissons qui nous font la chasse, toujours punis de nos convoitises et simples comme devant [4].

Par ainsi la Sévère avait son argent placé à bonne hypothèque sur sa propre terre, et à beaux intérêts. Mais elle n'en tenait pas moins sous sa griffe la succession de Cadet Blanchet, parce qu'elle l'avait si bien conduit qu'il s'était engagé pour les acquéreurs de ses terres, et qu'il était resté caution pour eux du paiement.

En voyant toute cette manigance, François pourpensait [5] au moyen de ravoir les terres à bon marché sans ruiner personne, et de jouer un bon tour à la Sévère et à sa clique en faisant manquer leur spéculation.

La chose n'était point aisée. Il avait de l'argent en suffisance pour ravoir quasiment le tout au prix de

---

1. Ayants droit.   2. Ils la récupèrent.   3. Tout petits poissons.   4. « Comme avant ». Le discours du chanvreur exprime les positions sociales de George Sand, comme celles que son ami socialiste Pierre Leroux exposait dans son journal *La Revue sociale* dans les années qui précèdent la révolution de 1848.   5. Usage archaïque du préfixe « pour » qui servait à indiquer que l'action était accomplie complètement ou avec excès (voir « pourfendre »).

vente. La Sévère ni personne ne pouvait refuser le rem-
boursement ; ceux qui avaient acheté avaient tous profit à revendre bien vite et à se débarrasser de leur ruine
à venir ; car je vous le dis, jeunes et vieux à qui je
parle, une terre achetée à crédit, c'est une patente de
cherche-pain pour vos vieux jours. Mais j'aurai beau
vous le dire, vous n'en aurez pas moins la maladie
achetouère[1]. Personne ne peut voir au soleil la fumée
d'un sillon labouré sans avoir la chaude fièvre d'en
être le seigneur. Et voilà ce que François redoutait
fort : c'est cette chaude fièvre du paysan qui ne veut
pas se départir de sa glèbe[2].

Connaissez-vous ça, la glèbe, enfants ? Il a été un
temps où l'on en parlait grandement dans nos
paroisses. On disait que les anciens seigneurs nous
avaient attachés à cela pour nous faire périr à force de
suer, mais que la Révolution avait coupé le câble et
que nous ne tirions plus comme des bœufs à la charrue
du maître ; la vérité est que nous nous sommes liés
nous-mêmes à notre propre areau[3], et que nous n'y
suons pas moins, et que nous y périssons tout de
même.

Le remède, à ce que prétendent les bourgeois de
chez nous, serait de n'avoir jamais besoin ni envie de
rien. Et dimanche passé je fis réponse à un ami qui me
prêchait ça très bien, que si nous pouvions être assez
raisonnables, nous autres petites gens, pour ne jamais
manger, toujours travailler, point dormir, et boire de
la belle eau clairette, encore si les grenouilles ne s'en
fâchaient point, nous arriverions à une belle épargne,

---

1. Mot fabriqué par George Sand, pour « d'acheter ».   **2.** La
motte de terre lorsque le champ a été labouré. Mais le terme renvoie
aux expressions médiévales définissant le serf comme attaché « à
la glèbe ». Le chanvreur transmet ainsi l'histoire populaire et en
particulier la mémoire de la Révolution qui vit l'abolition des derniers droits féodaux.   **3.** Charrue.

et on nous trouverait sages et gentils à grand'plantée [1] de compliments.

Suivant la chose comme vous et moi, François le champi se tabustait [2] beaucoup la cervelle pour trouver le moyen par où décider les acheteurs à lui revendre. Et celui qu'il trouva à la parfin [3], ce fut de leur couler dans l'oreille un beau petit mensonge, comme quoi la Sévère avait l'air, plus que la chanson, d'être riche ; qu'elle avait plus de dettes qu'il n'y a de trous dans un crible, et qu'au premier beau matin ses créanciers allaient faire saisir sur toutes ses créances comme sur tout son avoir. Il leur dirait la chose en confidence, et quand il les aurait bien apeurés, il ferait agir Madeleine Blanchet avec son argent à lui pour ravoir les terres au prix de vente.

Il se fit conscience [4] pourtant de cette menterie, jusqu'à ce qu'il lui vint l'idée de faire à chacun des pauvres acquéreurs un petit avantage pour les compenser des intérêts qu'ils avaient déjà payés. Et de cette manière, il ferait rentrer Madeleine dans ses droits et jouissances, en même temps qu'il sauverait les acquéreurs de toute ruine et dommage. Tant qu'à la Sévère et au discrédit que son propos pourrait lui occasionner, il ne s'en fit conscience aucune. La poule peut bien essayer de tirer une plume à l'oiseau méchant qui lui a plumé ses poussins.

Là-dessus Jeannie s'éveilla et se leva bien doucement pour ne pas déranger le repos de sa mère ; puis, ayant dit bonjour à François, il ne perdit temps pour aller avertir le restant des pratiques que le désarroi du moulin était raccommodé, et qu'il y avait un beau meunier à la meule.

---

1. Expression vieillie (écrite « planté ») : « en grande abondance ». **2.** Voir p. 44, note 1. **3.** Voir p. 113, note 2. **4.** Scrupule.

XX

Le jour était déjà grand quand Mariette Blanchet sortit du nid, bien attifée dans son deuil, avec du si beau noir et du si beau blanc qu'on aurait dit d'une[1] petite pie. La pauvrette avait un grand souci. C'est que ce deuil l'empêcherait, pour un temps, d'aller danser dans les assemblées, et que tous ses galants allaient être en peine d'elle ; elle avait si bon cœur qu'elle les en plaignait grandement.

« Comment ! fit-elle en voyant François ranger des papiers dans la chambre de Madeleine, vous êtes donc à tout ici, monsieur le meunier ! vous faites la farine, vous faites les affaires, vous faites la tisane ; bientôt on vous verra coudre et filer...

— Et vous, demoiselle, dit François, qui vit bien qu'on le regardait d'un bon œil tout en le taquinant de la langue, je ne vous ai encore vue ni filer ni coudre ; m'est avis que bientôt on vous verra dormir jusqu'à midi, et vous ferez bien. Ça conserve le teint frais.

— Oui-da[2], maître François, voilà déjà que nous nous disons des vérités... Prenez garde à ce jeu-là : j'en sais dire aussi.

— J'attends votre plaisir, demoiselle.

— Ça viendra ; n'ayez peur, beau meunier. Mais où est donc passée la Catherine, que vous êtes là à garder la malade ? Vous faudrait-il une coiffe et un jupon ?

— Sans doute que vous demanderez, par suite, une blouse et un bonnet pour aller au moulin ? Car, ne faisant point ouvrage de femme, qui serait de veiller un tantinet auprès de votre sœur, vous souhaitez de lever

---

1. Construction vieillie pour « on aurait dit une ».   **2.** Voir p. 39, note 1.

la paille [1] et de tourner la meule. À votre commandement ! changeons d'habits.

— On dirait que vous me faites la leçon ?

— Non, je l'ai reçue de vous d'abord, et c'est pourquoi, par honnêteté, je vous rends ce que vous m'avez prêté.

— Bon ! bon ! vous aimez à rire et à lutiner. Mais vous prenez mal votre temps ; nous ne sommes point en joie ici. Il n'y a pas longtemps que nous étions au cimetière, et si vous jasez tant, vous ne donnerez guère de repos à ma belle-sœur, qui en aurait grand besoin.

— C'est pour cela que vous ne devriez pas tant lever la voix, demoiselle, car je vous parle bien doux, et vous ne parlez pas, à cette heure, comme il faudrait dans la chambre d'une malade.

— Assez, s'il vous plaît, maître François, dit la Mariette en baissant le ton, mais en devenant toute rouge de dépit ; faites-moi l'amitié de voir si Catherine est par là, et pourquoi elle laisse ma belle-sœur à votre garde.

— Faites excuse, demoiselle, dit François sans s'échauffer autrement ; ne pouvant la laisser à votre garde, puisque vous aimez la dormille [2], il lui était bien force de se fier à la mienne. Et, tant qu'à l'appeler, je ne le ferai point, car cette pauvre fille est esrenée [3] de fatigue. Voilà quinze nuits qu'elle passe, sans vous offenser. Je l'ai envoyée coucher, et jusqu'à midi je prétends faire son ouvrage et le mien, car il est juste qu'un chacun s'entraide.

— Écoutez, maître François, fit la petite, changeant de ton subitement, vous avez l'air de vouloir me dire que je ne pense qu'à moi, et que je laisse toute la peine

---

1. Pour « pelle » (voir p. 45, note 4).   **2.** Terme de vieux français encore en usage localement : le sommeil.   **3.** Vieux français pour « éreintée » (littéralement : qui a les reins cassés).

aux autres. Peut-être que, de vrai, j'aurais dû veiller à mon tour, si Catherine m'eût dit qu'elle était fatiguée. Mais elle disait qu'elle ne l'était point, et je ne voyais pas que ma belle-sœur fût en si grand danger. Tant y a que vous me jugez de mauvais cœur, et je ne sais point où vous avez pris cela. Vous ne me connaissez que d'hier, et nous n'avons pas encore assez de familiarité ensemble pour que vous me repreniez comme vous faites. Vous agissez trop comme si vous étiez le chef de famille, et pourtant...

— ... Allons, dites, la belle Mariette, dites ce que vous avez au bout de la langue. Et pourtant, j'y ai été reçu et élevé par charité, pas vrai ! et je ne peux pas être de la famille, parce que je n'ai pas de famille ; je n'y ai droit, étant champi ! Est-ce tout ce que vous aviez envie de dire ? »

Et en répondant tout droit à la Mariette, François la regardait d'une manière qui la fit rougir jusqu'au blanc des yeux, car elle vit qu'il avait l'air d'un homme sévère et bien sérieux, en même temps qu'il montrait tant de tranquillité et de douceur qu'il n'y aurait moyen de le dépiter et de le faire penser ou parler injustement.

La pauvre jeunesse en ressentit comme un peu de peur, elle pourtant qui ne boudait point de la langue pour l'ordinaire, et cette sorte de peur n'empêchait point une certaine envie de plaire à ce beau gars, qui parlait si ferme et regardait si franchement. Si bien que, se trouvant toute confondue et embarrassée, elle eut peine à se retenir de pleurer, et tourna vivement le nez d'un autre côté pour qu'il ne la vît dans cet émoi.

Mais il la vit bien et lui dit en manière amicale :

« Vous ne m'avez point fâché, Mariette, et vous n'avez pas sujet de l'être pour votre part. Je ne pense pas mal de vous. Seulement je vois que vous êtes jeune, que la maison est dans le malheur, que vous n'y faites point d'attention, et qu'il faut bien que je vous dise comment je pense.

— Et comment pensez-vous ? fit-elle ; dites-le donc tout d'un coup, pour qu'on sache si vous êtes ami ou ennemi.

— Je pense que si vous n'aimez point le souci et le tracas qu'on se donne pour ceux qu'on aime et qui sont dans un mauvais charroi[1], il faut vous mettre à part, vous moquer de tout, songer à votre toilette, à vos amoureux, à votre futur mariage, et ne pas trouver mauvais qu'on s'emploie ici à votre place. Mais si vous avez du cœur, la belle enfant, si vous aimez votre belle-sœur et votre gentil neveu, et mêmement[2] la pauvre servante fidèle qui est capable de mourir sous le collier comme un bon cheval, il faut vous réveiller un peu plus matin, soigner Madeleine, consoler Jeannie, soulager Catherine, et surtout fermer vos oreilles à l'ennemie de la maison, qui est Mme Sévère, une mauvaise âme, croyez-moi. Voilà comment je pense, et rien de plus.

— Je suis contente de le savoir, dit la Mariette un peu sèchement, et à présent vous me direz de quel droit vous me souhaitez penser à votre mode.

— Oh ! c'est ainsi ! répondit François. Mon droit est le droit du champi, et pour que vous n'en ignoriez, de l'enfant reçu et élevé ici par la charité de Mme Blanchet ; ce qui est cause que j'ai le devoir de l'aimer comme ma mère et le droit d'agir à celle fin de la récompenser de son bon cœur.

— Je n'ai rien à blâmer là-dessus, reprit la Mariette, et je vois que je n'ai rien de mieux à faire que de vous

---

1. Vieux mot pour « ornière », ce qui donnait l'expression « être dans un mauvais charroi », soit « être dans une situation difficile ».
2. Voir p. 82, note 1.

prendre en estime à cette heure et en bonne amitié avec
le temps.

— Ça me va, dit François, donnez-moi une poignée
de main. »

Et il s'avança à elle en lui tendant sa grande main,
point gauchement du tout. Mais cette enfant de
Mariette fut tout à coup piquée de la mouche de la
coquetterie, et, retirant sa main, elle lui dit que ce
n'était pas convenant[1] à une jeune fille de donner
comme cela la main à un garçon.

Dont François se mit à rire et la laissa, voyant bien
qu'elle n'allait pas franchement, et qu'avant tout elle
voulait donner dans l'œil[2]. « Or, ma belle, pensa-t-il,
vous n'y êtes point, et nous ne serons pas amis comme
vous l'entendriez. »

Il alla vers Madeleine qui venait de s'éveiller, et qui
lui dit, en lui prenant ses deux mains : « J'ai bien
dormi, mon fils, et le Bon Dieu me bénit de me montrer ta figure première à mon éveil. D'où vient que
mon Jeannie n'est point avec toi ? »

Puis, quand la chose lui fut expliquée, elle dit aussi
des paroles d'amitié à Mariette, s'inquiétant qu'elle eût
passé la nuit à la veiller, et l'assurant qu'elle n'avait
pas besoin de tant d'égards pour son mal. Mariette s'attendait que François allait dire qu'elle s'était même
levée bien tard ; mais François ne dit rien et la laissa
avec Madeleine, qui voulait essayer de se lever, ne sentant plus de fièvre.

Au bout de trois jours, elle se trouva même si bien,
qu'elle put causer de ses affaires avec François.

« Tenez-vous en repos, ma chère mère, lui dit-il. Je
me suis un peu déniaisé là-bas et j'entends assez bien
les affaires. Je veux vous tirer de là, et j'en verrai le

---

1. Emploi du participe qui semble une création de George Sand.
2. Équivalent (moins argotique) de « taper dans l'œil ».

bout. Laissez-moi faire, ne démentez rien de ce que je dirai, et signez tout ce que je vous présenterai. De ce pas, puisque me voilà tranquillisé sur votre santé, je m'en vas[1] à la ville consulter les hommes de la loi. C'est jour de marché, je trouverai là du monde que je veux voir, et je compte que je ne perdrai pas mon temps. »

Il fit comme il disait ; et quand il eut pris conseil et renseignement des hommes de loi, il vit bien que les derniers billets que Blanchet avait souscrits à la Sévère pouvaient être matière à un bon procès ; car il les avait signés ayant la tête à l'envers, de fièvre, de vin et de bêtise. La Sévère s'imaginait que Madeleine n'oserait plaider, crainte des dépens[2]. François ne voulait pas donner à Mme Blanchet le conseil de s'en remettre au sort des procès, mais il pensa raisonnablement terminer la chose par un arrangement en lui faisant faire d'abord bonne contenance ; et, comme il lui fallait quelqu'un pour porter la parole à l'ennemi, il s'avisa d'un plan qui réussit au mieux.

Depuis trois jours il avait assez observé la petite Mariette pour voir qu'elle allait tous les jours se promener du côté des Dollins[3], où résidait la Sévère, et qu'elle était en meilleure amitié qu'il n'eût souhaité avec cette femme, à cause surtout qu'elle y rencontrait du jeune monde de sa connaissance et des bourgeois qui lui contaient fleurette. Ce n'est pas qu'elle voulût les écouter ; elle était fille innocente encore, et ne croyait pas le loup si près de la bergerie. Mais elle se plaisait aux compliments et en avait soif comme une mouche du lait. Elle se cachait grandement de Madeleine pour faire ses promenades : et comme Madeleine n'était point jaseuse avec les autres femmes et ne quit-

---

1. Voir p. 73, note 4.   2. Ce que cela coûterait.   3. Voir p. 90, note 1.

tait pas encore la chambre, elle ne voyait rien et ne soupçonnait point de faute. La grosse Catherine n'était point fille à deviner ni à observer la moindre chose. Si bien que la petite mettait son callot[1] sur l'oreille, et, sous couleur de conduire les ouailles[2] aux champs, elle les laissait sous la garde de quelque petit pastour[3], et allait faire la belle en mauvaise compagnie.

François, en allant et venant pour les affaires du moulin, vit la chose, n'en sonna[4] mot à la maison, et s'en servit comme je vas[5] vous le faire assavoir.

XXI

Il s'en alla se planter tout au droit de son chemin[6], au gué de la rivière ; et comme elle prenait la passerelle, aux approches des Dollins, elle y trouva le champi à cheval sur la planche, chacune jambe pendante au-dessus de l'eau, et dans la figure d'un homme qui n'est point pressé d'affaires. Elle devint rouge comme une cenelle[7], et si elle n'eût manqué de temps pour faire la frime[8] d'être là par hasard, elle aurait viré de côté.

Mais comme l'entrée de la passerelle était toute branchue, elle n'avisa le loup que quand elle fut sous sa dent. Il avait la figure tournée de son côté, et elle

---

1. Coiffe simple pour les jours ordinaires.   **2.** Voir p. 97, note 1.   **3.** Voir p. 75, note 1.   **4.** Pour « prononça ». **5.** Voir p. 73, note 4.   **6.** De façon à couper à angle droit son chemin (voir p. 74, note 1).   **7.** Fruit de l'aubépine.   **8.** Voir p. 89, note 5.

ne vit aucun moyen d'avancer ni de reculer sans être observée.

« Çà, monsieur le meunier, fit-elle, payant de hardiesse, ne vous rangeriez-vous pas un brin pour laisser passer le monde ?

— Non, demoiselle, répondit François, car c'est moi qui suis le gardien de la passerelle pour à ce soir, et je réclame d'un chacun droit de péage.

— Est-ce que vous devenez fou, François ? on ne paie pas dans nos pays, et vous n'avez droit sur passière [1], passerelle, passerette ou passerotte, comme on dit peut-être dans votre pays d'Aigurande. Mais parlez comme vous voudrez, et ôtez-vous de là un peu vite : ce n'est pas un endroit pour badiner ; vous me feriez tomber dans l'eau.

— Vous croyez donc, dit François sans se déranger et en croisant ses bras sur son estomac, que j'ai envie de rire avec vous, et que mon droit de péage serait de vous conter fleurette ? Ôtez cela de votre idée, demoiselle : je veux vous parler bien raisonnablement, et je vas [2] vous laisser passage, si vous me donnez licence de vous suivre un bout de chemin pour causer avec vous.

— Ça ne convient pas du tout, dit la Mariette un peu échauffée par l'idée qu'elle avait que François voulait lui en conter. Qu'est-ce qu'on dirait de moi dans le pays, si on me rencontrait seule par les chemins avec un garçon qui n'est pas mon prétendu ?

— C'est juste, dit François. La Sévère n'étant point là pour vous faire porter respect, il en serait parlé ; voilà pourquoi vous allez chez elle, afin de vous promener dans son jardin avec tous vos prétendus. Eh bien ! pour ne pas vous gêner, je m'en vas vous parler ici, et en deux mots, car c'est une affaire qui presse, et

---

1. Terme local pour chemin. **2.** Voir p. 73, note 4.

voilà ce que c'est : Vous êtes une bonne fille, vous
avez donné votre cœur à votre belle-sœur Madeleine ;
vous la voyez dans l'embarras, et vous voudriez bien
l'en retirer, pas vrai ?

— Si c'est de cela que vous voulez me parler, je
vous écoute, répondit la Mariette, car ce que vous dites
est la vérité.

— Eh bien ! ma bonne demoiselle, dit François en
se levant et en s'accotant avec elle contre la berge du
petit pont, vous pouvez rendre un grand office à
Mme Blanchet. Puisque pour son bonheur et dans son
intérêt, je veux le croire, vous êtes bien avec la Sévère,
il vous faut rendre cette femme consente [1] d'un accom-
modement ; elle veut deux choses qui ne se peuvent
point à la fois par le fait : rendre la succession de
maître Blanchet caution du paiement des terres qu'il
avait vendues pour la payer ; et, en second lieu, exiger
paiement de billets souscrits à elle-même. Elle aura
beau chicaner et tourmenter cette pauvre succession,
elle ne fera point qu'il s'y trouve ce qui s'en manque.
Faites-lui entendre que si elle n'exige point que nous
garantissions le paiement des terres, nous pourrons
payer les billets ; mais que, si elle ne nous permet pas
de nous libérer d'une dette, nous n'aurons pas de quoi
lui payer l'autre, et qu'à faire des frais qui nous épui-
sent sans profit pour elle, elle risque de perdre le tout.

— Ça me paraît certain, dit Mariette, quoique je
n'entende guère les affaires, mais enfin j'entends cela.
Et si, par hasard, je la décidais, François, qu'est-ce qui
vaudrait mieux pour ma belle-sœur, payer les billets ou
être dégagée de la caution ?

— Payer les billets sera le pire, car ce sera le plus
injuste. On peut contester sur ces billets et plaider ;
mais pour plaider, il faut de l'argent, et vous savez

---

1. Pour « consentante ».

qu'il n'y en a point à la maison, et qu'il n'y en aura jamais. Ainsi, que ce qui reste à votre belle-sœur s'en aille en procès ou en paiement à la Sévère, c'est tout un pour elle, tandis que pour la Sévère, mieux vaut être payée sans plaider. Ruinée pour ruinée, Madeleine aime mieux laisser saisir tout ce qui lui reste, que de rester encore après sous le coup d'une dette qui peut durer autant que sa vie, car les acquéreurs de Cadet Blanchet ne sont guère bons pour payer ; la Sévère le sait bien, et elle sera forcée un jour de prendre les terres, chose dont l'idée ne la fâche point, car c'est une bonne affaire que de les trouver amendées, et d'en avoir tiré gros intérêt pendant du temps. Par ainsi [1] la Sévère ne risque rien à nous rendre la liberté, et elle s'assure le paiement de ses billets.

— Je ferai comme vous l'enseignez, dit la Mariette, et si j'y manque, n'ayez pas d'estime pour moi.

— Ainsi donc, bonne chance, Mariette, et bon voyage », dit François en se retirant de son chemin.

La petite Mariette s'en alla aux Dollins, bien contente d'avoir une belle excuse pour s'y montrer, et pour y rester longtemps et pour y retourner les jours suivants. La Sévère fit mine de goûter ce qu'elle lui conta ; mais au fond elle se promit de ne pas aller vite. Elle avait toujours détesté Madeleine Blanchet, pour l'estime que malgré lui son mari était obligé d'en faire. Elle croyait la tenir dans ses mains griffues pour tout le temps de sa vie, et elle eût mieux aimé renoncer aux billets qu'elle savait bien ne pas valoir grand-chose, qu'au plaisir de la molester en lui faisant porter l'endosse [2] d'une dette sans fin.

François savait bien la chose, et il voulait l'amener à exiger le paiement de cette dette-là, afin d'avoir l'occasion de racheter les bons biens de Jeannie à ceux qui

---

1. C'est pourquoi.   **2.** Voir p. 113, note 3.

les avaient eus quasi pour rien. Mais quand Mariette
vint lui rapporter la réponse, il vit qu'on l'amusait par
des paroles ; que, d'une part, la petite serait contente
de faire durer les commissions, et que, de l'autre part,
la Sévère n'était pas encore venue au point de vouloir
la ruine de Madeleine plus que l'argent de ses billets.

Pour l'y faire arriver d'un coup de collier, il prit
Mariette à part deux jours après :

« Il ne faut, dit-il, point aller aujourd'hui aux Dollins, ma bonne demoiselle. Votre belle-sœur a appris,
je ne sais comment, que vous y alliez un peu plus souvent que tous les jours, et elle dit que ce n'est pas la
place d'une fille comme il faut. J'ai essayé de lui faire
entendre à quelles fins vous fréquentiez la Sévère dans
son intérêt ; mais elle m'a blâmé ainsi que vous. Elle
dit qu'elle aime mieux être ruinée que de vous voir
perdre l'honneur, que vous êtes sous sa tutelle et
qu'elle a autorité sur vous. Vous serez empêchée de
force de sortir, si vous ne vous en empêchez vous-
même de gré. Elle ne vous en parlera point si vous n'y
retournez, car elle ne veut point vous faire de peine,
mais elle est grandement fâchée contre vous, et il serait
à souhaiter que vous lui demandissiez [1] pardon. »

François n'eut pas sitôt lâché le chien, qu'il se mit
à japper et à mordre. Il avait bien jugé l'humeur de la
petite Mariette, qui était précipiteuse [2] et combustible
comme celle de son défunt frère.

« Oui-da [3] et pardi ! s'exclama-t-elle, on va obéir
comme une enfant de trois ans à une belle-sœur ! Dirait-
on pas qu'elle est ma mère et que je lui dois la soumission ! Et où prend-elle que je perds mon honneur ! Dites-
lui, s'il vous plaît, qu'il est aussi bien agrafé que le sien,
et peut-être mieux. Et que sait-elle de la Sévère, qui en

---

1. « Demandassiez » serait plus académique.   2. Voir p. 106,
note 1.   3. Voir p. 39, note 1.

vaut bien une autre ? Est-on malhonnête parce qu'on n'est pas toute la journée à coudre, à filer et à dire des prières ? Ma belle-sœur est injuste parce qu'elle est en discussion d'intérêts avec elle, et qu'elle se croit permis de la traiter de toutes les manières. C'est imprudent à elle ; car si la Sévère voulait, elle la chasserait de la maison où elle est ; et ce qui prouve que la Sévère est moins mauvaise qu'on ne dit, c'est qu'elle ne le fait point et prend patience. Et moi qui ai la complaisance de me mêler de leurs différends qui ne me regardent pas, voilà comme j'en suis remerciée. Allez ! allez ! François, croyez que les plus sages ne sont pas toujours les plus rembarrantes, et qu'en allant chez la Sévère, je n'y fais pas plus de mal qu'ici.

— À savoir ! dit François, qui voulait faire monter toute l'écume de la cuve ; votre belle-sœur n'a peut-être pas tort de penser que vous n'y faites point de bien. Et tenez, Mariette, je vois que vous avez trop de presse d'y aller ! ça n'est pas dans l'ordre. La chose que vous aviez à dire pour les affaires de Madeleine est dite, et si la Sévère n'y répond point, c'est qu'elle ne veut pas y répondre. N'y retournez donc plus, croyez-moi, ou bien je croirai, comme Madeleine, que vous n'y allez à bonnes intentions.

— C'est donc décidé, maître François, fit Mariette tout en feu, que vous allez aussi faire le maître avec moi ? Vous vous croyez l'homme de chez nous[1], le remplaçant de mon frère. Vous n'avez pas encore assez de barbe autour du bec pour me faire la semonce, et je vous conseille de me laisser en paix. Votre servante[2], dit-elle encore en rajustant sa coiffe ; si ma belle-sœur

---

1. Façon de désigner le chef de famille, beaucoup plus employée dans *La Petite Fadette* (où l'on trouve aussi « la femme de chez nous »).   2. Façon ironique de déclarer qu'on se déclare opposé au point de vue de son interlocuteur (voir un autre emploi p. 128, note 5).

me demande, vous lui direz que je suis chez la Sévère, et si elle vous envoie me chercher, vous verrez comment vous y serez reçu. »

Là-dessus elle jeta bien fort le barreau[1] de la porte, et s'en fut de son pied léger aux Dollins ; mais comme François avait peur que sa colère ne refroidît en chemin, vu que d'ailleurs le temps était à la gelée, il lui laissa un peu d'avance, et quand elle approcha du logis de la Sévère, il donna du jeu à ses grandes jambes, courut comme un désenfargé[2], et la rattrapa, pour lui faire accroire qu'il était envoyé par Madeleine à sa poursuite.

Là il la picota en paroles jusqu'à lui faire lever la main. Mais il esquiva les tapes, sachant bien que la colère s'en va avec les coups, et que femme qui frappe est soulagée de son dépit. Il se sauva, et dès qu'elle fut chez la Sévère, elle y fit grand éclat. Ce n'est pas que la pauvre enfant eût de mauvaises intentions ; mais dans la première flambée de sa fâcherie, elle ne savait s'en cacher, et elle mit la Sévère dans un si grand courroux, que François, qui s'en allait à petits pas par le chemin creux, les entendait du bout de la chènevière[3] rouffer[4] et siffler comme le feu dans une grange à paille.

XXII

L'affaire réussit à son souhait, et il en était si acertainé[5] qu'il partit le lendemain pour Aigurande, où il

---

1. Voir p. 133, note 2.   **2.** Terme local pour désigner un cheval « débarrassé de ses entraves ».   **3.** Voir p. 151, note 2.
4. Terme local pour « gronder », « se fâcher ».   **5.** Au sens de « rendu certain », le terme semble une création de George Sand.

prit son argent chez le curé, et s'en revint à la nuit, rapportant ses quatre petits papiers fins qui valaient gros, et ne faisaient si [1], pas plus de bruit dans sa poche qu'une miette de pain dans un bonnet. Au bout de huit jours, on entendit nouvelles de la Sévère. Tous les acquéreurs des terres de Blanchet étaient sommés de payer, aucun ne pouvait, et Madeleine était menacée de payer à leur place.

Dès que la connaissance lui en vint, elle entra en grande crainte, car François ne l'avait encore avertie de rien.

« Bon ! lui dit-il, se frottant les deux mains, il n'est marchand qui toujours gagne, ni voleur qui toujours pille. Mme Sévère va manquer une belle affaire et vous allez en faire une bonne. C'est égal, ma chère, faites comme si vous vous croyiez perdue. Tant plus vous aurez de peine, tant plus elle mettra de joie à faire ce qu'elle croit mauvais pour nous. Mais ce mauvais est votre salut, car vous allez, en payant la Sévère, reprendre tous les héritages de votre fils.

— Et avec quoi veux-tu que je la paie, mon enfant ?

— Avec de l'argent qui est dans ma poche et qui est à vous. »

Madeleine voulut s'en défendre ; mais le champi avait la tête dure, disait-il, et on n'en pouvait arracher ce qu'il y avait serré à clef. Il courut chez le notaire déposer deux cents pistoles au nom de la veuve Blanchet, et la Sévère fut payée bel et bien, bon gré, mal gré, ainsi que les autres créanciers de la succession, qui faisaient cause commune avec elle.

Et quand la chose fut amenée à ce point que François eut même indemnisé les pauvres acquéreurs de leurs souffrances, il lui restait encore de quoi plaider, et il fit

---

1. Usage, ici un peu libre, du terme ancien signifiant « pourtant » (voir p. 93, note 4).

assavoir à la Sévère qu'il allait entamer un bon procès au sujet des billets qu'elle avait soutirés au défunt par fraude et malice. Il répandit un conte qui fit grand train dans le pays. C'est qu'en fouillant dans un vieux mur du moulin pour y planter une étaie[1], il avait trouvé la tirelire à la défunte vieille mère Blanchet, toute en beaux louis d'or à l'ancien coin[2], et que, par ce moyen, Madeleine se trouvait plus riche qu'elle n'avait jamais été. De guerre lasse, la Sévère entra en arrangement, espérant que François s'était mis un peu de ces écus[3], trouvés si à propos, au bout des doigts, et qu'en l'amadouant elle en verrait encore plus qu'il n'en montrait. Mais elle en fut pour sa peine, et il la mena par un chemin si étroit qu'elle rendit les billets en échange de cent écus.

Alors, pour se revenger[4], elle monta la tête de la petite Mariette, en l'avisant que la tirelire de la vieille Blanchet, sa grand-mère, aurait dû être partagée entre elle et Jeannie, qu'elle y avait droit, et qu'elle devait plaider contre sa belle-sœur.

Force fut alors au champi de dire la vérité sur la source de l'argent qu'il avait fourni, et le curé d'Aigurande lui en envoya les preuves en cas de procès.

Il commença par montrer ces preuves à Mariette, en la priant de n'en rien ébruiter inutilement, et en lui démontrant qu'elle n'avait plus qu'à se tenir tranquille. Mais la Mariette n'était pas tranquille du tout. Sa cervelle avait pris feu dans tout ce désarroi de famille, et la pauvre enfant était tentée du diable. Malgré la bonté dont Madeleine avait toujours usé envers elle, la traitant

---

1. L'emploi du féminin du mot « étai » s'explique peut-être par la prononciation de l'article « un » devant une voyelle en « une ».   2. La frappe de la monnaie. De même dans *La Petite Fadette*, le trésor trouvé est-il composé de pièces « à l'ancien coin » : on est bien dans l'univers du conte.   3. Il était plus fréquent d'employer le terme « écus » pour les pièces d'argent. Cent écus correspondaient à cinq cents francs.   4. Voir p. 91, note 5.

comme sa fille et lui passant tous ses caprices, elle avait pris une mauvaise idée contre sa belle-sœur et une jalousie dont elle aurait été bien empêchée, par mauvaise honte, de dire le fin mot. Mais le fin mot, c'est qu'au milieu de ses disputes et de ses enragements contre François, elle s'était coiffée de lui tout doucement et sans se méfier du tour que lui jouait le diable. Tant plus il la tançait de ses caprices et de ses manquements, tant plus elle devenait enragée de lui plaire.

Elle n'était pas fille à se dessécher de chagrin, non plus qu'à se fondre dans les larmes ; mais elle n'avait point de repos en songeant que François était si beau garçon, si riche, si honnête, si bon pour tout le monde, si adroit à se conduire, si courageux, qu'il était homme à donner jusqu'à la dernière once[1] de son sang pour la personne qu'il aimerait ; et que tout cela n'était point pour elle, qui pouvait se dire la plus belle et la plus riche de l'endroit, et qui remuait ses amoureux à la pelle.

Un jour elle en ouvrit son cœur à sa mauvaise amie, la Sévère. C'était dans le patural[2] qui est au bout du chemin aux Napes. Il y a par là un vieux pommier qui se trouvait tout en fleur, parce que, depuis que toutes ces affaires duraient, le mois de mai était venu, et la Mariette étant à garder ses ouailles au bord de la rivière, la Sévère vint babiller avec elle sous ce pommier fleuri.

Mais, par la volonté du Bon Dieu, François, qui se trouvait aussi par là, entendit leurs paroles ; car en voyant la Sévère entrer dans le patural, il se douta bien

---

1. Unité de poids qui n'avait plus cours mais qui avait toujours représenté une toute petite quantité.   2. Terme que George Sand a défini dans *Histoire de ma vie* : « De grands terrains... tout remplis de broussailles. » Le lieu — par son caractère inculte — est accordé à la traîtrise des deux femmes, mais devait leur garantir le secret.

qu'elle y venait manigancer quelque chose contre Madeleine ; et la rivière étant basse, il marcha tout doucement sur le bord, au-dessous des buissons qui sont si hauts dans cet endroit-là, qu'un charroi[1] de foin y passerait à l'abri. Quand il y fut, il s'assit, sans souffler, sur le sable, et ne mit pas ses oreilles dans sa poche.

Et voilà comment travaillaient ces deux bonnes langues de femme. D'abord la Mariette avait confessé que de tous ses galants pas un ne lui plaisait, à cause d'un meunier qui n'était pas du tout galant avec elle, et qui seul l'empêchait de dormir. Mais la Sévère avait idée de la conjoindre avec un gars de sa connaissance, lequel en[2] tenait fort, à telles enseignes qu'il avait promis un gros cadeau de noces à la Sévère si elle venait à bout de le faire marier avec la petite Blanchet. Il paraît même que la Sévère s'était fait donner par avance un denier à Dieu[3] de celui-là comme de plusieurs autres. Aussi fit-elle tout de son mieux pour dégoûter Mariette de François.

« Foin du champi ! lui dit-elle. Comment, Mariette, une fille de votre rang épouserait un champi ! Vous auriez donc nom madame la Fraise ? car il ne s'appelle pas autrement. J'en aurais honte pour vous, ma pauvre âme. Et puis ce n'est rien ; vous seriez donc obligée de le disputer à votre belle-sœur, car il est son bon ami, aussi vrai que nous voilà deux.

— Là-dessus, Sévère, fit la Mariette en se récriant, vous me l'avez donné à entendre plus d'une fois ; mais je n'y saurais point croire ; ma belle-sœur est d'un âge...

— Non, non, Mariette, votre belle-sœur n'est point

---

1. Terme désignant le chemin ou le transport, mais qui correspond plutôt ici à « charretée ».   **2.** Pour « y ».   **3.** Se disait traditionnellement pour « une avance » sur un marché.

d'un âge à s'en passer ; elle n'a guère que trente ans, et ce champi n'était encore qu'un galopin, que votre frère l'a trouvé en grande accointance[1] avec sa femme. C'est pour cela qu'un jour il l'assomma à bons coups de manche de fouet et le mit dehors de chez lui. »

François eut la bonne envie de sauter à travers le buisson et d'aller dire à la Sévère qu'elle en avait menti, mais il s'en défendit et resta coi[2].

Et là-dessus la Sévère en dit de toutes les couleurs, et débita des menteries si vilaines, que François en avait chaud à la figure et avait peine à se tenir en patience.

« Alors, fit la Mariette, il tente à[3] l'épouser, à présent qu'elle est veuve : il lui a déjà donné bonne part de son argent, et il voudra avoir au moins la jouissance du bien qu'il a racheté.

— Mais il en portera la folle enchère[4], fit l'autre ; car Madeleine en cherchera un plus riche, à présent qu'elle l'a dépouillé, et elle le trouvera. Il faut bien qu'elle prenne un homme pour cultiver son bien, et, en attendant qu'elle trouve son fait, elle gardera ce grand imbécile qui la sert pour rien et qui la désennuie de son veuvage.

— Si c'est là le train qu'elle mène, dit la Mariette toute dépitée, me voilà dans une maison bien honnête, et je ne risque rien de[5] bien me tenir ! Savez-vous, ma pauvre Sévère, que je suis une fille bien mal logée, et qu'on va mal parler de moi ? Tenez, je ne peux pas rester là, et il faut que je m'en retire. Ah bien oui ! voilà bien ces dévotes qui trouvent du mal à tout, parce

---

1. Relation étroite.   **2.** Voir p. 93, note 1.   **3.** Pour « de », construction fréquente dans la langue paysanne.   **4.** Sens : comme celui qui surenchérit au-delà de ses possibilités, il devra en supporter les conséquences.   **5.** « Pour ce qui est de » (toute la phrase est ironique).

qu'elles ne sont effrontées que devant Dieu ! Je lui conseille de mal parler de vous et de moi à présent ! Eh bien ! je vas[1] la saluer, moi, et m'en aller demeurer avec vous ; et si elle s'en fâche, je lui répondrai ; et si elle veut me forcer à retourner avec elle, je plaiderai et je la ferai connaître, entendez-vous ?

— Il y a meilleur remède, Mariette, c'est de vous marier au plus tôt. Elle ne vous refusera pas son consentement, car elle est pressée, j'en suis sûre, de se voir débarrassée de vous. Vous gênez son commerce avec le beau champi. Mais vous ne pouvez pas attendre, voyez-vous ; car on dirait qu'il est à vous deux, et personne ne voudrait plus vous épouser. Mariez-vous donc, et prenez celui que je vous conseille.

— C'est dit ! fit la Mariette en cassant son bâton de bergère d'un grand coup contre le vieux pommier. Je vous donne ma parole. Allez le chercher, Sévère, qu'il vienne ce soir à la maison me demander, et que nos bancs soient publiés dimanche[2] qui vient. »

XXIII

Jamais François n'avait été plus triste qu'il ne le fut en sortant de la berge de rivière où il s'était caché pour entendre cette jaserie de femelles[3]. Il en avait lourd

---

1. Voir p. 73, note 4.   **2.** C'est à l'église, lors de la messe dominicale, que le curé annonce les mariages de la semaine. **3.** S'employait couramment pour « femme » dans la langue paysanne mais le contexte dans lequel George Sand utilise ce terme correspond le plus souvent à un sens assez péjoratif.

comme un rocher sur le cœur, et, tout au beau milieu de son chemin en s'en revenant, il perdit quasi le courage de rentrer à la maison, et s'en fut par la traîne[1] aux Napes[2] s'asseoir dans la petite futaie de chênes qui est au bout du pré.

Quand il fut là tout seul, il se prit de pleurer comme un enfant, et son cœur se fendait de chagrin et de honte ; car il était tout à fait honteux de se voir accusé, et de penser que sa pauvre chère amie Madeleine, qu'il avait toute sa vie si honnêtement et si dévotement aimée, ne retirerait de son service et de sa bonne intention que l'injure d'être maltraitée par les mauvaises langues.

« Mon Dieu ! mon Dieu ! disait-il tout seul en se parlant à lui-même en dedans, est-il possible que le monde soit si méchant, et qu'une femme comme la Sévère ait tant d'insolence que de mesurer à son aune[3] l'honneur d'une femme comme ma chère mère ? Et cette jeunesse de Mariette, qui devrait avoir l'esprit porté à l'innocence et à la vérité, une enfant qui ne connaît pas encore le mal, voilà pourtant qu'elle écoute les paroles du diable et qu'elle y croit comme si elle en connaissait la morsure ! En ce cas, d'autres y croiront, et comme la grande partie des gens vivant vie mortelle est coutumière du mal, quasi tout le monde pensera que si j'aime Mme Blanchet et si elle m'aime, c'est parce qu'il y a de l'amour sous jeu. »

Là-dessus le pauvre François se mit à faire examen de sa conscience et à se demander, en grande rêverie d'esprit, s'il n'y avait pas de sa faute dans les mauvaises idées de la Sévère, au sujet de Madeleine ; s'il

---

1. Voir p. 131, note 3. **2.** Voir p. 18, note 4. Les lieux du roman sont aussi ceux de la Préface. **3.** Ancienne mesure de longueur (employée par les merciers) ; l'expression signifie que Sévère juge par rapport à son propre comportement.

avait bien agi en toutes choses, s'il n'avait pas donné
à mal penser, contre son vouloir, par manque de prudence et de discrétion. Et il avait beau chercher, il ne
trouvait pas qu'il eût jamais pu faire le semblant de la
chose, n'en ayant pas eu seulement l'idée.

Et puis, voilà qu'en pensant et rêvassant toujours il
se dit encore :

« Eh ! quand bien même que mon amitié se serait
tournée en amour, quel mal le Bon Dieu y trouverait-
il, au jour d'aujourd'hui qu'elle est veuve et maîtresse
de se marier ? Je lui ai donné bonne part de mon bien,
ainsi qu'à Jeannie. Mais il m'en reste assez pour être
encore un bon parti, et elle ne ferait pas de tort à son
enfant en me prenant pour son mari. Il n'y aurait donc
pas d'ambition de ma part à souhaiter cela, et personne
ne pourrait lui faire accroire que je l'aime par intérêt.
Je suis champi, mais elle ne regarde point à cela, elle.
Elle m'a aimé comme son fils, ce qui est la plus forte
de toutes les amitiés, elle pourrait bien m'aimer encore
autrement. Je vois que ses ennemis vont m'obliger à la
quitter, si je ne l'épouse pas ; et la quitter encore une
fois, j'aime autant mourir. D'ailleurs, elle a encore
besoin de moi, et ce serait lâche de laisser tant d'embarras sur ses bras, quand j'ai encore les miens, en
outre de [1] mon argent, pour la servir. Oui, tout ce qui
est à moi doit être à elle, et comme elle me parle souvent de s'acquitter avec moi à la longue, il faut que je
lui en ôte l'idée en mettant tout en commun par la
permission de Dieu et de la loi. Allons, elle doit
conserver sa bonne renommée à cause de son fils, et il
n'y a que le mariage qui l'empêchera de la perdre.
Comment donc est-ce que je n'y avais pas encore
songé, et qu'il a fallu une langue de serpent pour m'en
aviser ? J'étais trop simple, je ne me défiais de rien, et

---

1. Construit sur le modèle de « en plus de ».

ma pauvre mère est si bonne aux autres, qu'elle ne s'inquiète point de souffrir du dommage pour son compte. Voyons, tout est pour le bien dans la volonté du ciel, et Mme Sévère, en voulant faire le mal, m'a rendu le service de m'enseigner mon devoir. »

Et sans plus s'étonner ni se consulter, François reprit son chemin, décidé à parler tout de suite à Mme Blanchet de son idée, et à lui demander à deux genoux de le prendre pour son soutien, au nom du Bon Dieu et pour la vie éternelle.

Mais quand il arriva au Cormouer, il vit Madeleine qui filait de la laine sur le pas de sa porte, et, pour la première fois de sa vie, sa figure lui fit un effet à le rendre tout peureux et tout morfondu. Au lieu qu'à l'habitude il allait tout droit à elle en la regardant avec des yeux bien ouverts et en lui demandant si elle se sentait bien, il s'arrêta sur le petit pont comme s'il examinait l'écluse du moulin, et il la regardait de côté. Et quand elle se tournait vers lui, il se virait[1] d'autre part, ne sachant pas lui-même ce qu'il avait, et pourquoi une affaire qui lui avait paru tout à l'heure si honnête et si à propos, lui devenait si pesante à confesser.

Alors Madeleine l'appela, lui disant :

« Viens donc auprès de moi, car j'ai à te parler, mon François. Nous voilà tout seuls, viens t'asseoir à mon côté, et donne-moi ton cœur comme au prêtre qui nous confesse, car je veux de toi la vérité. »

François se trouva tout réconforté par ce discours de Madeleine, et, s'étant assis à son côté, il lui dit :

« Soyez assurée, ma chère mère, que je vous ai donné mon cœur comme à Dieu, et que vous, vous aurez de moi vérité de confession. »

Et il s'imaginait qu'elle avait peut-être entendu

---

1. Vieilli dans cet emploi pour « tournait ».

quelque propos qui lui donnait la même idée qu'à lui, de quoi il se réjouissait bien, et il l'attendait à parler.

« François, fit-elle, voilà que tu es dans tes vingt et un ans, et que tu peux songer à t'établir : n'aurais-tu point d'idée contraire ?

— Non, non, je n'ai pas d'idée contraire à la vôtre, répondit François en devenant tout rouge de contentement ; parlez toujours, ma chère Madeleine.

— Bien ! fit-elle, je m'attendais à ce que tu me dis, et je crois fort que j'ai deviné ce qui te convenait. Eh bien ! puisque c'est ton idée, c'est la mienne aussi, et j'y aurais peut-être songé avant toi. J'attendais à connaître si la personne te prendrait en amitié, et je jurerais que si elle n'en tient pas encore, elle en tiendra bientôt. N'est-ce pas ce que tu crois aussi, et veux-tu me dire où vous en êtes ?... Eh bien donc pourquoi me regardes-tu d'un air confondu ? Est-ce que je ne parle pas assez clair ? Mais je vois que tu as honte, et qu'il faut te venir en aide. Eh bien ! elle a boudé tout le matin, cette pauvre enfant, parce qu'hier soir tu l'as un peu taquinée en paroles, et peut-être qu'elle s'imagine que tu ne l'aimes point. Mais moi j'ai bien vu que tu l'aimes, et que si tu la reprends un peu de ses petites fantaisies, c'est que tu te sens un brin jaloux. Il ne faut pas t'arrêter à cela, François. Elle est jeune et jolie, ce qui est un sujet de danger, mais si elle t'aime bien, elle deviendra raisonnable à ton commandement[1].

— Je voudrais bien savoir, dit François tout chagriné, de qui vous me parlez, ma chère mère, car pour moi je n'y entends rien.

— Oui, vraiment ? dit Madeleine, tu ne sais pas ?

---

1. On peut noter que George Sand, qui s'est elle-même libérée du mariage et qui manifeste sur bien des points une hardiesse de pensée indiscutable, attribue à son héroïne des convictions très traditionnelles.

Est-ce que j'aurais rêvé cela, ou que tu voudrais m'en faire un secret ?

— Un secret à vous ? » dit François en prenant la main de Madeleine ; et puis il laissa sa main pour prendre le coin de son tablier qu'il chiffonna comme s'il était un peu en colère, et qu'il approcha de sa bouche comme s'il voulait le baiser, et qu'il laissa enfin comme il avait fait de sa main, car il se sentit comme s'il allait pleurer, comme s'il allait se fâcher, comme s'il allait avoir un vertige, et tout cela coup sur coup.

« Allons, dit Madeleine étonnée, tu as du chagrin, mon enfant, preuve que tu es amoureux et que les choses ne vont point comme tu voudrais. Mais je t'assure que Mariette a un bon cœur, qu'elle a du chagrin aussi, et que si tu lui dis ouvertement ce que tu penses, elle te dira de son côté qu'elle ne pense qu'à toi. »

François se leva en pied et sans rien dire, marcha un peu dans la cour ; et puis il revint et dit à Madeleine :

« Je m'étonne bien de ce que vous avez dans l'esprit, madame Blanchet ; tant qu'à moi, je n'y ai jamais pensé, et je sais fort bien que Mlle Mariette n'a ni goût ni estime pour moi.

— Allons ! allons ! dit Madeleine, voilà comme le dépit vous fait parler, enfant ! Est-ce que je n'ai pas vu que tu avais des discours avec elle, que tu lui disais des mots que je n'entendais [1] point, mais qu'elle paraissait bien entendre, puisqu'elle en rougissait comme une braise au four ? Est-ce que je ne vois point qu'elle quitte le pâturage tous les jours et laisse son troupeau à la garde du tiers et du quart [2] ? Nos blés en souffrent un peu, si ses moutons y gagnent [3] ; mais enfin je ne veux point la contrarier, ni lui parler de moutons quand

---

1. Voir p. 66, note 2.   **2.** Façon de dire « de n'importe qui ».
3. Mal gardés, les moutons vont paître le jeune blé.

elle a la tête tout en combustion pour l'amour et le mariage. La pauvre enfant est dans l'âge où l'on garde mal ses ouailles[1], et son cœur encore plus mal. Mais c'est un grand bonheur pour elle, François, qu'au lieu de se coiffer de quelqu'un de ces mauvais sujets dont j'avais crainte qu'elle ne fît la connaissance chez Sévère, elle ait eu le bon jugement de s'attacher à toi. C'est un grand bonheur pour moi aussi de songer que, marié à ma belle-sœur, que je considère presque comme si elle était ma fille, tu vivras et demeureras près de moi, que tu seras dans ma famille, et que je pourrai, en vous logeant, en travaillant avec vous et en élevant vos enfants, m'acquitter envers toi de tout le bien que tu m'as fait. Par ainsi, ne démolis pas le bonheur que je bâtis là-dessus dans ma tête, par des idées d'enfant. Vois clair et guéris-toi de toute jalousie. Si Mariette aime à se faire belle, c'est qu'elle veut te plaire. Si elle est un peu fainéante depuis un tour de temps, c'est qu'elle pense trop à toi ; et si quelquefois elle me parle avec un peu de vivacité, c'est qu'elle a de l'humeur de vos picoteries et ne sait à qui s'en prendre. Mais la preuve qu'elle est bonne et qu'elle veut être sage, c'est qu'elle a connu ta sagesse et ta bonté, et qu'elle veut t'avoir pour mari.

— Vous êtes bonne, ma chère mère, dit François tout attristé. Oui, c'est vous qui êtes bonne, car vous croyez à la bonté des autres et vous êtes trompée. Mais je vous dis, moi, que si Mariette est bonne aussi, ce que je ne veux pas renier[2], crainte de lui faire tort auprès de vous, c'est d'une manière qui ne retire pas de la vôtre, et qui, par cette raison, ne me plaît miette[3]. Ne me parlez donc plus d'elle. Je vous jure bien ma foi et ma

---

1. Voir p. 97, note 1.   2. Déformation supposée paysanne pour « nier ».   3. Même archaïsme que « mie », voir p. 88, note 1.

loi, mon sang et ma vie, que je n'en suis pas plus amoureux que de la vieille Catherine, et que si elle pensait à moi, ce serait un malheur pour elle, car je n'y correspondrais point du tout. Ne tentez donc pas à lui faire dire qu'elle m'aime ; votre sagesse serait en faute, et vous m'en feriez une ennemie. Tout au contraire, écoutez ce qu'elle vous dira ce soir, et laissez-la épouser Jean Aubard, pour qui elle s'est décidée. Qu'elle se marie au plus tôt, car elle n'est pas bien dans votre maison. Elle s'y déplaît et ne vous donnera point de joie.

— Jean Aubard ! dit Madeleine ; il ne lui convient pas ; il est sot, et elle a trop d'esprit pour se soumettre à un homme qui n'en a point.

— Il est riche et elle ne se soumettra point à lui. Elle le fera marcher, et c'est l'homme qui lui convient. Voulez-vous avoir confiance en votre ami, ma chère mère ? Vous savez que je ne vous ai point mal conseillée, jusqu'à cette heure. Laissez partir cette jeunesse, qui ne vous aime point comme elle devrait, et qui ne vous connaît pas pour ce que vous valez.

— C'est le chagrin qui te fait parler, François », dit Madeleine en lui mettant la main sur la tête et en la secouant un peu comme pour en faire saillir la vérité. Mais François, tout fâché de ce qu'elle ne voulait le croire, se retira et lui dit, avec une voix mécontente, et c'était la première fois de sa vie qu'il prenait dispute avec elle : « Madame Blanchet, vous n'êtes pas juste pour moi. Je vous dis que cette fille ne vous aime point. Vous m'obligez à vous le dire, contre mon gré ; car je ne suis pas venu ici.pour y apporter la brouille et la défiance. Mais enfin si je le dis, c'est que j'en suis certain ; et vous pensez après cela que je l'aime ? Allons, c'est vous qui ne m'aimez plus, puisque vous ne voulez pas me croire. »

Et, tout affolé de chagrin, François s'en alla pleurer tout seul auprès de la fontaine.

XXIV

Madeleine était encore plus confondue que François, et elle aurait voulu aller le questionner encore et le consoler ; mais elle en fut empêchée par Mariette, qui s'en vint, d'un air étrange, lui parler de Jean Aubard et lui annoncer sa demande. Madeleine ne pouvant s'ôter de l'idée que tout cela était le produit d'une dispute d'amoureux, s'essaya à lui parler de François ; à quoi Mariette répondit, d'un ton qui lui fit bien de la peine, et qu'elle ne put comprendre :

« Que celles qui aiment les champis les gardent pour leur amusement ; tant qu'à moi, je suis une honnête fille, et ce n'est pas parce que mon pauvre frère est mort que je laisserai offenser mon honneur. Je ne dépends que de moi, Madeleine, et si la loi me force à vous demander conseil, elle ne me force pas de vous écouter quand vous me conseillez mal. Je vous prie donc de ne pas me contrarier maintenant, car je pourrais vous contrarier plus tard.

— Je ne sais point ce que vous avez, ma pauvre enfant, lui dit Madeleine en grande douceur et tristesse ; vous me parlez comme si vous n'aviez pour moi estime ni amitié. Je pense que vous avez une contrariété qui vous embrouille l'esprit à cette heure ; je vous prie donc de prendre trois ou quatre jours pour vous décider. Je dirai à Jean Aubard de revenir, et si vous pensez de même après avoir pris un peu de réflexion et de tranquillité, comme il est honnête homme et assez riche, je vous laisserai libre de l'épouser. Mais vous voilà dans un coup de feu qui vous empêche de vous connaître et qui ferme votre jugement à l'amitié que je vous porte. J'en ai du chagrin, mais comme je vois que vous en avez aussi, je vous le pardonne. »

La Mariette hocha de la tête pour faire croire qu'elle méprisait ce pardon-là, et elle s'en fut mettre son tablier de soie pour recevoir Jean Aubard, qui arriva une heure après avec la grosse Sévère tout endimanchée.

Madeleine, pour le coup, commença de penser qu'en vérité Mariette était mal portée pour[1] elle, d'amener dans sa maison, pour une affaire de famille, une femme qui était son ennemie et qu'elle ne pouvait voir sans rougir. Elle fut cependant honnête à son encontre et lui servit à rafraîchir sans marquer ni dépit ni rancune. Elle aurait craint de pousser Mariette hors de son bon sens en la contrariant. Elle dit qu'elle ne faisait point d'opposition aux volontés de sa belle-sœur, mais qu'elle demandait trois jours pour donner réponse.

Sur quoi la Sévère lui dit avec insolence que c'était bien long. Et Madeleine répondit tranquillement que c'était bien court. Et là-dessus Jean Aubard se retira, bête comme souche, et riant comme un nigaud ; car il ne doutait point que la Mariette ne fût folle de lui. Il avait payé pour le croire, et la Sévère lui en donnait pour son argent.

Et en s'en allant, celle-là dit à Mariette qu'elle avait fait faire une galette et des crêpes chez elle pour les accordailles et que, quand même Mme Blanchet retarderait les accords, il fallait manger le ragoût. Madeleine voulut dire qu'il ne convenait point à une jeune fille d'aller avec un garçon qui n'avait point encore reçu parole de sa parenté.

---

1. Au sens classique : « malintentionnée à son égard ».

« En ce cas-là je n'irai point, dit la Mariette toute courroucée.

— Si fait, si fait, vous devez venir, fit la Sévère ; n'êtes-vous point maîtresse de vous ?

— Non, non, riposta la Mariette ; vous voyez bien que ma belle-sœur me commande de rester. »

Et elle entra dans sa chambre en jetant la porte ; mais elle ne fit qu'y passer, et sortant par l'autre huisserie[1] de la maison, elle s'en alla rejoindre la Sévère et le galant au bout du pré, en riant et en faisant insolence contre Madeleine.

La pauvre meunière ne put se retenir de pleurer en voyant le train des choses.

« François a raison, pensa-t-elle, cette fille ne m'aime point et son cœur est ingrat. Elle ne veut point entendre que j'agis pour son bien, que je souhaite son bonheur, et que je veux l'empêcher de faire une chose dont elle aura regret. Elle a écouté les mauvais conseils, et je suis condamnée à voir cette malheureuse Sévère porter le chagrin et la malice dans ma famille. Je n'ai pas mérité toutes ces peines, et je dois me rendre à la volonté de Dieu. Il est heureux pour mon pauvre François qu'il y ait vu plus clair que moi. Il aurait bien souffert avec une pareille femme ! »

Elle le chercha pour lui dire ce qu'elle en pensait ; mais elle le trouva pleurant auprès de la fontaine, et, s'imaginant qu'il avait regret de Mariette, elle lui dit tout ce qu'elle put pour le consoler. Mais tant plus elle s'y efforçait, tant plus elle lui faisait de la peine, parce qu'il voyait là dedans qu'elle ne voulait pas comprendre la vérité et que son cœur ne pourrait pas se tourner pour lui en la manière qu'il l'entendait.

Sur le soir, Jeannie étant couché et endormi dans la chambre, François resta un peu avec Madeleine,

---

essayant de s'expliquer. Et il commença par lui dire que Mariette avait une jalousie contre elle, que la Sévère disait des propos et des menteries abominables.

Mais Madeleine n'y entendait malice aucune.

« Et quel propos peut-on faire sur moi ? dit-elle simplement ; quelle jalousie peut-on mettre dans la tête de cette pauvre petite folle de Mariette ? On t'a trompé, François, il y a autre chose : quelque raison d'intérêt que nous saurons plus tard. Tant qu'à la jalousie, cela ne se peut ; je ne suis plus d'âge à inquiéter une jeune et jolie fille. J'ai quasi trente ans[1], et pour une femme de campagne qui a eu beaucoup de peine et de fatigue, c'est un âge à être ta mère. Le diable seul oserait dire que je te regarde autrement que mon fils, et Mariette doit bien voir que je souhaitais de vous marier ensemble. Non, non, ne crois pas qu'elle ait si mauvaise idée, ou ne me le dis pas, mon enfant. Ce serait trop de honte et de peine pour moi.

— Et cependant, dit François en s'efforçant pour en parler encore, et en baissant la tête sur le foyer pour empêcher Madeleine de voir sa confusion, M. Blanchet avait une mauvaise idée comme ça quand il a voulu que je quitte la maison !

— Tu sais donc cela, à présent, François ? dit Madeleine. Comment le sais-tu ? je ne te l'avais pas dit, et je ne te l'aurais dit jamais. Si Catherine t'en a parlé, elle a mal fait. Une pareille idée doit te choquer et te peiner autant que moi. Mais n'y pensons plus, et pardonnons cela à mon défunt mari. L'abomination en retourne à la Sévère. Mais à présent la Sévère ne peut plus être jalouse de moi. Je n'ai plus de mari, je suis vieille et laide autant qu'elle pouvait le souhaiter dans ce temps-là, et je n'en suis pas fâchée, car cela me donne le droit d'être respectée, de te traiter comme

1. Voir p. 79, note 1.

mon fils, et de te chercher une belle et jeune femme qui soit contente de vivre auprès de moi et qui m'aime comme sa mère. C'est toute mon envie, François, et nous la trouverons bien, sois tranquille. Tant pis pour Mariette si elle méconnaît le bonheur que je lui aurais donné. Allons, va coucher, et prends courage, mon enfant. Si je croyais être un empêchement à ton mariage, je te dirais de me quitter tout de suite. Mais sois assuré que je ne peux pas inquiéter le monde, et qu'on ne supposera jamais l'impossible. »

François, écoutant Madeleine, pensait qu'elle avait raison, tant il avait l'accoutumance de la croire. Il se leva pour lui dire bonsoir, et s'en alla ; mais en lui prenant la main, voilà que pour la première fois de sa vie il s'avisa de la regarder avec l'idée de savoir si elle était vieille et laide. Vrai est, qu'à force d'être sage et triste, elle se faisait une fausse idée là-dessus, et qu'elle était encore jolie femme autant qu'elle l'avait été.

Et voilà que tout d'un coup François la vit toute jeune et la trouva belle comme la bonne dame[1], et que le cœur lui sauta comme s'il avait monté au faîte d'un clocher. Et il s'en alla coucher dans son moulin où il avait son lit bien propre dans un carré de planches emmi[2] les saches de farine. Et quand il fut là tout seul, il se mit à trembler et à étouffer comme de fièvre. Et si, il n'était malade que d'amour, car il venait de se sentir brûlé pour la première fois par une grande bouffée de flamme, ayant toute sa vie chauffé doucement sous la cendre.

---

1. Façon populaire de désigner la Vierge.   **2.** Vieux français : « au milieu de ».

XXV

Depuis ce moment-là le champi fut si triste, que c'était pitié de le voir. Il travaillait comme quatre, mais il n'avait plus ni joie ni repos, et Madeleine ne pouvait pas lui faire dire ce qu'il avait. Il avait beau jurer qu'il n'avait amitié ni regret pour Mariette, Madeleine ne le voulait croire, et ne trouvait nulle autre raison à sa peine. Elle s'affligeait de le voir souffrir et de n'avoir plus sa confiance, et c'était un grand étonnement pour elle que de trouver ce jeune homme si obstiné et si fier dans son dépit.

Comme elle n'était point tourmentante[1] dans son naturel, elle prit son parti de ne plus lui en parler. Elle essaya encore un peu de faire revenir Mariette, mais elle en fut si mal reçue qu'elle en perdit courage, et se tint coi[2], bien angoissée de cœur, mais ne voulant en rien faire paraître, crainte d'augmenter le mal d'autrui.

François la servait et l'assistait toujours avec le même courage et la même honnêteté que devant[3]. Comme au temps passé, il lui tenait compagnie le plus qu'il pouvait. Mais il ne lui parlait plus de la même manière. Il était toujours dans une confusion auprès d'elle. Il devenait rouge comme feu et blanc comme neige dans la même minute, si bien qu'elle le croyait malade, et lui prenait le poignet pour voir s'il n'avait pas la fièvre ; mais il se retirait comme si elle lui avait fait mal en le touchant, et quelquefois il lui disait des paroles de reproche qu'elle ne comprenait pas.

Et tous les jours cette peine augmentait entre eux. Pendant ce temps-là le mariage de Mariette avec Jean Aubard allait grand train, et le jour en fut fixé pour

---

1. Voir p. 57, note 2.   **2.** Voir p. 93, note 1.   **3.** Voir p. 126, note 4.

celui qui finissait le deuil de Mlle Blanchet. Madeleine
avait peur de ce jour-là ; elle pensait que François en
deviendrait fou, et elle voulait l'envoyer passer un peu
de temps à Aigurande, chez son ancien maître Jean
Vertaud, pour se dissiper. Mais François ne voulait
point que la Mariette pût croire ce que Madeleine s'ob-
stinait à penser. Il ne montrait nul ennui devant elle. Il
parlait de bonne amitié avec son prétendu, et quand il
rencontrait la Sévère par les chemins, il plaisantait en
paroles avec elle, pour lui montrer qu'il ne la craignait
pas. Le jour du mariage, il voulut y assister ; et comme
il était tout de bon content de voir cette petite fille
quitter la maison et débarrasser Madeleine de sa mauvaise amitié, il ne vint à l'idée de personne qu'il s'en
fût jamais coiffé. Madeleine mêmement [1] commença à
croire la vérité là-dessus, ou à penser tout au moins
qu'il était consolé. Elle reçut les adieux de Mariette
avec son bon cœur accoutumé ; mais comme cette jeunesse avait gardé une pique contre elle à cause du
champi, elle vit bien qu'elle en était quittée sans regret
ni bonté. Coutumière de chagrin qu'elle était, la bonne
Madeleine pleura de sa méchanceté et pria le Bon Dieu
pour elle.

Et quand ce fut au bout d'une huitaine, François lui
dit tout d'un coup qu'il avait affaire à Aigurande, et
qu'il s'en allait y passer cinq ou six jours, de quoi elle
ne s'étonna point et se réjouit même, pensant que ce
changement ferait du bien à sa santé, car elle le jugeait
malade pour avoir trop étouffé sa peine.

Tant qu'à François, cette peine dont il paraissait
revenu lui augmentait tous les jours dans le cœur. Il ne
pouvait penser à autre chose, et qu'il dormît ou qu'il
veillât, qu'il fût loin ou près, Madeleine était toujours
dans son sang et devant ses yeux. Il est bien vrai que

---

1. Voir p. 82, note 1.

toute sa vie s'était passée à l'aimer et à songer d'elle. Mais jusqu'à ces temps derniers, ce pensement[1] avait été son plaisir et sa consolation au lieu que c'était devenu d'un coup tout malheur et tout désarroi. Tant qu'il s'était contenté d'être son fils et son ami, il n'avait rien souhaité de mieux sur la terre. Mais l'amour changeant son idée, il était malheureux comme une pierre. Il s'imaginait qu'elle ne pourrait jamais changer comme lui. Il se reprochait d'être trop jeune, d'avoir été connu trop malheureux et trop enfant, d'avoir donné trop de peine et d'ennui à cette pauvre femme, de ne lui être point un sujet de fierté, mais de souci et de compassion. Enfin, elle était si belle et si aimable dans son idée, si au-dessus de lui et si à désirer, que, quand elle disait qu'elle était hors d'âge et de beauté, il pensait qu'elle se posait comme cela pour l'empêcher de prétendre à elle.

Cependant la Sévère et la Mariette, avec leur clique, commençaient à la déchirer hautement à cause de lui, et il avait grand-peur que le scandale lui en revenant aux oreilles, elle n'en prît de l'ennui et souhaitât de le voir partir. Il se disait qu'elle avait trop de bonté pour le lui demander, mais qu'elle souffrirait encore pour lui comme elle en avait déjà souffert, et il pensa à aller demander conseil sur tout cela à M. le curé d'Aigurande, qu'il avait reconnu pour un homme juste et craignant Dieu.

Il y alla, mais ne le trouva point. Il s'était absenté pour aller voir son évêque, et François s'en revint coucher au moulin de Jean Vertaud, acceptant d'y passer deux ou trois jours à leur faire visite, en attendant que M. le curé fût de retour.

Il trouva son brave maître toujours aussi galant homme et bon ami qu'il l'avait laissé, et il trouva aussi

---

1. Archaïque pour « pensée ».

son honnête fille Jeannette en train de se marier avec un bon sujet qu'elle prenait un peu plus par raison que par folleté[1], mais pour qui elle avait heureusement plus d'estime que de répugnance. Cela mit François plus à l'aise avec elle qu'il n'avait encore été, et, comme le lendemain était un dimanche, il causa plus longuement avec elle, et lui marqua la confiance de lui raconter toutes les peines dont il avait eu le contentement de sauver Mme Blanchet.

Et de fil en aiguille, Jeannette, qui était assez clairvoyante, devina bien que cette amitié-là secouait le champi plus fort qu'il ne le disait. Et tout d'un coup elle lui prit le bras et lui dit : « François, vous ne devez plus rien me cacher. À présent, je suis raisonnable, et vous voyez, je n'ai pas honte de vous dire que j'ai pensé à vous plus que vous n'avez pensé à moi. Vous le saviez et vous n'y avez pas répondu. Mais vous ne m'avez pas voulu tromper, et l'intérêt ne vous a pas fait faire ce que bien d'autres eussent fait en votre place. Pour cette conduite-là, et pour la fidélité que vous avez gardée à une femme que vous aimiez mieux que tout, je vous estime, et, au lieu de renier ce que j'ai senti pour vous, je suis contente de m'en ressouvenir. Je compte que vous me considérerez d'autant mieux que je vous le dis et que vous me rendrez cette justice de reconnaître que je n'ai eu dépit ni rancune de votre sagesse. Je veux vous en donner une plus grande marque, et voilà comme je l'entends. Vous aimez Madeleine Blanchet, non pas tout bonnement comme une mère, mais bien bellement comme une femme qui a de la jeunesse et de l'agrément, et dont vous souhaiteriez d'être le mari.

— Oh ! dit François, rougissant comme une fille,

---

1. Terme local pour « folie amoureuse ».

je l'aime comme ma mère, et j'ai du respect plein le cœur.

— Je n'en fais pas doute, reprit Jeannette, mais vous l'aimez de deux manières, car votre figure me dit l'une, tandis que votre parole me dit l'autre. Eh bien ! François, vous n'osez lui dire, à elle, ce que vous n'osez non plus me confesser, et vous ne savez point si elle peut répondre à vos deux manières de l'aimer. »

Jeannette Vertaud parlait avec tant de douceur, de raison, et se tenait devant François d'un air d'amitié si véritable, qu'il n'eut point le courage de mentir, et lui serrant la main, il lui dit qu'il la considérait comme sa sœur et qu'elle était la seule personne au monde à qui il avait le courage de donner ouverture à son secret.

Jeannette alors lui fit plusieurs questions, et il y répondit en toute vérité et assurance. Et elle lui dit :

« Mon ami François, me voilà au fait. Je ne peux pas savoir ce qu'en pensera Madeleine Blanchet ; mais je vois fort bien que vous resteriez dix ans auprès d'elle sans avoir la hardiesse de lui dire votre peine. Eh bien, je le saurai pour vous et je vous le dirai. Nous partirons demain, mon père, vous et moi, et nous irons comme pour faire connaissance et visite d'amitié à l'honnête personne qui a élevé notre ami François ; vous promènerez mon père dans la propriété, comme pour lui demander conseil, et je causerai durant ce temps-là avec Madeleine. J'irai bien doucement, et je ne dirai votre idée que quand je serai en confiance sur la sienne. »

François se mit quasiment à genoux devant Jeannette pour la remercier de son bon cœur, et l'accord en fut fait avec Jean Vertaud, que sa fille instruisit du tout avec la permission du champi. Ils se mirent en route le lendemain, Jeannette en croupe derrière son père, et François alla une heure en avant pour prévenir Madeleine de la visite qui lui arrivait.

Ce fut à soleil couchant que François revint au Cormouer. Il attrapa en route toute la pluie d'un orage ;
mais il ne s'en plaignit pas, car il avait bon espoir dans
l'amitié de Jeannette, et son cœur était plus aise qu'au
départ. La nuée s'égouttait sur les buissons et les
merles chantaient comme des fous pour une risée que
le soleil leur envoyait avant de se cacher derrière la
côte du Grand-Corlay[1]. Les oisillons, par grand-
bandes, voletaient devant François de branche en
branche, et le piaulis qu'ils faisaient lui réjouissait l'esprit. Il pensait au temps où il était tout petit enfant et
où il s'en allait rêvant et baguenaudant par les prés, et
sifflant pour attirer les oiseaux. Et là-dessus il vit une
belle pive, que dans d'autres endroits on appelle bou-
vreuil, et qui frétillait à l'entour de sa tête comme pour
lui annoncer bonne chance et bonne nouvelle. Et cela
le fit ressouvenir d'une chanson bien ancienne que lui
disait sa mère Zabelle pour l'endormir dans le parlage[2]
du vieux temps de notre pays :

> Une pive
> Cortive[3],
> Anc ses piviots,
> Cortiviots,
> Livardiots[4],
> S'en va pivant
> Livardiant,
> Cortiviant.

Madeleine ne l'attendait pas si tôt à revenir. Elle
avait même eu crainte qu'il ne revînt plus du tout, et,
en le voyant, elle ne put se retenir de courir à lui et de

---

1. Voir p. 54, note 6.   2. Vieilli pour le nom « parler ».
3. « Qui a courte queue ».   4. Termes inconnus, peut-être choi-
sis pour rimer.

l'embrasser, ce qui fit tant rougir le champi qu'elle
s'en étonna. Il l'avertit de la visite qui venait, et pour
qu'elle n'en prît pas d'ombrage, car on eût dit qu'il
avait autant de peur de se faire deviner qu'il avait de
chagrin de ne l'être point, il lui fit entendre que Jean
Vertaud avait quelque idée d'acheter du bien dans le
pays.

Alors Madeleine se mit en besogne de tout préparer
pour fêter de son mieux les amis de François.

Jeannette entra la première dans la maison, pendant
que son père mettait leur cheval à l'étable ; et dès le
moment qu'elle vit Madeleine, elle l'aima de grande
amitié, ce qui fut réciproque ; et, commençant par une
poignée de main, elles se mirent quasi tout aussitôt à
s'embrasser comme pour l'amour de François, et à se
parler sans embarras, comme si de longtemps elles se
connaissaient. La vérité est que c'étaient deux bons
naturels de femme et que la paire valait gros. Jeannette
ne se défendait point d'un reste de chagrin en voyant
Madeleine tant chérie de l'homme qu'elle aimait peut-
être encore un brin ; mais il ne lui en venait point de
jalousie, et elle voulait s'en reconsoler par la bonne
action qu'elle faisait. De son côté, Madeleine, voyant
cette fille bien faite et de figure avenante, s'imagina
que c'était pour elle que François avait eu de l'amour
et du regret, qu'elle lui était accordée[1] et qu'elle venait
lui en faire part elle-même ; et pour son compte elle
n'en prit point de jalousie non plus, car elle n'avait
jamais songé à François que comme à l'enfant qu'elle
aurait mis au monde.

Mais dès le soir, après souper, pendant que le père
Vertaud, un peu fatigué de la route, allait se mettre au
lit, Jeannette emmena Madeleine dehors, faisant
entendre à François de se tenir à un peu d'éloignement

---

1. Vieilli pour « fiancée ».

avec Jeannie, de manière à venir quand il la verrait de loin rabattre son tablier, qui était relevé sur le côté ; et alors elle fit sa commission en conscience, et si adroitement, que Madeleine n'eut pas le loisir de se récrier. Et si, elle fut beaucoup étonnée à mesure que la chose s'expliquait. D'abord elle crut voir que c'était encore une marque du bon cœur de François, qui voulait empêcher les mauvais propos et se rendre utile à elle pour toute sa vie. Et elle voulait refuser, pensant que c'était trop de religion[1] pour un si jeune homme de vouloir épouser une femme plus âgée que lui ; qu'il s'en repentirait plus tard et ne pourrait lui garder long-temps sa fidélité sans avoir de l'ennui et du regret. Mais Jeannette lui fit connaître que le champi était amoureux d'elle, si fort et si rude, qu'il en perdait le repos et la santé.

Ce que Madeleine ne pouvait imaginer, car elle avait vécu en si grande sagesse et retenue, ne se faisant jamais belle, ne se montrant point hors de son logis et n'écoutant aucun compliment, qu'elle n'avait plus idée de ce qu'elle pouvait paraître aux yeux d'un homme.

« Et enfin, lui dit Jeannette, puisqu'il vous trouve tant à son gré, et qu'il mourra de chagrin si vous le refusez, voulez-vous vous obstiner à ne point voir et à ne point croire ce qu'on vous dit ? Si vous le faites, c'est que ce pauvre enfant vous déplaît et que vous seriez fâchée de le rendre heureux.

— Ne dites point cela, Jeannette, répondit Madeleine ; je l'aime presque autant, si ce n'est autant que mon Jeannie, et si j'avais deviné qu'il m'eût dans son idée d'une autre manière, il est bien à croire que je n'aurais pas été aussi tranquille dans mon amitié. Mais, que voulez-vous ? je ne m'imaginais rien comme cela, et j'en suis encore si étourdie dans mes esprits, que je ne

---

1. Voir p. 77, note 1.

sais comment vous répondre. Je vous en prie de me
donner le temps d'y penser et d'en parler avec lui, pour
que je puisse connaître si ce n'est point une rêvasserie
ou un dépit d'autre chose qui le pousse, ou encore un
devoir qu'il veut me rendre ; car j'ai peur de cela surtout, et je trouve qu'il m'a bien assez récompensée du
soin que j'ai pris de lui, et que me donner sa liberté et
sa personne encore, ce serait trop, à moins qu'il ne
m'aime comme vous croyez. »

Jeannette, entendant cela, rabattit son tablier, et
François, qui ne se tenait pas loin et qui avait les yeux
sur elle, vint à leur côté. Jeannette adroitement
demanda à Jeannie de lui montrer la fontaine, et ils
s'en allèrent, laissant ensemble Madeleine et François.

Mais Madeleine, qui s'était imaginée pouvoir questionner tout tranquillement le champi, se trouva du
coup interdite et honteuse comme une fille de quinze
ans ; car ce n'est pas l'âge, c'est l'innocence de l'esprit
et de la conduite qui fait cette honte-là, si agréable et
si honnête à voir ; et François, voyant sa chère mère
devenir rouge comme lui et trembler comme lui,
devina que cela valait encore mieux pour lui que son
air tranquille de tous les jours. Il lui prit la main et le
bras, et il ne put lui rien dire du tout. Mais comme tout
en tremblant elle voulait aller du côté où étaient Jeannie et Jeannette, il la retint comme de force et la fit
retourner avec. Et Madeleine, sentant comme sa
volonté le rendait hardi de résister à la sienne, comprit
mieux que par des paroles que ce n'était plus son
enfant le champi, mais son amoureux François qui se
promenait à son côté.

Et quand ils eurent marché un peu de temps sans se
parler, mais en se tenant par le bras, aussi serrés que
la vigne à la vigne, François lui dit :

« Allons à la fontaine, peut-être y trouverai-je ma
langue ? »

Et à la fontaine, ils ne trouvèrent plus ni Jeannette ni Jeannie qui étaient rentrés. Mais François retrouva le courage de parler, en se souvenant que c'était là qu'il avait vu Madeleine pour la première fois, et là aussi qu'il lui avait fait ses adieux onze ans plus tard. Il faut croire qu'il parla très bien et que Madeleine n'y trouva rien à répondre, car ils y étaient encore à minuit, et elle pleurait de joie, et il la remerciait à deux genoux de ce qu'elle l'acceptait pour son mari.

... Là finit l'histoire, dit le chanvreur, car des noces j'en aurais trop long à vous dire ; j'y étais, et le même jour que le champi épousa Madeleine, à la paroisse de Mers [1], Jeannette se mariait aussi à la paroisse d'Aigurande. Et Jean Vertaud voulut que François et sa femme, et Jeannie, qui était bien content de tout cela, avec tous leurs amis, parents et connaissances, vinssent faire chez lui comme un retour de noces, qui fut des plus beaux, honnête et divertissant comme jamais je n'en vis depuis.

« L'histoire est donc vraie de tous points ? demanda Sylvine Courtioux.

— Si elle ne l'est pas, elle le pourrait être, répondit le chanvreur, et si vous ne me croyez, allez y voir [2]. »

---

1. Voir p. 38, note 3.   **2.** Formule que l'on trouve à la fin des contes traditionnels (voir p. 55, note 1, et p. 145).

COMMENTAIRES
par
Maurice Toesca

Dans son avant-propos, George Sand révèle, sous le couvert d'une conversation avec un ami, que l'on peut supposer être l'avocat François Rollinat, l'originalité de son œuvre : essayer de retrouver la pureté de l'âme humaine, au risque de s'égarer jusque dans la naïveté. Un retour à la théorie de ce bonheur primitif de l'homme que Jean-Jacques Rousseau avait si brillamment mis à l'honneur un siècle plus tôt.

Il semble à George Sand que le type humain qui s'approche le plus de cette simplicité naïve, c'est le paysan. Un paysan « qui ne sait pas lire, celui à qui Dieu a donné de bons instincts, une organisation paisible, une conscience droite ».

Voilà un schéma qui est bien de nature à hanter les esprits en cette année 1847, où germent les premières graines de la révolution de 1848. Nous savons que George Sand a été profondément inspirée par Pierre Leroux. Le rêve d'une vie sociale mieux organisée est à la base de ce roman, et l'on comprend tout de suite que le choix du héros abandonné dans les champs correspond à l'arrière-pensée d'en faire le type même d'un être humain que la civilisation industrielle et urbaine n'a pas encore souillé.

Avec la logique de l'artiste, George Sand n'hésite pas à franchir la limite des conventions admises : elle voudrait évoquer son héros dans un langage qu'elle sait beaucoup mieux encore que la « langue de l'Académie », — ce langage « qui est si supérieur pour rendre tout un ordre d'émotions, de sentiments et de pensées ».

Au passage, nous apprendrons ainsi que George Sand a « souvent désiré de faire un livre d'érudition et de critique » où elle aurait passé en revue tous les différents rêves champêtres qui ont hanté les artistes depuis les bergers de Longus à ceux du Trianon. Elle aurait intitulé cet essai : *Histoire des bergeries*.

Par le biais de ce désir littéraire, notre romancière ouvre le débat qui deviendra l'axe même de la terrible question sociale de l'année 1848. Comme elle se demande pourquoi il n'y avait plus de bergers, c'est son ami le poète qui lui répond : « Ne serait-ce point parce que l'art tente de placer sur le même niveau toutes les classes d'intelligences ? » Il développe alors sa réponse, qui nous précipite dans une perspective où le XXᵉ siècle s'est engagé, sans en apercevoir l'issue :

« Le rêve de l'égalité jeté dans la société ne pousse-t-il pas l'art de se faire brutal et fougueux, pour réveiller les instincts et les passions qui sont communs à tous les hommes, de quelque rang qu'ils soient ? On n'arrive pas au vrai encore... Mais on le cherche, c'est évident... Et je ne vois pas encore le moyen de relever l'idéal champêtre sans le farder ou le noircir. Tu y as souvent songé, je le sais ; mais peux-tu réussir ? »

Question piège... La romancière, qui veut conserver la bonne réputation dont le public l'entoure, entend rester modeste : elle n'espère pas réussir, parce que c'est précisément le langage naïf qui lui manque. L'ami lui rappelle qu'elle s'est déjà essayée dans un roman récent, *La Mare au Diable*[1]. Le public lui avait fait un accueil très favorable. Cependant la romancière ne se reconnaît pas satisfaite du ton de l'œuvre elle-même. Elle se reproche d'avoir trop souvent laissé paraître

---

1. Voir Le Livre de Poche, nᵒ 3551.

« l'auteur ». Que ce soit l'occasion pour nous de souligner ici la profonde culture de George Sand, sa connaissance réelle des grands écrivains du passé, Montaigne entre autres et Pascal. Oui, la réflexion qu'elle place dans la bouche de son interlocuteur rappelle à l'évidence la très étonnante et toujours admirable notation de Pascal : « Quand on voit le style naturel, on est tout étonné et ravi, car on s'attendait de voir un auteur et on trouve un homme. »

Or, ce style naturel prend sa source dans la langue parlée par le peuple paysan. Ici commence la vraie difficulté, car si ce langage s'entend de bouche à oreille dans un petit cercle d'initiés habitués à leur patois, il perd toute vertu d'intelligibilité lorsque l'œuvre est imprimée à l'usage d'une nation entière. Il faut alors que l'écrivain se livre à un exercice de transcription d'une difficulté extrême.

L'ami poète promet son concours, lui qui cherche aussi « par quel rapport l'art, sans cesser d'être l'art pour tous, peut entrer dans le mystère de la simplicité primitive, et communiquer à l'esprit le charme répandu dans la nature ».

Ainsi l'originalité de *François le Champi* réside à la fois dans le fond et dans la forme. C'était une gageure qui tentait George Sand. Elle a mis à la résoudre un acharnement étonnant qui nous a valu, après François le Champi, *La Petite Fadette, Les Maîtres sonneurs.*

Étude des personnages.

George Sand a souvent raconté qu'elle avait découvert elle-même des enfants abandonnés. Donc, l'origine du héros n'a point de mystère ; mais il s'agit d'un être sans attache avec une famille, sans aucun souvenir, cela est très important. La romancière insiste pour que nous nous en persuadions. Dès les premières lignes du premier chapitre, elle consacre une longue page à ce fait-là. La meunière Madeleine Blanchet, demande son nom au petit champi :

— François, répondit l'enfant.

— François qui ?

— Qui ? dit l'enfant d'un air simple.

— À qui es-tu le fils ?

— Je ne sais pas, allez !

— Tu ne sais pas le nom de ton père !

— Je n'en ai pas,

etc.

Héros idéal, pour l'écrivain qui veut créer un être dont l'âme n'a pas été faussée par l'intervention de la cellule familiale.

À partir de ce moment, le lecteur est bien obligé d'admettre comme vrais les sentiments qui provoquent les actions de cet être pur. Le premier qu'on découvre, ce sera l'empressement naturel de l'enfant à aimer celle en qui il voit aussitôt une mère. Après avoir été nettoyé, le champi s'endort ; à son réveil, son premier mouvement le porte à retrouver cette « maman » que Dieu lui a donnée ; il l'aperçoit et instinctivement, il lui apporte son fichu, le battoir, le savon. « Oh ! oh ! dit-elle en lui mettant la main sur l'épaule, tu n'es pas si bête que je croyais, toi, car tu es serviable, et celui qui a bon cœur n'est jamais sot... »

On voit poindre aussitôt l'enchaînement naturel, la bonté, signe de l'intelligence, et la sagesse populaire dit sans doute vrai dans son jugement raccourci : « bête et méchant ». George Sand ne s'écarte pas de cette sagesse observée dans sa campagne berrichonne. Avec une grande habileté de romancière, elle fera assister le lecteur au développement de son héros.

Impossible de résister à cette emprise de la logique sentimentale. Et, dès l'instant où un personnage éclate de vérité, comment ne pas faire bénéficier les autres de ce crédit ?

Si George Sand s'en donne à cœur joie avec le champi, puisqu'elle crée un être pur de toutes pièces, elle doit se garder des traits de caractère et des incidents familiaux qui pourraient donner à penser qu'elle s'est dessinée elle-même en Madeleine Blanchet, ou qu'elle a peint son mari, Casimir Dudevant, dans le meunier Blanchet. Reste qu'un écrivain, surtout un romancier, n'évite guère de tels écueils.

On s'égarerait fort si l'on voulait pousser les analogies des situations. Force nous est d'admettre que les personnages sont des êtres originaux. George Sand poursuit son rêve à travers les créatures de son roman. On s'en rend compte parfaitement, lorsque, soudain, vers la fin du récit, le champi sent naître en lui le sentiment qui vient le plus naturellement au cœur de l'homme, à l'instant qu'il s'épanouit, — l'amour. George Sand s'y prend avec tant d'habileté que nous ne sommes pas du tout choqués. De page en page, elle nous a habitués à la pureté naïve de l'être humain qu'elle a mis au monde, élevé, éduqué ; et, quand la naissance de l'amour se produit, nous ne pouvons que nous laisser convaincre :

« François, écoutant Madeleine, pensait qu'elle avait raison, tant il avait l'accoutumance de la croire. Il se leva pour lui dire bonsoir, et s'en alla ; mais en lui prenant la main, voilà que pour la première fois de sa vie il s'avisa de la regarder avec l'idée de savoir si elle était vieille et laide. Vrai est, qu'à force d'être sage et triste, elle se faisait une fausse idée là-dessus, et qu'elle était encore jolie femme autant qu'elle l'avait été.

« Et voilà que tout d'un coup François la vit toute jeune et la trouva belle comme la bonne dame, et que le cœur lui sauta comme s'il avait monté au faîte d'un clocher. Et il s'en alla coucher dans son moulin où il avait son lit bien propre dans un carré de planches *emmi les saches de farine*. Et quand il fut là tout seul, il se mit à trembler et à étouffer comme de fièvre. Et si, il n'était malade que d'amour, car il venait de se sentir brûlé pour la première fois par une grande bouf-fée de flamme, ayant toute sa vie chauffé doucement sous la cendre. »

La magie du style rejoint ici la délicatesse de l'ana-lyse psychologique. Impossible de retrancher un mot de cette page. Il n'est pas jusqu'à l'emploi de cet adverbe ancien « emmi » les saches de farine, qui nous tienne prisonnier de ce charme.

Le travail de l'écrivain.

Ce qui est admirable en tout cela, c'est que ce travail de l'écrivain a été défini par l'auteur lui-même. George Sand a quarante-deux ans lorsqu'elle s'engage dans ces romans champêtres, qu'elle désigne sous le nom plai-sant de « bergeries ». Mais il ne faut jamais se fier à l'apparence. Nous avons vu que, derrière la ligne claire de l'aventure, il y a une organisation philosophique ; George Sand n'est pas un écrivain neutre, mais une âme engagée : elle a entrepris un combat pour l'honnê-teté, parce qu'elle a trop souffert de la duplicité de ceux qui ont entouré son enfance, et surtout des men-songes sentimentaux dont a été nourrie son expérience conjugale.

Le travail de l'écrivain consiste à ne pas étaler la théorie, mais à rendre son enseignement moral sensible à travers les événements. Ainsi s'éclaire le personnage de Blanchet. Disons, pour définir ce travail en une seule phrase, que c'est l'art de *montrer* sans *démontrer*.

Certes, il y a là une sorte de méthode difficile à déceler. George Sand nous y aide par l'avant-propos qui précède son roman. Aussi ai-je conseillé de lire attentivement ce texte tout à fait remarquable : non seulement il nous prépare à écouter l'histoire du champi, mais encore il nous dévoile le secret de l'auteur. Ce secret réside dans la manière de traiter le *sentiment*. Qu'est-ce que le sentiment ?

George Sand répondra sans ambages : « Tu ne me demandes rien de moins que le secret de l'art : cherche-le dans le sein de Dieu, car aucun artiste ne pourra te le révéler. Il ne sait pas lui-même, et ne pourrait rendre compte des causes de son inspiration ou de son impuissance. Comment faut-il s'y prendre pour exprimer le beau, le simple et le vrai ? Est-ce que je le sais ? Et qui pourrait nous l'apprendre ? Les plus grands artistes ne le pourraient pas non plus, parce que s'ils cherchaient à le faire ils cesseraient d'être artistes, ils deviendraient critiques ; et la critique... ! »

Et sa conclusion éclate : « Voilà ce dont je me plains. Je voudrais me débarrasser de cette éternelle démonstration qui m'irrite... Ne jamais penser à la peinture quand je regarde le paysage, à la musique quand j'écoute le vent, à la poésie quand j'admire et goûte l'ensemble... »

Nous rejoignons la phrase par laquelle nous avons cru pouvoir définir le travail de l'écrivain, — l'art de *montrer* sans *démontrer*.

Le livre et son public.

À la rubrique de la bibliographie, on note un certain flottement dans la publication du feuilleton d'abord, puis dans l'édition en librairie. Les événements politiques en sont la cause. La littérature romanesque ne retient pas l'attention des citoyens. Quand *Le Journal des Débats* interrompt brusquement *François le*

Champi le 4 février 1848, on ne soupçonnait pas à Paris l'explosion révolutionnaire. Il y avait bien dans l'air des menaces de révolte, mais l'on ne croyait pas à la réalité d'un coup d'État. George Sand se trouve alors à Nohant, et son fils Maurice prolonge à Paris son séjour dans les réjouissances du Carnaval. Aussitôt la mère s'inquiète : « Écris-moi ce que tu auras vu de loin, lui dit-elle dans une lettre du 18 février, et ne te fourre pas dans la bagarre si bagarre il y a, ce que je ne crois pas pourtant... » Quelques jours plus tard, le 23, elle revient à la charge : « Nous sommes bien inquiets ici, comme tu peux le croire. Nous savons seulement ce soir que la journée de mardi a été agitée et que celle d'aujourd'hui a dû l'être encore davantage. *Il faut que tu reviennes tout de suite.* Tu sais bien que je ne te donnerais pas un conseil de couardise. Mais ta place est ici... Je ne te parle pas de moi : je ne crois à aucun danger personnel et je ne suis d'ailleurs pas du tout à m'en préoccuper. Mais si j'avais à agir et à me prononcer pour quoi que ce soit, tu es mon représentant naturel. »

Maurice Sand ne rentre pas à Nohant. Comme il arrive souvent, les faits sont plus graves pour ceux qui en suivent le déroulement de loin que pour ceux qui y assistent de près. George Sand, fervente républicaine, s'exalte aux premiers succès de la Révolution ; elle ne se résigne pas à savoir son fils seul dans la capitale. Puisqu'il ne rentre pas au bercail, c'est elle qui ira le retrouver. Le 6 mars, elle écrit de Paris à l'un de ses amis berrichons : « Tout va bien. Les chagrins personnels disparaissent quand la vie publique nous appelle... La République est la meilleure des familles, le peuple est le meilleur des amis... »

Que compte en de telles circonstances la publication d'une histoire romanesque ? Des compagnons de George Sand ont été portés au pouvoir. Elle les revoit tous, en particulier Ledru-Rollin, ministre de l'Intérieur, qui la rend « en quelque sorte responsable de la conduite » de ses amis. « Il lui a donné pleins pouvoirs pour les encourager, les stimuler, et les assurer contre toute intrigue de la part de leurs ennemis, contre toute faiblesse de la part du gouvernement. »

De 1844 à 1848, George Sand avait, à la demande de Louis Blanc, exposé ses idées socialistes dans le journal *La Réforme*. Or Louis Blanc est, en sa qualité de chef du parti socialiste, l'un des principaux membres du gouvernement provisoire.

Bref, notre romancière, rassurée sur le sort de *François le Champi* puisqu'elle sait que *Le Journal des Débats* va publier la fin du roman à partir du 14 mars, ne se réjouit que de la victoire de ses amis républicains. Le 9 mars, elle écrit à ses amis de Nohant : « Vive la République ! Quel rêve, quel enthousiasme ! Et en même temps, quelle tenue, quel ordre à Paris !... J'ai vu le peuple grand, sublime, naïf, généreux, le peuple français, réuni au cœur de la France, au cœur du Monde ; le plus admirable peuple de l'Univers ! Tous mes maux physiques, toutes mes douleurs personnelles sont oubliées. Je vis, je suis forte, je suis active, je n'ai que vingt ans... »

Tout enthousiaste qu'elle est, elle n'entend pas laisser son fils Maurice seul à Paris. Elle le ramène avec elle à Nohant, et pour l'y fixer plus sûrement, elle le fait nommer maire du village. Ainsi se sent-elle plus libre de paraître de nouveau dans la capitale. La fièvre politique la grise un peu, mais une certaine prudence paysanne conserve toujours droit de cité dans son esprit. « Je ne veux pas encore louer pour un mois, avant de savoir si je pourrai faire quelque chose ici, écrit-elle à Maurice le 18 mars. Tu as dû recevoir la nomination de ton adjoint. Ne t'ennuie pas trop. Travaille à prêcher, à républicaniser nos bons paroissiens.

Nous ne manquons pas de vin cette année, tu peux rafraîchir ta garde nationale armée, modérément, dans la cuisine, et, là, pendant une heure, tu peux causer avec eux et les éclairer beaucoup. Pour le moment, c'est tout ce qu'on peut faire... »

Il convient toujours lorsqu'on parle de George Sand de faire le partage entre son attitude extérieure et son comportement intime. L'enflure de son expression romantique, quand elle s'adresse aux autres, doit sans cesse être corrigée par le naturel et la vraie mesure de ses sentiments qu'elle ne communique, en réalité, qu'à son fils. Si nous feuilletons sa correspondance en ce mois de mars 1848, nous ne trouvons pas d'allusion à son roman dont la publication s'achève. Une lettre du 24 mars à Maurice nous donne vraiment le ton de son état d'esprit et nous précise quelles sont ses préoccupations :

« ... Me voilà déjà occupée comme un homme d'État. J'ai fait deux circulaires gouvernementales aujourd'hui, une pour le ministère de l'Instruction publique et une pour le ministère de l'Intérieur. Ce qui m'amuse, c'est que tout cela s'adresse aux *maires* et que *tu* vas recevoir par la voie officielle les instructions de ta *mère*. Ah-ah ! Monsieur le Maire, vous allez marcher droit, et, pour commencer, vous lirez, chaque dimanche, un des *Bulletin de la République* à notre garde nationale réunie ! Pendant ce temps, on imprime mes deux *Lettres au peuple*.

« ... Tu entends bien que je n'ai pas dû demander un sou au gouvernement... Tu entends bien aussi que ma rédaction dans les actes officiels du gouvernement ne doit pas être criée sur les toits. Je ne signe pas. Tu dois avoir reçu les six premiers numéros du *Bulletin de la République*, le septième sera de moi... Nous l'aurons, va, la République, en dépit de tout. Le peuple est debout et diablement beau ici. »

Il était nécessaire de montrer dans quel engrenage d'activité George Sand est précipitée. Comment dans ces conditions prêterait-elle attention à l'accueil de *François le Champi* par son public fidèle ? Éditeurs et libraires ont l'esprit ailleurs et nous en avons la preuve dans le fait que la première édition du livre paraît à Bruxelles.

George Sand, elle, se livre tout entière à son sacerdoce. Oui, chez elle, l'éducation morale du peuple est une véritable vocation. Dès qu'elle le peut, elle fonde son propre journal : *La Cause du peuple*. Elle entend donner à ses principes une audience nationale. Entre autres celui-ci : « Il faudra veiller à ce que rien *d'impossible ne soit exigé.* » George Sand est de la race paysanne, qui entretient, vif au cœur, le goût du travail et de la paix. Et tandis que *François le Champi* commence sa carrière en Belgique, l'écrivain George Sand développe en de bien originales considérations l'avenir de la République : « Le peuple, écrit-elle à l'intention de tous les Français, a prouvé que l'heure de son règne avait enfin sonné ; car le peuple est calme, patient, et ferme. Le peuple n'est pas un souverain absolu, à la manière des rois ; c'est la volonté qui seule est absolue. Les rois sont tombés pour n'avoir pas compris que Dieu était au-dessus d'eux. Le peuple ne tombera pas, parce qu'il puise sa force dans la loi divine. »

La Cause du peuple, le journal de George Sand, n'a eu que trois numéros. Y a-t-il eu incompréhension de la part des lecteurs ? Le langage politique de George Sand était-il trop abstrait ? Toujours est-il que, bientôt, elle déchantera : « Tout ce qu'on a d'idées à répandre, écrit-elle à Maurice, et à faire comprendre suffirait à la situation, si les hommes qui représentent ces idées étaient bons ; ce qui pèche, ce sont les caractères. La vérité n'a de vie que dans une âme droite et d'influence que dans une bouche pure. Les hommes sont faux, ambitieux, vaniteux, égoïstes, et le meilleur ne vaut pas le diable, c'est bien triste... »

Quand les événements se troubleront jusqu'au drame, George Sand mettra son point d'honneur à défendre jusqu'au bout ses amis malmenés par le sort. Elle publie un article sur Barbès : « ... Tu as choisi la souffrance, la prison, l'exil, la persécution et la mort... Peut-être connaîtras-tu cette suprême douleur d'être maudit par des insensés, à l'heure où tu rendras à Dieu ton âme sans souillure. Mais tu crois à la vie éternelle et d'ailleurs, tandis que des ennemis du peuple te jetteront une dernière pierre, le peuple te criera par la bouche de ceux qui t'aiment : "Merci, honnête homme !" »

Les terribles journées de juin 1848 éclatent deux jours après que George Sand eut écrit un article pour célébrer Louis Blanc. Rien ne pouvait l'attrister autant. Elle se détourne alors de la vie active pour revenir à ses moutons, comme elle le dit dans la préface de *La Petite Fadette*[1], qui va paraître en feuilleton dans *Le Spectateur républicain* à partir du 1er décembre 1848. Ce roman sera dédié à Barbès, et George Sand s'apprête à ouvrir les portes de sa maison de Nohant à ceux qui sont menacés d'emprisonnement.

François le Champi aura donc subi le contrecoup de la Révolution de 1848 ; mais ce roman a pris sa place dans la série des romans champêtres : en 1850, en 1852, en 1853, il reparaît dans des volumes collectifs, illustrés entre autres par Tony Johannot et Maurice Sand. La *Bibliothèque des chemins de fer* l'inclut dans sa publication en 1856. Dès lors, *François le Champi*

---

1. Voir Le Livre de Poche, n° 3550.

ne cessera d'être réédité, — ce qui prouve que ce roman a gagné effectivement le public fidèle des ouvrages classiques.

Notice bibliographique

G. Sand, *Histoire de ma vie*, in Œuvres autobiographiques, éd. Lubin, Bibliothèque de la Pléiade, 1971.

À CONSULTER : Louis Vincent, *La langue et le style rustiques de George Sand dans les romans champêtres*, Paris, Champion, 1916.

Georges Lubin, *George Sand et le Berry*, Paris, Hachette, 1967.

J. Barry, *George Sand ou le scandale de la liberté*, Seuil, 1982.

Béatrice Didier, in *L'Écriture-femme*, PUF, 1981, « George Sand ou l'Éros romantique : *François le Champi* et les délices de l'inceste ».

CHRONOLOGIE
VIE — ŒUVRES — ÉVÉNEMENTS

1804	Naissance d'Aurore, Amantine, Lucile, fille de Maurice Dupin de Francueil et de Sophie Delaborde.	18 mai : Napoléon Ier, empereur. Naissance de Sainte-Beuve.
1808	Maurice Dupin de Francueil meurt à Nohant d'une chute de cheval.	Naissance de Gérard de Nerval.
1810	Mme Vve Dupin de Francueil s'installe à Paris. Elle laisse Aurore à Nohant aux soins de sa belle-mère et de l'ancien précepteur de son mari.	Naissance d'Alfred de Musset.
1817	Fin novembre, Aurore entre au couvent des Augustines anglaises, à Paris.	Mort de Mme de Staël.
1821	En décembre, mort de la grand-mère d'Aurore.	Naissance de Flaubert et de Baudelaire. Mort de Napoléon.
1822	Septembre : mariage d'Aurore avec Casimir Dudevant.	Fourier publie son *Traité d'Association domestique et agricole*.
1823	Naissance de Maurice Dudevant.	
1825	Liaison platonique entre Aurore et Aurélien de Sèze.	Naissance d'Ernest Renan.
1826	Profonds désaccords conjugaux entre Aurore et Casimir.	
1827	Liaison amoureuse d'Aurore et de son ami d'enfance Ajasson de Grandsagne.	

1830	Aurore fait la connaissance de Jules Sandeau.	*Hernani*, de Victor Hugo. Conquête de l'Algérie : prise d'Alger. Chute de Charles X. Louis-Philippe, roi des Français. Lamennais fonde *L'Avenir*.
1831	Avec l'accord de son mari, Aurore vient habiter Paris. Elle est la maîtresse de Jules Sandeau.	
1832	En mai, Aurore publie son premier roman, *Indiana*, sous la signature de George Sand. À la fin de l'année, un autre roman : *Valentine*.	
1833	Rupture avec Sandeau. Liaison avec A. de Musset. Publication de *Lélia*. Départ pour l'Italie, avec Musset.	Organisation de l'enseignement primaire. Michelet commence la publication de son *Histoire de France*.
1834	George Sand et Musset à Venise. 5 février : George s'éprend de Pagello. 29 mars : Musset quitte l'Italie. 24 juillet : George part pour Paris avec Pagello. 23 octobre : Pagello revient seul en Italie. George renoue ses relations avec Musset. Pendant l'année, elle a écrit plusieurs romans et commencé la publication de ses *Lettres d'un Voyageur*.	Publication des *Paroles d'un Croyant*, de Lamennais.
1835	Mai : séparation définitive avec Musset. Avril : rencontre avec l'avocat républicain Michel de Bourges. Octobre : elle décide de se séparer juridiquement de son mari.	*Les Nuits*, de Musset. Attentat de Fieschi.

1836	Mai : séparation judiciaire des époux Dudevant prononcée par le tribunal de La Châtre. Juillet : arrangement entre George Sand et le baron Casimir Dudevant. Août : voyage en Suisse où George Sand retrouve Liszt et Marie d'Agout.	
1837	Août : mort de la mère de George Sand. Engouement de George Sand pour Pierre Leroux.	Dissolution de la Chambre des Députés. Mort de Fourier. Élections législatives.
1838	Juin : commencement de la liaison de G. Sand avec Chopin. Octobre : voyage à Majorque, avec ses enfants Maurice, Solange, et Chopin.	
1839	Février : retour en France ; été à Nohant. Octobre : George Sand et Chopin s'installent à Paris dans des appartements différents.	
1840	Avril : au Gymnase, on joue *Cosima*. Échec. Mai : rencontre avec Agricol Perdiguier, compagnon du Tour de France.	Thiers, président du Conseil. Proudhon publie : *Qu'est-ce que la propriété ?* Louis-Philippe renvoie Thiers. Ministère Soult, avec Guizot aux Affaires étrangères.
1841	Automne : George Sand fonde avec Pierre Leroux et Viardot *La Revue Indépendante*.	
1842	Février : *Consuelo* paraît dans *La Revue Indépendante*.	Mort de Stendhal. Loi sur l'organisation des chemins de fer.

	Décembre : *La Revue Indépendante* change de propriétaire.	Le duc d'Orléans est tué dans un accident de voiture.
1843	La suite de *Consuelo, La Comtesse de Rudolstadt*, paraît dans *La Revue Indépendante*.	Les républicains, Louis Blanc, Ledru-Rollin, fondent *La Réforme*.
1844	Avril : *Le Constitutionnel* publie le roman *Jeanne*, qui ouvre la série des œuvres champêtres.	Naissance de Verlaine. Mort de Charles Nodier.
	Septembre : *L'Éclaireur de l'Indre* paraît, à l'instigation de George Sand.	Thiers propose à Lamartine une alliance appuyée sur la gauche. Lamartine refuse.
1845	Janvier : *La Réforme* publie *Le Meunier d'Angibault*.	Pierre Leroux lance une nouvelle publication mensuelle : *La Revue Sociale*.
	Octobre : En quatre jours George écrit *La Mare au Diable*.	
1846	Été : le théâtre des Marionnettes est en pleine activité.	
	Novembre : Chopin quitte Nohant.	
1847	Mai : la fille de George Sand, Solange, épouse le sculpteur Clésinger.	Michelet publie son *Histoire de la Révolution*.
	Juillet : fin de la liaison de George Sand et de Chopin.	Lamartine remporte un succès triomphal avec son *Histoire des Girondins*.
	Décembre : *François le Champi* paraît dans *Le Journal des Débats*.	Séance de rentrée houleuse à la Chambre des Députés.
1848	Février : révolution. George Sand entre dans la lutte, aux côtés de Ledru-Rollin.	Abdication de Louis-Philippe. Proclamation officielle de la République.
	Elle écrit une longue lettre à Lamartine, ministre des Affaires étrangères et l'âme du gouvernement provisoire de la République.	20 avril : fête de la Fraternité. 23 avril : élections. Succès considérable des modérés.
	Elle rédige neuf des seize Bulletins de la République. Après l'échec de la manifestation du 15 mai, George	15 mai : les « clubs » envahissent l'Assemblée. Barricades : protestation contre la dissolution des Ateliers Nationaux.

	Sand, menacée, se réfugie à Nohant, dont son fils Maurice est le maire.	État de siège. Lamartine démissionne en même temps que la Commission exécutive.
	Août : G. Sand revient à ses bergeries : elle écrit *La Petite Fadette*, publiée en décembre dans le journal *Le Crédit*.	Juin : élections législatives complémentaires. Paris et trois départements élisent le prince Louis Bonaparte. Cavaignac au pouvoir. Mort de Chateaubriand. Décembre : le prince Louis Napoléon est élu président de la République.
1849	Création du journal *Le Travailleur de l'Indre*. Novembre : *François le Champi*, pièce de théâtre, est joué avec succès à l'Odéon.	13 mai : élections législatives générales. Lamartine n'est pas élu.
1850	George Sand prend pour secrétaire et pour confident le sculpteur Alexandre Manceau, de treize ans son cadet.	Mai : loi sur la liberté de l'enseignement. Août : mort de Balzac.
1851	Janvier : succès théâtral à La Porte-Saint-Martin avec *Claudie*. Novembre : autre succès avec *Le Mariage de Victorine*, joué au Gymnase. Une salle spéciale est aménagée à Nohant pour le théâtre.	2 décembre : coup d'État du Prince-Président.
1852	Janvier : George Sand reçue en audience par Louis Napoléon Bonaparte : elle plaide la cause des proscrits. Mars : au Gymnase, sa pièce, *Les Vacances de Pandolphe*, est un échec.	Janvier : Constitution organisant la dictature de Louis Napoléon, proclamé empereur. *La Dame aux Camélias*, d'Alexandre Dumas fils, remporte un vif succès.
1853	Juin : *Le Constitutionnel* publie *Les Maîtres sonneurs*. Novembre : on joue à l'Odéon l'adaptation théâtrale de *Mauprat*.	Publication des *Châtiments* de Victor Hugo.

1854	Octobre : la presse commence la publication de l'*Histoire de ma Vie*.	Mort de Lamennais.
1855	Janvier : George Sand est très affectée par la mort de sa petite-fille, Nini, la fille des Clésinger. Février en Italie avec Manceau. Septembre : première à l'Odéon de sa pièce, *Maître Favilla*.	Mort de Gérard de Nerval. Chute de Sébastopol.
1856	On joue à Paris trois pièces de George Sand : *Lucie* (au Gymnase) ; *Françoise* (au Gymnase) ; *Comme il vous plaira* (Comédie-Française).	Traité de Paris : la Russie est contrainte d'accepter la neutralisation de la mer Noire.
1857	Janvier : *La Presse* publie *La Daniella*. Manceau achète une petite maison à Gargilesse. Octobre : *La Presse* publie *Les Beaux Messieurs de Bois-Doré*.	Mort d'Alfred de Musset.
1858	À Gargilesse, Sand compose *L'Homme de Neige*. Toujours à Gargilesse, elle achève son roman-confession : *Elle et Lui*.	
1859	Janvier : *Elle et Lui*. Mai-juin : voyage en Auvergne en compagnie de Manceau. Octobre : la *Revue des Deux Mondes* publie *Jean de La Roche*.	Prise de Saigon par les Français. Guerre d'Italie : alliance de Napoléon et de Victor-Emmanuel, roi de Sardaigne, contre l'Autriche. Paix.
1860	La *Revue des Deux Mondes* publie *Le Marquis de Villemer*. George Sand tombe gravement malade.	Cession de la Savoie et du comté de Nice à la France. Novembre : décret inaugurant l'Empire libéral.
1861	Convalescence à Tamaris. Manceau l'accompagne.	Début de la guerre de Sécession en Amérique.

	Mai : l'Empereur lui offre, en compensation d'un prix de l'Institut que l'on a donné à Thiers, une « subvention exceptionnelle » de 20 000 francs, qu'elle refuse. Septembre : elle soumet à Dumas le manuscrit de la pièce qu'elle a tirée du *Marquis de Villemer*.	Mort de Lacordaire
1862	Maurice Dudevant épouse Lina Calamatta, fille d'un graveur, ami de George Sand.	Napoléon envoie une expédition au Mexique pour placer à la tête du pays l'archiduc Maximilien d'Autriche.
1863	Février : la *Revue des Deux Mondes* publie *Mademoiselle de La Quintinie*, roman anticlérical. Juillet : naissance du fils de Maurice : Marc-Antoine. Novembre : désaccord entre Maurice et Manceau.	Mort de Vigny. Publication du *Capitaine Fracasse*, de Théophile Gautier, des *Destinées* de Vigny, et de *La Vie de Jésus*, de Renan.
1864	Février : succès inouï du *Marquis de Villemer*, à l'Odéon. Juin : George s'installe à Palaiseau avec Manceau. Juillet : mort du petit Marc-Antoine. Réconciliation totale de George Sand avec son fils.	Naissance de Jules Renard.
1865	Août : mort de Manceau.	Mort de Proudhon.
1866	Janvier : naissance de la fille de Maurice Sand, Aurore. Août : deux pièces de George Sand créées au théâtre du Vaudeville : *Les Don Juan de Village* et *Le Lis du Japon*. Brefs séjours chez Flaubert, à Croisset, en août et en novembre.	Première manifestation de l'esprit révolutionnaire en Russie : attentat contre le tsar Alexandre II.

1867	Mars : naissance de la seconde fille de Maurice : Gabrielle. Mai : nouvelle visite à Flaubert, à Croisset. Été à Nohant avec sa famille et ses amis Lambert et Plauchut.	Libéralisation des lois sur la presse et les réunions publiques.
1869	Voyage de George Sand en Champagne et dans les Ardennes. Décembre : Flaubert et Plauchut séjournent à Nohant.	Mort de Lamartine. Mort de Sainte-Beuve.
1870	Février : succès théâtral à l'Odéon avec *L'Autre*.	Guerre de 1870.
1871	George Sand n'approuve pas les violences de la Commune.	Mort de Casimir Dudevant. Naissance de Paul Valéry.
1872	Le journal *Le Temps* publie des chroniques de George Sand, et en avril, le roman *Nanon*. Juillet : avec sa famille et Plauchut, elle passe un mois à Cabourg. Retour à Nohant, où Tourgueniev vient lui rendre visite.	Loi sur le service militaire obligatoire. La France doit verser une indemnité à l'Allemagne et lui céder l'Alsace. Mort de Théophile Gautier.
1873	Nouvelle visite de Tourgueniev et de Flaubert à Nohant. Ce dernier donne une lecture de *La Tentation de saint Antoine*. Août : nouveau voyage de George Sand en Auvergne.	Démission de Thiers. Mac-Mahon est élu président de la République.
1874	Dans la *Revue des Deux Mondes*, paraît *Ma sœur Jeanne*.	Mort de Michelet.
1875	la *Revue des Deux Mondes* publie *Flamarande* et *La Tour de Percemont*. Pendant l'été, George Sand éprouve une grande fatigue et souffre de rhumatismes.	Vote de la *Constitution de 1875*.

| 1876 | Mai : George Sand ressent de violentes douleurs intestinales.
Le 8 juin, elle mourra sans que les médecins aient pu diagnostiquer et soigner son mal.
Ses obsèques ont lieu à Nohant, le 10 juin. | Mise en vigueur de la nouvelle Constitution par l'élection de la Chambre des Députés et du Sénat. |

Table

PAPIER À BASE DE
FIBRES CERTIFIÉES

Le Livre de Poche s'engage pour
l'environnement en réduisant
l'empreinte carbone de ses livres.
Celle de cet exemplaire est de :
400 g éq. CO_2
Rendez-vous sur
www.livredepoche-durable.fr

Composition réalisée par Nord Compo

———————

Achevé d'imprimer en Espagne par
Liberdúplex - 08791 St Llorenç d'Hortons
en mai 2021
Dépôt légal 1re publication : avril 1976
Édition 25 - juin 2021
LIBRAIRIE GÉNÉRALE FRANÇAISE
21, rue du Montparnasse – 75298 Paris Cedex 06

30/4771/9